AF238650

Bärbel Strothmann

Klara und das Geheimnis der Hutmacherin

Schatzensaga, erster Teil

www.tredition.de

© 2016 Bärbel Strothmann

Verlag: tredition GmbH, Hamburg

ISBN
Paperback: 978-3-7345-4294-7
Hardcover: 978-3-7345-4295-4
e-Book: 978-3-7345-4296-1

Printed in Germany

Umschlag:

© Enzoart/Fotolia #95859763
© Binkski/Fotolia #55793934

Für meine wunderbaren Söhne
Marius, Lucas und Fabian
und für Tommy, den besten Trommler der Welt

Klara und das Geheimnis der Hutmacherin

Schatzensaga, erster Teil

Ein Loch in der Wand

Überrascht machte ich einen Schritt rückwärts und kippte von der Leiter. Unsanft landete ich auf dem Teppichboden des leer geräumten Zimmers. Ich starrte auf das Loch, das ich gerade in die Tapete gerissen hatte. Es war das erste Mal in meinem Leben, dass ich versuchte, selbst ein Zimmer zu renovieren, aber es war auch höchste Zeit. Diese Tapete hatte in den letzten Monaten so viele Unschönheiten gesehen, dass es mehr als überfällig war, sie zu beseitigen. Nicht nur aus finanzieller Sicht hatte ich beschlossen, selbst Hand anzulegen. Auch, um mit jedem Tapetenstück ein Stück meiner Geschichte in den grauen Müllsack zu stopfen.

Vorsichtig stieg ich die etwas wackelige Aluleiter wieder hinauf, bis ich an den ersten Tapetenfetzen kam, der durchgeweicht vom Tapetenlöser und meinen Tränen wie ein lahmer Flügel von der Wand herunterhing. Eine glatte Wand hatte ich unter der Tapete vermutet, doch stattdessen blickte ich durch ein Loch in ein fremdes Zimmer. Eine junge Frau stand an einem breiten Arbeitstisch vor einem Holzkopf. Sie war in ihre Arbeit versunken. Über den Holzkopf hatte sie ein dampfendes, glockenförmiges Stück Stoff gestülpt, an dem sie kräftig erst rechts und links, dann vorne und hinten zog, wobei der Stoff immer länger wurde und oben auf dem Holzkopf eine schöne, glatte Rundung entstand. Was tat sie da bloß?

Auf dem Arbeitstisch waren viele seltsame Gegenstände verteilt. Das, was mir noch am bekanntesten davon vorkam, waren ein Fingerhut, ein Maßband und ein paar lange, dicke Nähnadeln. Daneben lagen so etwas wie ein kleines Beil, lange dünne Bänder aus Stoff, verschiedenfarbige Gummis, exotische Federn und ein länglich geformtes Bügeleisen. Ein elektrischer Automat, der an eine Mischung aus einer Kaffee- und einer Küchenmaschine erinnerte, brodelte leise vor sich hin und hüllte die nähere Umgebung in weißen Wasserdampf.

Die junge Frau war nun offensichtlich mit der Lage des Stoffstückes auf dem Holzkopf zufrieden und griff nach dem Bügeleisen. Sie legte einen feuchten Lappen über den Holzkopf und begann zischend zu bügeln. Immer wieder drückte sie das heiße Eisen auf das Tuch, bis es keinen Laut mehr von sich gab. Totgebügelt, dachte ich fasziniert. Konzentriert bearbeitet sie die gesamte Rundung des Holzkopfes. Erst als alle Feuchtigkeit aus dem Tuch verdampft war, hob sie ihren eigenen Kopf, um sich mit dem Handrücken ein paar kleine Schweißperlen von der Stirn zu wischen. Dabei blickte sie mir direkt ins Gesicht.

„Oh", sagte sie, offensichtlich wenig überrascht, dafür aber sehr erfreut, „Kundschaft! Treten Sie doch bitte ein! Ich bin gleich fertig. Sie können sich ja schon mal im Laden umsehen, vielleicht entdecken Sie etwas, das Ihnen gefällt."

Ich schaute auf meine Seite des Zimmers und sah Tapetenfetzen. Aber dazwischen, wo eigentlich die Wand hätte sein müssen, war nun ein großer Spalt. Ich kletterte hindurch und stand oben auf einer kleinen Treppe, die in den Laden führte. Nun konnte ich auch den ganzen Raum erfassen. Die Wände waren mit Regalen bestückt, in denen sich ordentlich seltsame Gegenstände stapelten.

Hölzerne Kopfformen wechselten sich ab mit Winkelmessern, metallenen Bändern, Bürsten, Aluminiumköpfen, Kisten mit Sandpapier, Scheren, Klebern, Zangen und Pinseln. Ein Regal war gefüllt mit Nähzeug in Kisten und Körbchen, ein weiteres mit Kartons voller Schleifen, Schleier und Stoffblumen. An der rechten Wand entlang zog sich ein langer Tresen. Darauf standen Puppenköpfe mit langen Hälsen und lachenden Augen. Sie trugen die wunderschönsten Hüte, die ich je gesehen hatte.

Ich ging auf ein Modell zu, das mich anzog wie der Mond die Flut. Es war ein weißgrundiger, runder Filzhut mit breiter, tief in das Gesicht gezogener Krempe, der mit einem Muster aus roten Rosen und einer dazu passenden, großen roten Stoffrose geschmückt war. Ich nahm ihn in die Hand und berührte den weichen Filz vorsichtig. Er fühlte sich erstaunlich glatt und warm an.

„Ah, der Hut für gebrochene Herzen", hörte ich eine Stimme hinter mir. Die junge Frau hatte sich lautlos genähert. „Versuchen Sie ihn ruhig einmal", ermunterte sie mich, und als ich zögerte, nahm sie mir den Hut lächelnd aus den Händen und setzte ihn mir auf meine zerzausten Haare.

Sofort verflog aller Schmerz. Ich schloss die Augen und fühlte, wie mein Herz mit einem Ruck wieder zusammenwuchs. Ein Gefühl von Geborgenheit und Wärme durchflutete mich wie die Morgensonne einen Raum mit großen Fenstern gen Osten. Süßer Rosenduft zog in meine Nase. Ich spürte, wie alle Spannung aus mir heraus in das geheimnisvoll dunkle Werkstattparkett unter meinen Füßen floss. Ich öffnete schnell wieder die Augen, strahlend vor Freude auf das Leben, das sich auf einmal wieder vor mir ausbreitete. Mein Blick fiel dabei direkt auf ein Schild.

Rose Bertin – Lucky Hats!

stand dort in feiner Schreibschrift. Ich drehte mich um, den Hut noch immer auf dem Kopf.

„Sind Sie Rose Bertin?" frage ich.

Die junge Frau schüttelte lachend den Kopf. „Nein, schön wär's", sagte sie, „Rose Bertin war eine der berühmtesten Hutmacherinnen überhaupt. Sie machte Hut und Putz für Marie Antoinette, die Gemahlin von Ludwig dem Vierzehnten, und auch für Josephine de Beauharnais, die Gattin von Napoleon. Sie ist mein großes Vorbild, deswegen habe ich ihren Namen für meine Hüte gewählt. Ich bin Gertrud. Gertrud Diederich." Damit hielt sie mir ganz bodenständig ihre Hand entgegen, mit der sie ziemlich kräftig schütteln konnte, wie ich gleich darauf feststellte.

„Freut mich", antwortete ich wirklich erfreut, „ich bin Klara Saretzki".

Wir lächelten uns einen Moment lang an. Ich war verwirrt. Was war passiert? Hatte ich durch meine Tapete einen Quantensprung gemacht?

„Möchten Sie den Hut haben?" fragte Gertrud in meine verwunderten Gedanken hinein, „Er steht Ihnen und Ihrem Herzen wirklich sehr gut, sehen Sie es?"

Sie drehte mich zu dem Spiegel, der über dem Tresen angebracht war, und wir blickten beide in mein Gesicht. Tatsächlich hatte es sich verändert. Es wirkte viel leichter als noch vor ein paar Minuten. Der Schmerz und die Trauer hatten einer unbegründeten Zuversicht Platz gemacht, die mich jetzt von einem Ohr zum anderen anlächelte. Ein rosiger Schimmer lag auf meinen Wangen, so als hätte die rote Stoffrose abgefärbt. Der weiche Filz hatte die Härte und Verbitterung aus meinen Augen geschmeichelt. Ich gefiel mir schon wieder viel besser, ganz eindeutig.

Ich nahm den Hut vom Kopf und drehte ihn vorsichtig in meinen Händen. An der Innenseite befand sich ein Etikett.

„Rose Bertin – Lucky Hats!"

stand auch dort wieder, und darunter:

„Modell: Broken Heart"

„Nehmen Sie ihn", sagte Gertrud, „immer, wenn Sie ihn aufsetzen, wird Ihr Herz ein Stück heilen. Das können Sie doch jetzt gut gebrauchen, oder?"

Damit nahm sie eine rosa Hutschachtel aus einem der Regale und hielt sie mir hin. Ich legte den Hut hinein.

„Aber", sagte ich verlegen, „ich kann den Hut gar nicht bezahlen. Ich habe ja gar kein Geld bei mir."

„Ach, das macht nichts", antwortete Gertrud lächelnd, „machen Sie das einfach beim nächsten Mal. Ich bin mir sicher, Sie kommen wieder." Sie zwinkerte mir zu. Dann packte sie rosafarbenes Seidenpapier in die Hutschachtel, verschloss sie und drückte mir das ganze Paket in die Hände.

„Nun gehen Sie erstmal nach Hause und ruhen sich aus. Sie sind ja ganz erschöpft", verabschiedete sie mich und schob mich in Richtung Treppe. „Machen Sie sich eine schöne Tasse Tee mit Milch und Zucker, setzen Sie meinen Hut auf, und schließen Sie ein wenig die Augen. Alles Weitere wird sich schon finden. Mit dem Hut werden Sie gut behütet sein, glauben Sie mir!"

Sie winkte mir noch einmal zu, und dann stieg ich die Treppe hinauf. Als ich oben angekommen war, stand ich vor meiner Tapetenwand. Ich machte einen großen Schritt durch das Loch und war wieder in meinem renovierungsbedürftigen Zimmer. Verzweiflung stieg in mir auf. Ich fühlte mich wie in ein kleiner Hund, der in einer kalten Dezembernacht vor die Tür geschickt worden war. Doch dann spürte ich die Hutschachtel unter meinem Arm. Ich klappte sie auf, und dort lag mein Rosenhut.

Beruhigt ging ich in meine nicht renovierungsbedürftige Küche und setzte einen Kessel mit Teewasser auf meinen Herd und den Hut auf meinen Kopf. Der Tee wärmte mein Herz unterkühltes Herz. Danach fiel ich wie ein schweres Bügeleisen ins Bett und schlief zum ersten Mal seit vielen Monaten bis zum nächsten Morgen.

Nach einer dampfenden Tasse Milchkaffee, die in mir längst verschollen geglaubte Lebensgeister erweckte, machte ich mich am nächsten Tag erwartungsvoll auf in Richtung meines Renovierungszimmers. Hatte ich die Geschehnisse des Vortages nur geträumt, oder war dieses Loch noch immer da? Ich traute mich kaum, die Tür zu öffnen, halb hoffend, halb ängstlich, nach all dem, was in meinem Leben passiert war. Vielleicht waren die Geschehnisse ja nur eine Wahnvorstellung meines Gehirns, Folge eines Überschwangs negativer Gefühle, Traumaspätfolgen und Fluchtvisionen, die mir mein

Kopf aus Mitleid vorspielte, um mir endlich mal wieder etwas Gutes zu tun. Auf Zehenspitzen betrat ich das Zimmer, als ob ein lautes Geräusch das Loch verscheuchen könnte, sollte es noch da sein.

Doch. Da war es. Sonnenschein fiel hindurch, der aber nicht durch meine Fenster drang, sondern durch die, die hinter dem Loch lagen. Ich trat hindurch.

Gertrud Diederich saß schon an dem langen Arbeitstresen, einen Hut zwischen den Knien, den sie mit einer hellen Bürste heftig bearbeitete.

„Guten Morgen, Klara", sagte sie, als ob sie mich erwartet hätte, ohne den Blick von dem rosafarbenen Prachtstück zu heben, das auf ihrem Schoß zwischen den Bürstenstrichen zu glänzen begann. „Ich habe Kaffee aufgebrüht, hinter dir, in der Küche. Nimm' dir doch einen. Ich bin gleich fertig, dann können wir reden". Das war ja eine merkwürdige Begrüßung, dachte ich, gestern noch die Kundin, heute schon... na, was eigentlich? Hatte ich vielleicht einen Tag verpasst und mit meinem Hin- und Herklettern auch einen Zeitsprung gemacht? Aber besonders logisch war das Ganze sowieso nicht. Also erstmal einen Kaffee.

In der winzigen Küche stand ein Herd, der mit Holz befeuert wurde und wohlig warm vor sich hin glühte, auf kunstvoll bearbeiteten Bronzefüßen. Die Vorderseite war mit weißen Kacheln und bunten Blümchen verziert. Ein langes Ofenrohr ragte daraus hervor und verschwand in den Höhen der Zimmerdecke. Auf der blankgeputzten Herdplatte blubberte eine große, weiße Kaffeekanne mit feinem, bläulichem Zwiebelmuster. Ich nahm eine bauchige Kaffeetasse aus dem Küchenregal und schenkte mir die dunkel dampfende Flüssigkeit ein. Wie schön es war, sich ein bisschen behütet zu fühlen. Wie einsam die Welt, die hinter meinem Renovierungsloch lag. Ich seufzte tief, ließ mich auf einen kleinen Holzschemel sinken und schaute mich um.

An der Wand hing ein gerahmtes Plakat. ‚Das Frühstück der Ruderer‘, stand dort in einer schrägen Mischung aus Druck- und Schreibschrift, ‚am Sonntag, den 15. Mai im Bootshaus am Fluss.‘ Es zeigte eine fröhliche Gesellschaft junger Männer in weißen Unterhemden und Frauen in langen, dunkelblauen Kleidern, die sich um einen reichlich gedeckten Frühstückstisch auf einer Veranda versammelt hatten. Auf dem Tisch waren die Überreste eines üppigen Mahls zu sehen – halbvolle Flaschen Rotwein, Trauben, Äpfel, angebissene Baguettestücke und Käsereste. Offensichtlich herrschte eine angeheiterte Nachfrühstücksatmosphäre, denn die Blicke, die sich die jungen Männer und Frauen zuwarfen, waren nicht gerade züchtig. Das Bemerkenswerteste an dem Bild waren jedoch die Kopfbedeckungen. Alle Frühstücksteilnehmer trugen Hüte, die Männer freche, kleine Strohhüte mit kurzen Krempen und schwarzen Hutbändern, oder hochstehende Zylinder, dunkle Kappen und runde Bowlerhüte. Die Frauen hatten ihre Haarpracht unter breitkrempigen, mit bunten Blumen und Bändern verzierten Sommerstrohhüten gebändigt. Was für eine Zeit. Gern wäre ich mitten in das Bild gehüpft und hätte ausgelassen mitgefeiert.

Gertrud kam in die Küche und trocknete sich die Hände an einem Küchentuch ab.

„So, Klara", sagte sie, als ob sie mich schon seit langem kannte, „reden wir doch erst einmal über das Geschäftliche. Du willst also hier bei mir in die Lehre gehen?"

Anscheinend hatte ich doch etwas verpasst. Wollte ich das? Hatte ich das gesagt? Oder vielleicht nur gedacht? Wie kam sie denn darauf? Ich zögerte einen Moment. Aber eigentlich war das doch gar keine schlechte Idee. Eigentlich wollte ich doch sowieso einen Schnitt in meinem Leben machen, alles nochmal auf Anfang setzen, anders und neu machen. Den ganzen Kram der letzten Zeit vergessen und hinter mir lassen. Warum denn eigentlich nicht hier. Anscheinend fühlte ich mich hier doch gut aufgehoben. Behütet – das war ein ganz neues Gefühl in meinem Leben. Na los. Ich würde es wagen.

„Ja, also…", stotterte ich noch etwas überwältigt, „ja, das wollte ich, nein, will ich. Gibt es denn eine freie Lehrstelle?"

„Na, du hast wirklich Glück", strahlte Gertrud, „mein letzter Lehrling ist gerade vor einem Monat mit seiner Ausbildung fertig geworden, und vor lauter Arbeit bin ich noch gar nicht dazu gekommen, mir einen neuen zu suchen. Wenn du also willst, kannst du gleich morgen anfangen. Die Papiere können wir dann ja später fertig machen. Was meinst du – willst du? Dann schlag ein!" Sie hielt mir ihre Hand entgegen. Ich schlug ein.

Der Rest des Vormittags verging damit, dass Gertrud mir einen Überblick über ihre Werkstatt, den Laden und die Arbeiten gab, die in der nächsten Zeit auf mich zukommen würden. Sie würde mich zur Hutmacherin ausbilden, oder besser gesagt, zur Modistin. Das war die offizielle Bezeichnung. Die Arbeit sollte morgens um acht Uhr beginnen, eine Stunde, bevor das Geschäft öffnete. Zwischen eins und drei war der Laden zwar für die Kundschaft geschlossen, allerdings gab es in dieser Zeit, wie Gertrud betonte, jede Menge zu tun. Das würde sie mir dann alles zeigen. Von drei bis halb sieben war dann wieder Publikumsverkehr. Ich sollte als Lehrling zunächst ganz bestimmte einfache Aufgaben übernehmen, zum Beispiel Bügeltücher und frisches Wasser in Schüsseln bereit stellen, und würde dann nach und nach in die Geheimnisse der Hutmacherkunst eingeführt. Bei dem Wort „Geheimnis" zwinkerte Gertrud mir zu und machte eine kleine Kunstpause, als ob sie eine Reaktion erwartete, doch offensichtlich war ich angesichts meiner spontanen Entscheidung selbst noch zu überrascht, um mir irgendwelche Fragen zu überlegen. Also plauderte sie munter weiter. Die Ausbildung würde drei Jahre dauern und mit einem Gesellenstück abschließen, anschließend könnte ich überall als Hutmacherin arbeiten.

Na, das klang doch verlockend. Was hatte ich zu verlieren?

„Ich mache den Lehrlingsvertrag noch heute fertig", sagte Gertrud, nachdem sie mir alles erklärt und gezeigt hatte. Wir saßen wieder in der winzigen Küche. „Du kannst dich ja schon mal nach einer Bleibe umschauen." Sie kramte in ihrer Kittelschürze. „Schau, hier habe ich eine Adresse von einer Kundin, die hat gerade eine günstige Mansardenwohnung frei. Wenn du willst, geh' doch gleich mal vorbei und klingele dort. Anschauen kostet doch nichts." Damit drückte sie mir lächelnd ein Stück Papier in die Hand. Ich wusste zwar nicht, was eine Mansarde war, ließ es mir aber nicht anmerken. Schließlich wollte ich nicht gleich an meinem ersten Tag als kleines Dummchen dastehen. Frau Höcker, las ich, Schafühnerstraße 18.

„Danke", sagte ich also, möglichst abgeklärt, „wo ist denn das?"

„Gar nicht weit", sagte Gertrud, „links aus dem Laden heraus, immer der Straße nach bis du zu einem Metzgerladen kommst. Dort gleich wieder rechts, das ist die Schafühnerstraße. Das Haus liegt in einer Kurve, das kannst du gar nicht verfehlen."

Ohje, bis jetzt war ja alles noch ziemlich einfach gewesen und mir praktisch vor die durch das Loch gekletterten Füße gefallen wie ein reifer Apfel vom Baum. Aber jetzt, wo ich den Laden verlassen und in diese fremde Welt da draußen hinausgehen sollte, wurde es mir doch ein bisschen mulmig. Plötzlich hörte sich das alles nach einem brandneuen Leben an, Tür auf, und hinein in die neue Welt. Die Alternative war allerdings auch nicht sehr verlockend – Tür nicht auf, zurück durch das Renovierungsloch und alles, was bis jetzt hier geschehen war, vergessen. Ich war hin- und hergerissen wie ein Papierschiffchen auf hoher See.

Da ging fröhlich die Klingel an der Ladentür, und ein Kunde betrat das Geschäft. Ach, was soll es, dachte ich kurzentschlossen, Ich habe doch wirklich gar nichts zu verlieren. Damit zog ich mir meinen neuen Rosenhut über die Ohren und stürmte erhobenen Hauptes an der Kundschaft vorbei auf die Straße. Dabei hatte ich wohl etwas zu sehr mein Ziel, die Ladentür, im Auge, denn im Vorübergehen rempelte ich den Mann an, der gerade den Laden betreten hatte.

„Hoppla", sagte er mit einer Stimme, die eindeutig nach einer zu kurzen Nacht mit vielen Zigaretten und Whiskeygläsern klang, „nicht so schnell, junge Lady." Ein Paar dunkle Augen schauten mich erstaunt an, aber ich beachtete sie nicht. Dort war die Tür hinaus in mein neues Leben. Ich nahm all meinen Mut zusammen und trat mit einem großen Schritt hindurch.

Das erste, was ich sah, als ich auf der Straße vor der Ladentür stand, war ein zwei Meter hoher Tausendfüßler, auf dessen Rücken mehrere Straßenbahnwagon-ähnliche Abteile befestigt waren. Darin saßen Frauen, Männer und Kinder. Der Tausendfüßler glitt fast lautlos an mir vorbei, wobei sich seine unzähligen Insektenbeine an zwei Schienen orientierten, die in ein Gleisbett gelegt waren. Seine runden Insektenaugen starrten konzentriert und gefühllos wie ein Roboter geradeaus. Dann hielt er, wenige Meter von mir entfernt, Stufenleitern klappten unter den Türen der Wagons aus, und Fahrgäste stiegen aus und ein. Was in aller Welt war das? Ich konnte mich nicht von der Stelle rühren, nur hörbar nach Luft schnappen.

„Na, wohl fremd hier?" hörte ich eine Stimme in meine Schreckstarre hineinsprechen, „Noch nie einen Omnipedes gesehen? Woher kommt denn die junge Lady?" Der Kunde, den ich gerade noch im Laden so unsanft angerempelt hatte, stand neben mir und schmunzelte amüsiert vor sich hin. Sein Gesicht lag jetzt im Schatten einer breiten Hutkrempe. Er zog eine zerknitterte Zigarettenpackung aus seiner Jackentasche und hielt sie mir entgegen.

„Auch eine?" fragte er, „Das entspannt. Sie sehen etwas eingeschüchtert aus." Ich atmete tief aus und schüttelte den Kopf. Rauchen, nein, im Leben nicht, müsste schon Schlimmeres passieren als ein Riesentausendfüßler mit aufgeschnallten Straßenbahnwagons. Damals wusste ich noch nicht, dass es bald viele Situationen geben würde, in denen ich eine Zigarette gebrauchen können würde.

„Sie meinen, das sind echte Tiere?" fragte ich stattdessen, um ein wenig Zeit für die Antwort auf die Frage nach meiner unbekannten Herkunft zu gewinnen.

„Ja", sagte der Mann mit Hut, „klaro. Die sind echt. Nach jeder Runde werden sie auf eine große Wiese zum Grasen geschickt, dann ist der nächste aus der Herde dran. Keine Sorge, da macht denen Spaß. Das sind Riesen-Renntausendfüßler. Die brauchen das." Er nahm einen tiefen Zug. „Aber woher kommen Sie denn nun? Gibt's das bei Ihnen nicht?"

Ich wusste nicht, ob ich ihm das glauben sollte, verschob das Nachdenken darüber aber lieber erstmal auf später.

„Neutopia", versuchte ich es stattdessen. Er ließ wohl nicht locker, und etwas Besseres fiel mir nicht ein. Der Mann brach in schallendes Gelächter aus.

„Neutopia, ja klar", prustete er, „hätte ich wissen müssen. Und – trinkt man in Neutopia auch Kaffee?"

„Wieso denn nicht", antwortete ich schnippisch, „nur weil wir keine Tausendfüßler versklaven, heißt das ja noch lange nicht, dass wir keine Kaffeebohnen pflücken." So ein eingebildeter Besserwisser.

„Na, dann trinken wir doch einen zusammen", schlug er vor, unbeeindruckt von meiner kalten Schulter.

„Tut mir Leid", sagte ich, „ich habe gerade einen wichtigen Termin. Später vielleicht." Damit drehte ich mich auf dem Absatz nach links, wie Gertrud mir beschrieben hatte, und ließ ihn vor dem Laden stehen.

„Und wo finde ich Sie", rief er mir unbeirrt nach. Ein klares weibliches Nein schien ihn wenig zu beeindrucken.

„Na, hier im Laden", rief ich zurück, „ich arbeite jetzt hier." Er nickte zufrieden, zog noch einmal lässig an seiner Zigarette und schnipste sie dann, Rauch aus der Nase ausstoßend, auf den Gehweg.

Umweltschwein, dachte ich, und machte mich auf den Weg zur Schafühnerstraße.

Eine Bleibe

Die Straße machte erst einen Rechts- dann einen Linksknick. Ich lief vorbei an einem kleinen Lebensmittelladen – Milchmann, stand in schrägen, dünnen Buchstaben an der Schaufensterscheibe. Dann kam links die Metzgerei, die Gertrud erwähnt hatte. Ich war also auf dem richtigen Weg. Vor mir lag die Schaführnerstraße. Ich bog ein, es ging ein wenig bergauf. Weiter hinten machte die kleine Straße einen Knick nach links, und direkt in dem Knick lag das Haus Nummer 18. Drei Klingeln befanden sich an der Haustür, auf der untersten fand ich den Namen, den Gertrud auf den Zettel geschrieben hatte: Familie Höcker. Ich klingelte, und Sekunden später wurde die Tür von einer großen, hageren Frau in einer Kittelschürze geöffnet. Ihr Kopf zitterte merkwürdig auf dem langen Hals und den Schultern, als ob er auf einer Drahtspirale festgesteckt wäre.

„Guten Tag", stellte ich mich vor, „mein Name ist Klara Saretzki. Ich komme wegen der Wohnung, sind Sie Frau Höcker?" Ich blickte kurz auf meinen Zettel, auf dem der Name stand, dann wieder hoch zu der Frau, die sich jetzt die Hände an ihrem Kittel abwischte und mir dann die Rechte freundlich entgegenstreckte.

„Ja, das bin ich, sehr erfreut", sagte sie. Ein kurzes Lächeln huschte wie eine Maus auf der Flucht vor einer Katze über ihr verhärmtes Gesicht. „Kommen Sie doch herein!"

Mit so viel unvoreingenommenem Zutrauen hatte ich gar nicht gerechnet und mir schon eine längere Erklärung zurecht gelegt, wie ich an die Information gekommen war. Aber anscheinend war das nicht nötig. Man hatte hier wohl noch blindes Vertrauen in dieser merkwürdigen Welt, in die ich da geraten war. Ich betrat den Flur des Hauses und stand in einem kleinen Windfang, der in einem breiten Treppenhaus mündete.

„Die Wohnung ist ganz oben", sagte die Frau entschuldigend, als ob es ein Manko wäre, die Treppenstufen bewältigen zu müssen. „Bitte folgen Sie mir." Wir machten uns hintereinander an den Aufstieg, und wirklich schien es für meine zukünftige Vermieterin sehr beschwerlich zu sein, die Treppen zu meistern. Sie ging sehr langsam und pausierte auf jedem Treppenabsatz, laut schnaufend. Oben angekommen, schloss Frau Höcker die Tür zu einer winzigen Wohnung auf. Sie bestand aus einem geraden, schmalen Flur, von dem links und rechts zwei kleine Zimmer abgingen. Es gab auch ein Miniaturbad, das fast komplett von einer Badewanne mit Löwenfüßen eingenommen wurde. Geradeaus, am Ende des Flurs, konnte ich eine Küche erkennen.

„Alles frisch renoviert", sagte Frau Höcker stolz, „und modernste Ausstattung." Sie ging ins Bad und zeigte auf einen Boiler neben der Badewanne. „Fließend Warm- und Kaltwasser, auch in der Küche. Sie müssen nur ein bisschen vorheizen, und dann haben Sie ein schönes, warmes Bad." Sie seufzte. „Es ist ja heutzutage so schwierig, vernünftige Mieter zu finden. Bin ich froh, dass Frau Diederich Sie geschickt hat!"

Aha, dachte ich, da hatte Gertrud also schon nachgeholfen, deswegen die unerwartete Zutraulichkeit. Wahrscheinlich hatte sie mich per Telefon – falls es so etwas hier schon gab – bereits angekündigt.

„Na, wollen Sie sich denn nicht alles näher anschauen?" winkte Frau Höcker mich in die Wohnung, „Hier beißt nichts." Sie kicherte und hob die Hand vor den Mund, um ihre sicherlich dritten Zähne zu verbergen, während sie schüchtern über ihren eigenen Scherz lachte. Die Wohnung war großartig für mich, sogar möbliert, was Vieles leichter machte. Im ersten Zimmer standen eine alte rosafarbene Couch, ein kleiner Couchtisch und zwei rote Plüschsessel. An der Wand lehnte eine antike Anrichte aus massivem Holz. Das Schlafzimmer war das zweite Zimmer, das vom Flur abging, und bestand zum großen Teil aus einem Doppelbett. Nur in einer Ecke war noch Platz für einen schmalen Schrank und einen Stuhl. Die Küche hatte einen Mini-Gasherd, eine Spüle und einen klappbaren Küchentisch. Was brauchte ich mehr?

„Und wo ist die Toilette?" fragte ich, nachdem ich alles angeschaut hatte.

„Na, im Zwischenstock", antwortete meine zukünftige Vermieterin erstaunt, „da sind wir eben dran vorbeigekommen."

Nun gut, das war ja nicht so weit entfernt, zumindest musste man nicht nach draußen über den Hof. Frau Höcker hielt mir ihre Hand entgegen, um das Mietverhältnis zu besiegeln.

Hätte ich mir um Geld Sorgen machen müssen? Ich beschloss, dieses Problem erstmal zurückzustellen. Ich würde ja sicherlich einen Lohn bekommen, und der würde reichen müssen. Ich vertraute der klugen Gertrud, dass sie das bei ihrer Empfehlung mitbedachte hatte. Wenn es anders wäre, brauchte ich ja nur durch mein Renovierungsloch zurück in meine alte Welt zu klettern. Also schlug ich ein. Frau Höckers Hand war knochig und zäh wie die einer Mumie, aber warm und kräftig.

„Sie können sofort einziehen", strahlte sie erfreut, „die Wohnung ist ja frei. Klingeln Sie einfach bei mir, dann gebe ich Ihnen den Schlüssel. Die Miete ist am Monatsende fällig." Ich freute mich wie ein Geburtstagskind, als ich die Stufen zurück zum Erdgeschoss herunterkletterte. Mein neues Leben hatte gestern erst begonnen, und schon hatte ich einen Job und eine Wohnung! Nun musste ich nur noch einmal zurück durch das Loch, um ein paar Sachen zu packen. Ich konnte mein neues Leben ja schließlich schlecht nackt beginnen, und ohne Geld konnte ich auch nichts kaufen. Allerdings wollte ich so wenig wie möglich mitschleppen, den Ballast der vergangenen Wochen und Monate einfach zurücklassen, das war eine sehr verlockende Aussicht. Nur ein Teebeutel im Gepäck, hatte einmal ein weiser Mann gesagt, dann über den Gartenzaun gehüpft, und schon beginnt alles von Neuem. Na ja, nur ein Teebeutel war mir dann doch etwas zu wenig, aber ein paar Kleidungsstücke, meinen Kuschel-Eisbären und mein Lieblingskissen, das würde schon reichen für den Neustart. Ich wollte diesen Schritt sofort erledigen. Mit meinem Rosenhut auf dem Kopf würde er mir bestimmt nicht schwerfallen.

Also zog ich ihn mir tiefer über die Ohren, denn ein empfindlicher Wind blies plötzlich durch die Schafühnerstraße, als ich mich auf den Weg zurück in den Laden machte. Als ich um den Knick bog, kam mir eine Schafherde entgegen. Oder was war es? Bei genauerem Hinsehen entdeckte ich an den Seiten der Tiere etwas, das wie große Hühnerflügel aussah. Verdutzt blieb ich stehen, und schon hatten mich die Tiere umringt.

„Weiter, weiter", hörte ich eine Stimme rufen, „hopp, hopp, hier gibt's nichts zu Fressen!" Ein Schäfer mit einem langen Stab in der Hand tauchte inmitten der Schafherde auf, und zwei langhaarige, zottelige Hunde trotteten in meine Richtung, um die Flügelschafe nasestubsend anzutreiben.

„Können die fliegen?" rief ich dem Mann zu, doch er schüttelte knurrig den Kopf.

„Natürlich nicht", antwortete er griesgrämig in meine Richtung, „was denken Sie denn. Die Flügel sind natürlich ordnungsgemäß gestutzt. Ich will ja nicht im Gefängnis landen." Er schaute mich argwöhnisch an. „Sind sie vielleicht von Bosenboss?" Auf diese Frage wusste ich leider keine Antwort, also schüttelte ich nur stumm den Kopf. Es war sicherlich für den Anfang in dieser Welt besser, zu schweigen.

„Auf, Schaführner", rief er, nachdem er mich taxiert und wohl eher für einfältig erklärt hatte, „weiter geht's. Gleich sind wir auf der Weide." Die Zottelhunde knufften die Schaführner in die Hinterläufe, und die Herde setzte sich wieder in Bewegung.

Hutleben

Der Umzug in die neue Wohnung war einfach. Ich packte einen großen Koffer, schob ihn durch das Renovierungsloch, und Gertrud half mir, ihn in meine neue Bleibe zu transportieren. Dann machte ich zusammen mit Gertrud eine Liste der Dinge, die ich am dringendsten benötigen würde: Geschirr, Besteck, Töpfe, Bettwäsche, Handtücher.

„Keine Sorge", sagte Gertrud fürsorglich, „ich habe genug davon. Ich leihe dir die Sachen, und sobald du dich zurecht gefunden hast, kannst du ja nach und nach deine eigenen besorgen und sie mir zurückbringen." Gertrud war ein echter Goldschatz. Auch die Sache mit dem Geld klärte sich schnell. Wir vereinbarten einen Lohn, den Gertrud ausnahmsweise im Voraus zahlen wollte. Wenn es nicht reichen sollte, würde ich mir vielleicht noch einen Zusatzjob suchen. Alles schien perfekt wie das glitzernde Spiegelbild der Welt in einem blank geputzten Kupferkessel.

An meinem ersten Arbeitstag erschien ich pünktlich um acht Uhr im Laden. Gertrud kam gerade mit zwei dampfenden Bechern Kaffee aus der Küche und balancierte damit gekonnt die Treppe herunter.

„Guten Morgen, mein neuer Lehrling", begrüßte sie mich munter, „schön, dass du da bist!" Diese Frau hatte anscheinend immer gute Laune. Hätte ich nicht sowieso schon meinen Rosenhut auf dem Kopf gehabt, der auch mich schlagartig mit guter Laune versorgte, hätte ich mich sofort von Gertruds Lächeln anstecken lassen, wankelmütig wie ein Papiertaschentuch auf dem Gehweg im Wind. Gertrud stellte die Becher auf dem Arbeitstresen ab.

„So", sagte sie voller Tatendrang, „dann wollen wir mal loslegen. Ich schlage vor, wir beginnen mit einer einfachen Cloche, die du selbst herstellst."

Cloche? Das Wort kannte ich nur aus dem Französischuntereicht.

„Cloche heißt Glocke, richtig?" fragte ich zaghaft.

„Ganz richtig", antwortete Gertrud, „man nennt ihn auch einen Glockenhut. Für dein erstes Lehrstück ist er gut geeignet – runder Kopf, breite Krempe. Da kann nicht viel schief gehen. Und am Ende kannst du ihn beliebig putzen."

Putzen? Ja war so ein Hut denn nicht sauber? Ich schaute verwirrt auf die schon fertigen Hüte.

„Werden die Hüte bei der Bearbeitung denn dreckig?" wollte ich wissen. Gertrud lachte.

„Nein, ganz bestimmt nicht. Putz – das ist die Dekoration, mit der man den fertigen Hut verschönert. Er gibt ihm die ganz besondere Note, die Individualität, und macht ihn zum Schmuckstück seiner Trägerin, oder auch seines Trägers. Das zeige ich dir alles nach und nach. Jetzt fangen wir einfach mal an."

Sie ging zu dem großen Regal an der Wand und holte eine Kiste heraus.

„Am besten, wir beginnen mit einem Glatthaarstumpen, der lässt sich am einfachsten verarbeiten. Hier bitte!" Sie hielt mir die Kiste hin. „Suche dir einen aus. Vielleicht nimmst du lieber eine dunkle Farbe am Anfang, dann sieht man eventuelle Druckstellen und Flecken nicht so, die am Anfang doch häufig entstehen können."

Ich wählte einen schwarzen Stumpen. Wenn schon dunkel, dann richtig, dachte ich. Und Schwarz war momentan sowieso meine Lieblingsfarbe. Der Stumpen sah aus wie eine unförmige Glocke aus Filz. Wie in aller Welt sollte daraus ein Hut entstehen? Der Filz fühlte sich zwar überraschend weich und flauschig an, ließ sich aber überhaupt nicht dehnen oder verformen. Ich begann zu ahnen, dass das Hutmacher-Handwerk kräftige Arme und Hände erfordern würde.

„Als nächstes messen wir deinen Kopfumfang", fuhr Gertrud fort, „damit wir auch die richtige Form erwischen." Sie zog ein Maßband aus einer der Schubladen des Tresens, der vor den Regalen stand, und legte es um meinen Kopf. „Hab' ich mir doch gedacht – 56! Perfektes Hutmaß!" triumphierte sie. „Damit kannst du fast jeden Hut tragen. Die meisten meiner Formen sind in 56."

Na, das hörte sich ja nach einer guten Voraussetzung für meine Zukunft als Hutmacherin an.

„Was ist denn deine Größe?" wollte ich wissen.

„Ich bin leider nur eine 54erin", sagte Gertrud betrübt, „da muss ich immer etwas kreativ sein. Aber das klappt schon." Sie ging wieder zum Regal und kramte in einem Fach herum, in dem sich verschiedene Holzformen stapelten. „Schau hier", sagte sie, das ist mein 56er-Fach. Hier findest du alle Formen mit einem Umfang von 56 Zentimetern. Gemessen wird am..."

Weiter kam sie nicht, denn in diesem Moment wurde die Ladentür aufgerissen und die Türglocke klingelte wie eine Signalglocke auf einem Schiff in Seenot. Ein groß gewachsener Mann mit blondem Lockenkopf, gekrönt von einem auf die Seite gerutschten Barrett, stürmte ins Atelier.

„Gertrud, ma chère", rief er und umarmte die Verdutzte heftig, wobei er ihr rechts und links schallende Küsschen auf die Wange drückte wie Stempel, „viens vite, wir müssen reden!" Damit packte er Gertruds Hand und zog sie in Richtung Küche, bevor sie auch nur irgendeine Art von Widerstand leisten konnte. Im Vorbeiziehen zuckte sie entschuldigend die Achseln und lächelte mich an.

„Wir machen gleich weiter, Liebes, das wird nicht lange dauern. Schau dir schon mal die fertigen Hüte an – für die Dekoration", rief sie, und damit waren die beiden in der Küche verschwunden. Aufgeregtes Gemurmel drang durch die angelehnte Küchentür, aber ich konnte nichts verstehen, zumal ein Teil der

Unterhaltung in Französisch stattzufinden schien. Nun gut, Lauschen war sowieso nicht meine Stärke. Dann würde ich mich eben den Hutdekorationen widmen.

Die fertigen Hüte befanden sich im hinteren Teil des Ladens auf einer Galerie. Fein säuberlich waren sie nebeneinander auf einem langen Holzbrett angeordnet, jeder Hut auf einem langhalsigen Puppenkopf. Einige Modelle machten einen recht tragbaren und alltagstauglichen Eindruck, nur mit wenig Schmuck verziert, andere wiederum wirkten extravagant und ließen große Ereignisse wie Bälle, Empfänge oder Hochzeiten als Anlass für eine standesgemäße Kopfbedeckung erahnen. Ein Hut fiel mir besonders auf, der nicht so recht ins Bild zu passen schien. Er war eher hässlich, ja sogar abstoßend: Auf einem schwarzen Zylinder thronte ein hässlicher Wurm, der förmlich in den Hut hineinzukriechen schien. Sein dicker, wulstiger Körper hing ungefähr zur Hälfte aus einem Loch im Hut heraus, als ob er sich gerade dort durchfressen würde. Fast hatte ich den Eindruck, dass sich das Hinterteil ein wenig hin und her bewegte, so lebensecht war das Tier gestaltet. Aus was für einem Material Gertrud es wohl hergestellt hatte? Gummi? Es glänzte sogar etwas, wie von einer schleimigen Flüssigkeit umgeben. Gertrud hatte wohl auch eine dunkle Seite.

Das Gemurmel in der Küche schien sich mittlerweile zu einer handfesten Auseinandersetzung aufgeschaukelt zu haben. Plötzlich wurde die Tür aufgerissen und der lockenköpfige Mann stürmte die Treppe herunter.

„Non, non, non!" rief er sichtlich aufgebracht, „non und nochmals non! Du kannst es! Du musst es tun. Tue es!" Ohne sich noch einmal umzudrehen oder mich zu beachten, stürmte er mit großen Schritten zur Ladentür, riss sie fast aus den Angeln und war verschwunden. Die Türglocke klingelte wehmütig noch ein wenig nach, dann herrschte Stille im Laden. Vorsichtig ging ich zur Küchentür und lugte um die Ecke. Gertrud saß zusammengesunken auf dem Küchenhocker, eine Kaffeetasse fest umklammert.

„Alles in Ordnung, Gertrud?" fragte ich zaghaft. Sie schaute mich an, als käme ich aus einer anderen Welt, und ich wünschte mir augenblicklich, mehr von ihrer Welt zu verstehen.

„Willst du noch einen Schluck Kaffee?" fragte ich hilflos, denn Kaffee war das beste Mittel, um einen Kloß im Hals wegzuspülen.

„Ja, gern", krächzte sie mit unsicherer Stimme und hielt mir ihre Tasse entgegen, während ich die Kaffeekanne vom Küchentisch holte und ihr nachschenkte.

„Was ist denn eigentlich passiert? Wer war das?" wollte ich wissen. Sie winkte mit einer kleinen Handbewegung ab.

„Ach, das war Louis", antwortete sie, „mein Freund. Wir hatten eine Meinungsverschiedenheit. Nicht der Rede wert." Sie nahm einen großen Schluck Kaffee, als wollte sie alle Bedenken auf einmal herunterschlucken, und zog ein weißes Stofftaschentuch aus ihrer Schürzentasche, mit dem sie sich sehr laut schnäuzte. „Das wird schon wieder", sagte sie, stand entschlossen auf und glättete ihren Kittel. „Komm, lass' uns weitermachen. Die Hüte machen sich ja schließlich nicht von alleine."

Wir suchten eine einfache, runde Hutform für mich aus. Sie hatte die Form einer Bowlingkugel, die etwas unterhalb der Mitte durchgeschnitten worden war. In der Mitte war ein Loch gebohrt worden, so dass man die ganze Form auf einen Ständer setzen konnte. Der Ständer nannte sich Böckchen, wie Gertrud erklärte. Es war ein einfacher dicker Holzstil, auf den die Hutform aufgesetzt wurde, damit sie frei beweglich hin- und hergedreht werden konnte.

„Als erstes müssen wir den Stumpen weich und dehnbar machen", dozierte Gertrud, „das geht mit Dampf. Wenn du nichts anderes hast, kannst du einen Teekessel mit Tülle oder einen Kochtopf mit einem Gittereinsatz verwenden, aber wir Hutmacher nehmen dieses Ding hier." Sie griff in ein Fach unter dem Arbeitstresen und zog ein schweres elektrisches Gerät hervor, das Ähnlichkeit mit einer deformierten Küchenmaschine hatte. Auf einem massiven Fuß aus Metall thronte ein großer, durchsichtiger Behälter.

„Das ist ein Dämpfer", erklärte Gertrud, „siehst du hier die Tülle, da kommt der heiße Dampf heraus, wenn die Maschine eingeschaltet ist und das Wasser, das ich jetzt hier in diesen Behälter fülle, erhitzt ist." Damit schraubte sie den Wasserbehälter von der Maschine ab und füllte ihn bis zum Rand mit Wasser. „Der Hutstumpen muss zwar gut durchgedämpft werden, darf aber auf keinen Fall direkten Kontakt mit dem Wasser haben, sonst gibt es Flecken", erklärte sie weiter, während sie den Behälter wieder aufsetzte und das Gerät einschaltete. „Und während wir warten, bis sich hier ein schöner, heißer Dampf entwickelt, stellen wir schon mal Bügeleisen und feuchte Tücher bereit und präparieren die Hutform." Wieder kramte sie in einem der Fächer des Tresens und zog ein Bügeleisen, ein paar Geschirrtücher, eine kleine Schüssel, eine Rolle Folie und Klebeband aus dem Fach.

„Hier, bitte", sagte sie und schob mir das Sammelsurium an Utensilien über die Arbeitsplatte zu mir, „fülle die Schüssel mit Wasser, heize das Bügeleisen auf und klebe die Folie einfach um die Hutform herum. Aber lass' das Loch für das Böckchen frei. Und bitte möglichst fest ziehen, damit die Folie keine Falten wirft."

„Wozu ist das denn gut?" wollte ich wissen, denn es erschien mir unsinnig, eine Holzform in Folie zu verpacken. Sie konnte ja schließlich nicht schlecht werden.

„Das wirst du dann schon sehen, wenn wir erstmal den Hut auf der Form bearbeiten. Das kann so eine Form ganz schön beanspruchen. Es können Farb- und Appreturreste hängenbleiben, und dann ist die schöne Form ruiniert. Formen sind das Wertvollste, was wir Hutmacher haben. Die musst du hüten wie einen Schatz."

Ich machte mich an die Arbeit. Die Frischhaltefolie erwies sich als sehr widerspenstig, und ich kämpfte verbissen gegen die Falten, die sich auf der Form bildeten wie in einem zu schnell alternden Gesicht. Immer wieder musste ich neu ansetzen, und als ich es endlich geschafft hatte, die Form einigermaßen faltenfrei in Folie zu verpacken, klingelte die Ladenglocke leicht und melodisch, als ob Pan auf seiner Flöte ein Frühlingslied angestimmt hätte. Der Mann, den ich schon am Vortag auf der Ladenschwelle kennengelernt hatte, spazierte herein.

„Hallöchen hallo hallöchen, die Damen", flötete er etwas übertrieben gut gelaunt, „wie geht es wie steht es, alles zum Besten?" Gertrud ging lächelnd auf ihn zu und streckte ihm die Hand entgegen.

„Guten Morgen, Herr Arosa", begrüßte sie ihn freundlich, „wie schön, Sie zu sehen! Ja, alles bestens. Darf ich Ihnen meinen neuen Lehrling vorstellen?" Sie machte eine einladende Handbewegung in meine Richtung. „Das ist Klara, seit heute meine rechte Hand hier im Geschäft. Und Klara, das ist Erich Arosa, Musiker, Sänger und einer meiner Lieblingskunden." Erich musterte mich mit einem halb spöttischem, halb erfreuten Lächeln.

„Sehr erfreut", sagte er grinsend, „wirklich sehr erfreut. Wir hatten bereits die Ehre, stimmt's Fräulein Klara aus Neutopia?" Ich konnte nicht verhindern, rot zu werden, was mir unendlich peinlich war. Das war mir schon lange nicht mehr passiert, aber sofort konnte ich mich an das Gefühl erinnern, das ich als Jugendliche immer beim Rotwerden empfunden hatte. Warum brachte mich dieser Kerl aus der Fassung? Das war doch auch nur so ein typischer Möchtegern-Anmach-Casanova, wie ich sie schon dutzendweise kennengelernt hatte. Ich wartete, bis sich die Hitze in meinem Gesicht etwas abgekühlt hatte und tat so, als ob ich noch sehr beschäftigt damit war, meinen Kampf mit der Frischhaltefolie siegreich zu beenden. Dann hob ich den wieder normal farbigen Kopf und sagte, etwas kurz angebunden, „Ja, wir haben uns schon kennengelernt. Guten Morgen."

„Warum so schüchtern, junge Lady", flötete Erich, meine Reaktion etwas fehlinterpretierend, und zu Gertrud gewandt, „ich komme mit guten Nachrichten!" Erst jetzt sah ich, dass er unter dem Arm eine Rolle mit Plakaten trug. „Frau Hutmacherin, darf ich Ihre musikalische und im Zentrum des öffentlichen Mode-Interesses stehende Ladentür für Reklamezwecke nutzen und unseren nächsten Auftritt dort mit Hilfe dieses Plakats ankündigen?" Er entrollte eines der Plakate und hielt es uns am ausgestreckten Arm entgegen. „Tadaaa", machte er, „Vorhang auf für den bald mächtig berühmten Erich Arosa und seine Koma-Combo! Sie und natürlich Ihr reizendes Lehrlings-Fräulein schreibe ich natürlich mit Entzücken auf die Gästeliste."

Gertrud lachte. „Natürlich dürfen Sie, Herr Arosa", sagte sie, „meine Ladentür fühlt sich geehrt, eine solche Berühmtheit wie Sie unterstützen zu dürfen. Und wir…" damit wandte sie sich ermunternd zu mir, „…kommen ganz bestimmt sehr gern. Stimmt es, Klara?"

Ich war überrumpelt. Wollte ich denn überhaupt dorthin? Die Welt da draußen kam mir doch noch ziemlich fremd vor, und auf dieses Sozialisierungsangebot war ich nicht so richtig vorbereitet. Wenn sie wenigstens ordentliche Musik spielten, würde ich es mir allerdings überlegen. Hauptsache keine Blas- und Volksmusik, aber so sah Erich ja nun nicht gerade aus.

„Äh, was spielen Sie denn so?" fragte ich unentschlossen.

„Nur das Beste", antwortete Erich gut gelaunt, „Rock'n Roll hauptsächlich, aber mit einem kräftigen Schuss Funk und Soul. Was das Herz begehrt. Alles dabei. Sie werden garantiert auf Ihre Kosten kommen."

„Wir freuen uns darauf", griff Gertrud ein, ehe ich absagen konnte. „Im Bootshaus, wie immer?"

„Ja, genau, Ladies", bestätigte Erich fröhlich, „ab sieben könnt ihr kommen. Die Gästeliste liegt bereit, und ein Drink für die hübschen Damen ist schon jetzt kalt gestellt." Damit wandte er sich zur Tür, klebte mit ein paar geübten Griffen das Plakat an die Scheibe und wollte schon gehen, als ihm noch etwas einfiel.

„Ach, Frau Hutmacherin", sagte er, „wie sieht's denn aus mit unserer Bestellung?"

„Wird pünktlich fertig, keine Angst", zwinkerte Gertrud ihm zu. Ich bin fast fertig. Morgen können Sie alles abholen."

„Na wunderbar und perfektissimo", freute sich Erich, öffnete mit einem Tippen an seine Hutkrempe die Ladentür, woraufhin die Türglocke in ein rockiges Ständchen ausbrach, und war verschwunden. Ich betrachtete das Plakat, das er an die Ladentür geklebt hatte. Es zeigte fünf Männer mit Hüten, die ziemlich verwegen in die Kamera blickten, herausfordernd, rebellisch, dicke Lippen, aber auch voller Kraft und Tatendrang. Eine unwiderstehliche Sogwirkung ging von dem Bild aus, wie ein Malstrom, eine wirbelnde Kraft, die mich in ihren Bann zog. Ja natürlich, ich wollte dabei sein.

„Du kommst doch mit, Liebes, oder?" fragte Gertrud in meine Gedanken hinein, und ohne eine Antwort abzuwarten, denn offensichtlich duldete sie keinen Widerspruch in dieser Sache, fuhr sie fort: „Und nun lass uns weitermachen. Ist die Form soweit fertig?"

Ja, war sie, mein Kampf mit der Frischhaltefolie war erfolgreich, zumindest hatte Gertrud nichts gegen das Ergebnis einzuwenden, das ich ihr präsentierte. Als nächstes sei nun das Dämpfen des Hutstumpens an der Reihe, erklärte sie. Der Dämpfer war mittlerweile auch auf Betriebstemperatur und hatte schon ordentlich Dampf entwickelt. Er rumpelte auf dem Tresen ungeduldig vor sich hin wie eine kleine Lokomotive, die nicht von der Stelle kam.

„Du musst vorsichtig sein, dass du dich nicht am heißen Dampf verbrühst", dozierte Gertrud, während sie den Hutstumpen über die Tülle des Dämpfers stülpte, aus der der heiße Dampf wie aus einem Mini-Vulkan herausquoll. Sie begann, den Hutstumpen zu drehen, so dass er von allen Seiten gleichmäßig feucht wurde.

„Fass' mal an", sagte sie nach einer Weile, „so muss sich der Filz anfühlen, bevor er geformt wird. Weich und dehnbar." Ich befühlte den Hutstumpen, der nun gar nicht mehr fest und hart, sondern erstaunlich weich und warm war, wie das Fell eines kleinen Häschens, das gerade erst das Licht der Welt erblickt hatte. Mein erster Hut war dabei, geboren zu werden.

„So, nun muss es fix gehen", sagte Gertrud, „ich zeige dir erstmal, wie es funktioniert. Beim nächsten

Mal kannst du es dann selbst machen." Mit geübten Händen stülpte sie den Stumpen über die Hutform, die ich zuvor auf das Böckchen gesetzt hatte, packte den unteren Rand des Stumpens mit beiden Händen und zog kräftig daran nach unten. Ihre für ihre zarte Statur erstaunlich muskulösen Unterarme ließen erahnen, welche Kraft in diesen Handgriffen lag.

„Der Filz muss komplett faltenfrei sein", erklärte sie, „je mehr du ziehst, desto schöner wird der Hut. Lege all deine Kraft und guten Gedanken in diesen Vorgang, dann gelingt es am besten. Und jetzt hole bitte schnell das Bügeleisen und das feuchte Tuch." Ich reichte ihr die Utensilien, und sie begann, den Hutstumpen auf der Form mit dem Bügeleisen und dem feuchten Tuch zu fixieren. Dabei legte sie das Tuch über den Filz und bügelte die bedeckte Stelle mit zischendem Druck, rundherum um die ganze Form. Nirgends berührte das Bügeleisen den Filz, so dass er, wenn Gertrud das Eisen und das Tuch hochhob, um beides an einer anderen Stelle wieder auf den Filz zu setzen, schwarz glänzte, ohne eine einzige blanke Stelle oder einen Flecken aufzuweisen. Schließlich hatte sich der Filz vollständig faltenfrei und gleichmäßig den Rundungen der Hutform angepasst und dampfte wie ein stolzer Rappe nach einem wilden Galopp auf dem Böckchen vor sich hin.

„Niemals den Filz ohne feuchten Lappen bügeln", betonte Gertrud noch einmal die erste Lektion, die sie mir gerade erteilt hatte. Sie wischte sich ein paar

Schweißtropfen von der Stirn. „Das ist die Hutmacherregel Nummer eins."

Den Rest meines ersten Tages als Hutmacherlehrling verbrachte ich damit, eine Hutkrempe herzustellen. Gertrud zeigte mir, wie man mit Hilfe einer Schnur, die sie Formschnur nannte, die Höhe eines Hutes festlegte. Dazu benötigte man Hammer und Stecknadeln, eine merkwürdige Kombination aus Handwerker- und Schneidermaterialien, wie ich fand. Die Formschnur wurde durch den Filz mit den Stecknadeln am Holzkopf festgehämmert. Anschließend musste ich den überstehenden Filzrand des Hutstumpens so lange bügeln und immer wieder dehnen und ziehen, bis eine glockenförmige Hutkrempe entstanden war. Mehrmals verbrannte ich mir bei diesem Arbeitsgang die Fingerkuppen am heißen Bügeleisen, weil ich das Bügelkissen, das ich unter den Filz legen sollte, nicht richtig hielt. Als ich schon zu zweifeln begann, ob dieser Beruf der richtige für mich sei, tröstete mich Gertrud mit der Aussicht auf schwielige Fingerkuppen, denen auf Dauer die Hitze nichts ausmachte. Das gehöre zum Berufsrisiko der Hutmacher, meinte sie, daran würde ich mich gewöhnen. Ich sollte nur gut darauf achten, dass keine negativen Gedanken in den Stoff eingesaugt würden, wenn ich mich verbrannte. Was für ein merkwürdiger Ratschlag. Aber es war nicht schwierig, ihn zu befolgen, denn die Arbeit nahm meine ganze Aufmerksamkeit in Anspruch, und nicht ein einziges Mal schweiften meine Gedanken zu dem Leben ab, das ich gerade verlassen hatte.

Die Arbeit im Hutmacherladen wurde an diesem Tag häufig von Kundschaft unterbrochen, die ins Geschäft kam, um Hüte zu bestaunen, zu bestellen oder zu kaufen. Männer, Frauen, Kinder betraten den Laden, der Werkstatt, Atelier, Ausstellungsfläche und Verkaufsraum in einem war. Jeder einzelne wurde auf das Freundlichste von Gertrud begrüßt und bedient. Doch gegen Abend, als das Sonnenlicht langsam in ein fahles Schimmern überging, läutete die Türglocke plötzlich zornig und unmelodisch. Ein großer, hohlwangiger Mann mit buschigen Augenbrauen, kalten, blassblauen Augen und schwarzem Zylinder betrat den Laden. Ich war gerade bei meinem letzten Arbeitsschritt für diesen Tag angekommen, dem Bürsten des vom Bügeln und Dehnen noch feuchten Filzes, und zwar gegen den Strich und auch noch gegen den Uhrzeigersinn. Gertrud hatte betont, dass dieses einer der wichtigsten Arbeitsschritte sei, den man stets am noch feuchten Hut ausführen solle, und immer in der Gegenrichtung. Das würde dem Hut später erst den nötigen Glanz verleihen.

Mit der Ankunft des Zylindermanns breitete sich eine spürbare Kälte im Laden aus, und ich zog unwillkürlich die Schultern zusammen. Gertrud warf mir einen Blick zu, den ich nicht ganz zu deuten wusste. War es eine Warnung? Wovor?

„Guten Abend, sehr verehrte Frau Diederich", sagte der Mann mit merkwürdig näselnder Stimme, nachdem er den Laden betreten hatte und bis zum Kassentisch vorgetreten war, „darf ich davon ausgehen, dass mein Auftrag erledigt wurde und ich das Ergebnis abholen kann?" Er nestelte umständlich ein weißes Taschentuch aus einer der Taschen seines schwarzen Mantels, der für diese warme Jahreszeit eindeutig unpassend war, und tupfte sich die Nase.

„Natürlich, Herr Hartmann", antworte Gertrud, und in ihrer Stimme schien sich die Kälte zu spiegeln, die der unangenehme Kunde mitgebracht hatte. „Alles erledigt. Bitte warten Sie einen Moment, ich packe Ihnen den neuen Zylinder noch schnell ein." Damit lief sie die Treppe hoch zur Galerie, auf der die fertigen Hüte ausgestellt waren, und holte den Zylinder, den ich am Morgen noch staunend beäugt hatte, da er Gertruds dunkel Seite zum Vorschein zu bringen schien. Der Wurmzylinder – nur wo war jetzt der Wurm? Ich traute meinen Augen nicht. Der Zylinder, den Gertrud nun in eine vornehme Hutschachtel mit Seidenpapier verpackte, hatte überhaupt keinen Schmuck, mal abgesehen von einem schwarzseidenen Hutband. Der Wurm war verschwunden. Hatte ich mir das ekelige Viech nur eingebildet? Mit kühlem Blick reichte Gertrud dem Mann die Schachtel und nahm mit spitzen Fingern das Geld entgegen, dass er ihr im Austausch reichte.

„Besten Dank, Gnädigste", sagte er, machte ohne ein weiteres Wort auf dem blankgeputzten, schwarzen Schuhabsatz kehrt und verließ das Geschäft.

„Und viel Freude damit", zischte ihm Gertrud durch zusammengebissene Zähne hinterher. Die Türglocke seufzte erleichtert, als die Ladentür hinter ihm zuschlug.

Gut behütete Geheimnisse

An diesem Abend nahm ich den Omnipedes, obwohl es nur zwei Stationen bis zur Schafühnerstsraße waren, die ich bequem hätte zu Fuß laufen können. Aber ich war zum Umfallen müde, und die sanft wellenförmigen Bewegungen, die den Omnipedes wie eine sanfte Dünung durchflossen, schläferten mich ein. Fast hätte ich meine Haltestelle verpasst. Im letzten Moment kletterte ich erschöpft über die Stufen der ausgeklappten Ausstiegstreppe herab und blieb noch einen Moment stehen, um das riesige Tier zu bestaunen. Seine dunklen Kugelaugen waren starr auf die Schienen gerichtet, und sobald die Treppen eingezogen waren, setzte es sich wieder sanft und lautlos in Bewegung. Mit seinen unzähligen Beinen erreichte es innerhalb kürzester Zeit eine erstaunliche Geschwindigkeit und war bald aus meinem Blickfeld verschwunden. Ich drehte mich um und machte mich auf den Weg zu meiner neuen Bleibe. Vorsichtshalber ließ ich meinen Rosenhut auf dem Kopf, als ich die Tür zu meiner Wohnung aufgeschlossen und mich vollkommen erschöpft auf das Plüschsofa geworfen hatte. Ich wollte eigentlich nicht darüber nachdenken, was mir in den letzten zwei Tagen passiert war, denn Antworten würden sich sowieso nicht so leicht finden lassen. Trotzdem konnte ich nicht verhindern, dass sich ein paar Fragen den Weg durch das Gedankendickicht bahnten. Wie war ich nur hierher geraten?

Warum in aller Welt war dieses Loch in der Wand aufgetaucht? Und warum war ich überhaupt hindurch geklettert? Was wollte ich in dieser fremden Welt mit ihren seltsamen Tieren und etwas altmodischen Menschen? War alles nur eine Wahnvorstellung, mit der sich meine Seele half, eine Weile lang Ruhe zu haben? War das alles hier nur eine Flucht vor einer Wahrheit, die ich nicht wahr haben wollte? Aber vielleicht gab es ja so etwas wie Wahrheit überhaupt nicht. Vielleicht war das alles hier nur eine Brille auf meiner Nase, und in Wirklichkeit befand ich mich doch noch in meiner alten Welt. Wollte ich das? Ich seufzte. Das wurde nun doch zu schwierig. Zum Glück hatte ich ja meinen Hut, der mich vor noch größeren Grübelattacken schützte. Ich zog ihn mir noch weiter über die Ohren, was dazu führte, dass mich eine wohlige Wärme und bleierne Müdigkeit durchflutete. Das war wunderbar. Ich musste unbedingt herausfinden, was es mit diesen Hüten auf sich hatte. Ich musste Gertrud zur Rede stellen.

Entschlossen betrat ich am nächsten Morgen den Laden und fand Gertrud in der Küche, wo sie gerade den Wasserkessel auf den schon gut geschürten Herd setzte. Die Kaffeekanne stand auch schon bereit. Eine bessere Gelegenheit würde sich sicherlich nicht bieten, ein paar Antworten zu finden, und so nahm ich allen Mut zusammen.

„Getrud", begann ich mit fester Stimme, aber meine Magengrube machte einen kleinen Hopser, den ich geflissentlich ignorierte, „wie kommt es eigentlich, dass ich mich jedes Mal so gut fühle, wenn ich meinen Rosenhut aufsetze? Was ist das Geheimnis? Ich muss es wissen, bevor ich hier weiter arbeiten kann."

„Ach, Klara", antwortete Gertrud, und ein Lächeln überflutete ihr Porzellangesicht, „du stellst die wichtigen Fragen ungewöhnlich schnell. Heute ist doch erst dein zweiter Tag, und wir haben noch nicht einmal deinen ersten Hut fertiggestellt."

„Aber ich muss es wissen", sagte ich, „ich kann nicht hier bleiben, wenn ich nicht weiß, was es ist."

Gertrud überlegte einen Moment.

„Ich weiß", nickte sie dann verständnisvoll, „gebrochene Herzen haben kein Vertrauen und keine Geduld. Das muss ich mir dann wohl erst verdienen. Ich hoffe, dass ich die erste bin, die es schafft. Und deswegen mache ich eine Ausnahme und werde dich einweihen, noch bevor dein erster Hut fertig ist."

Einweihen? Mir sank der Mut. Was meinte sie damit?

„Bitte sag' mir, was du damit meinst", sagte ich und setzte mich auf den Küchenhocker. Der Wasserkessel fing verführerisch an zu flöten, und Gertrud begann, den Kaffee aufzubrühen, während sie antwortete.

„Das ist so", begann sie mit dem Rücken zu mir, den dampfenden Kessel in der Hand. „Du hast ja gestern schon gelernt, dass du nur gute Gedanken haben sollst, wenn du an einem Hut arbeitest. Aber das ist erst der Anfang. Heute werde ich dir einen ganz besonderen Arbeitsschritt zeigen, und zwar, wenn dein Hut fertig, aber noch nicht ganz trocken ist. Dann kann sich die Magie besonders gut entfalten." Sie wandte sich zu mir und blickte mir direkt in die Augen. „Ich habe die Hutmacherkunst von einer ganz besonderen Hutmacherin gelernt", fuhr sie fort, und ihr Ton hatte jetzt etwas sehr Ernsthaftes. „Diese Frau hatte ihre Kunst auch von einer ganz außergewöhnlichen Frau gelernt, und immer so weiter. Wir gehören zu einer ganz alten Zunft von Hutmacherinnen, und wir machen Hüte auf eine ganz spezielle und besondere Art und Weise. Auf magische Art und Weise, könnte man sagen." Sie drehte sich wieder zu der Kaffeekanne um und schüttete gefühlvoll eine weitere Portion heißes Wasser hinein. „Es ist ein Vorgang, der höchste Konzentration erfordert. Ich werde es dir noch heute Abend zeigen, aber es wird viel Übung erfordern, bis du selbst soweit bist. Es ist auch nicht ganz ungefährlich, daher warte ich normalerweise ein bisschen, bis ich das Gefühl habe, dass meine Lehrlinge bereit sind." Wieder goss sie heißes Wasser in die Kanne, ohne auch nur einen einzigen Tropfen zu verschütten. „Du hast eine schnelle Auffassungsgabe und bist eine gute Beobachterin. Ich bin gespannt, welche weiteren Gaben wir an dir noch entdecken werden."

Der Kaffee war fertig, und Gertrud reichte mir die dampfende Flüssigkeit. In meinem Kopf überschlugen sich die Fragen, aber ich blieb vorerst still, um Gertrud nicht zu unterbrechen. Sie war noch nicht fertig.

„Alle meine Lehrlinge erscheinen einfach eines Tages hier im Laden. Ich weiß nicht, woher sie kommen, und ich frage auch nicht danach, denn früher oder später entdecken wir gemeinsam den wahren Grund und die wirkliche Geschichte, die sich hinter den Schicksalen verbergen. Nur darauf kommt es an, und nur so finden wir die Magie in uns, die für unser Handwerk nötig ist." Nachdenklich nippte sie an ihrer Kaffeetasse. „Du bist noch nicht lange genug hier, dass ich dir schon sagen könnte, wo die Reise hin geht. Aber ich vertraue darauf, dass du die Richtige bist. Deswegen werde ich dich heute Abend einweihen." Entschlossen stellte sie ihren Becher ab. „Aber dazu müssen wir heute erst deinen Hut fertig machen. Also los. An die Arbeit. Oder hast du noch Fragen?"

Sie wartete jedoch nicht ab, ob ich noch etwas zu sagen hatte, sondern rannte leichtfüßig die Treppe zum Atelier hinunter. Ich hatte noch sehr viele Fragen, doch erst einmal hatte es mir die Sprache verschlagen. Es war wohl das Beste, ihrer Aufforderung Folge zu leisten und mich meinem Hut zu widmen.

Der Hut war mittlerweile getrocknet und saß so fest auf der Hutform wie ein guter Reiter im Sattel.

„Als erstes prüfen wir", sagte Gertrud, „ob der Hut so aussieht, wie er soll." Sie nahm Bügeleisen und Bügeltuch zur Hand und begann, hier und da noch eine kleine Falte zu glätten und noch einmal kräftig über den Hutkopf zu bügeln. Dann betrachtete sie ihr Werk und nickte zufrieden.

„So", sagte sie, „nun können wir die Fixierungen entfernen. Das kannst du selbst machen, Klara. Einfach die Nadeln herausziehen und die Schnur lösen."

Behutsam zog ich die Nadeln aus der Hutform und lockerte die Hutschnur, wobei mir auffiel, dass sich unter der Hutschnur eine blanke Druckstelle gebildet hatte. Gertrud reichte mir eine kleine, feste Drahtbürste.

„Das ist ein Kratzfuß", erklärte sie, damit kannst du den Filz an den Druckstellen aufrauen, damit sich die kleinen Haare wieder aufstellen."

Ich bearbeitete die Druckstellen, bis nichts mehr von ihnen zu sehen war und der Filz wieder glänzte wie ein schwarzes Katzenfell in der Sonne. Es tat gut zu sehen, wie diese hässlichen Stellen nach und nach wieder an Schönheit gewannen und schließlich so perfekt wie vorher waren.

„Nun kommt der große Moment", sagte Gertrud, als ich fertig war. „Nimm' den Hut von der Hutform ab und setze ihn auf!"

Vorsichtig begann ich, den Hut an der Krempe nach oben abzuziehen. Er ließ sich ziemlich leicht lösen, wobei er seine schöne runde Form behielt, auch ohne dass er auf der Hutform auflag. Ein Wunder der Hutkunst. Ich setzte ihn mir auf den Kopf und staunte mich selbst im Spiegel an. Der Hut saß perfekt auf meinem Kopf. Mein Gesicht strahlte mir entgegen, wobei die Haarspitzen wie neugierige Vögelchen aus einem Nest ein wenig unter der Krempe hervorlugten. Ich zwinkerte meinem Spiegelbild erfreut zu. Allerdings bemerkte ich keine große innerliche Veränderung, wie sie der Rosenhut bewirkte. Trotzdem freute ich mich riesig über meinen ersten Arbeitserfolg.

„Juchhuu", rief ich meinem Spiegelbild zu, „mein erster Hut! Ich hab's geschafft!" Dabei hüpfte ich spontan wie ein Gummiball auf und ab und hätte am liebsten in die Hände geklatscht, doch das kam mir plötzlich zu kindisch vor. Der erste Schritt in die Hutmacherkunst war geschafft, das erforderte ernsthafte Würdigung.

„Na ja, noch nicht ganz, meine Liebe", dämpfte Gertrud meinen Enthusiasmus, „da gibt es noch Einiges zu tun. Zum Beispiel die Randeinfassung und die Garnitur. Aber der Anfang ist gemacht!" Sie nahm mir den Hut vom Kopf und setzte ihn wieder auf die Hutform.

„Der Rand wird mit einem unsichtbaren Stich umgenäht. Wir nennen ihn Staffierstich." Sie fädelte gekonnt einen schwarzen Faden durch das winzige Nadelöhr einer langen, dünnen Nähnadel. „Wenn du den Staffierstich beherrschst, kannst du die Randeinfassung später auch mit der Nähmaschine nähen. Aber zuerst wirst du mit der Hand arbeiten, das gehört zum Grundwerkzeug einer guten Hutmacherin."

Ich hatte nichts dagegen, da mir das Nähen mit einer Nähmaschine sowieso nicht geheuer war. Etwaige Versuche, die ich in meinem alten Leben durchgeführt hatte, waren meist kläglich an meiner Unfähigkeit gescheitert, dem Nähmaschinenpedal den richtigen Druck zur richtigen Zeit zu verpassen - was dann zu unschönen Ergebnissen geführt hatte, die meist im Papierkorb und nicht in meinem Kleiderschrank landeten. Das richtige Gefühl dafür würde ich wohl noch entwickeln müssen. Dagegen war der Staffierstich ein Segen. Man konnte ihn, so Gertrud, universell benutzen – zum Einnähen von Ripsbändern, für Krempenränder und Hutfutter. Das alles sagte mir erstmal nicht viel, aber Gertrud bestand darauf, dass es sich um eine der wichtigsten Handfertigkeiten in der Hutmacherei handelte, und ich müsste sie perfekt beherrschen lernen. Sie wickelte sich das Fadenende ein paar Mal um den Zeigefinger, stülpte den Daumen über die Fingerkuppe und zog mit einem Ruck.

„Putzmacherknoten", sagte sie, „den übst du am besten gleich mit." Anschließend nahm sie den Hut von der Form, drehte ihn um, so dass die Krempe nach oben zeigte, und begann, den Krempenabschluss mit der Nadel zu bearbeiten. Sie stach schräg von der hinteren Bruchkante durch die vordere Kante, wobei sie nur wenige Stofffäden erfasste. Unmittelbar hinter dem letzten Ausstich setzte sie die Nadel dann wieder an und stach eine weitere Stichlänge schräg nach vorn. Unglaublich. Man sah wirklich fast gar nichts von diesem Stich. Gertrud arbeitete so präzise, dass weder Beulen noch ungleiche Abstände zu erkennen waren. Sie war hochkonzentriert und so exakt wie eine Singer-Nähmaschine.

„Jetzt du", forderte sie mich auf und hielt mir Hut, Nadel und Faden entgegen. „Und nicht so fest ziehen, damit keine Dellen an der Kante entstehen."

Das war leichter gesagt als getan, doch ich tat mein Bestes, und nach ein paar Versuchen hatte ich den Bogen heraus. Es machte Spaß, so eine gewissenhafte, handwerkliche Tätigkeit auszuführen, und der Fortschritt meiner Arbeit erfüllte mich mit einem tiefen Glücksgefühl, wie eine heiße Schokolade mit Sahne an einem kalten, trüben Wintertag oder der erste warme Sonnenschein auf dem Gesicht an einem lauen Frühlingstag. Es war erstaunlich. Ich vergaß alles um mich herum und versank in Faden, Nadel und Filz. Fast war ich traurig, als meine Nadel wieder am ersten Stich, den Gertrud gemacht hatte, angekommen und damit die Hutkrempenrundung eingefasst war. Das hatten Hüte aber nun mal so an sich – sie waren rund, und damit war der Anfang gleichzeitig das Ende.

Ich schaute auf und bemerkte erst jetzt, dass sich der Laden mit Kundschaft gefüllt hatte. So vertieft war ich in meine Arbeit gewesen, dass ich nicht einmal gehört hatte, wie aufgeregt die Ladenglocke geläutet hatte. Fünf Männer standen im Laden, einer verwegener als der andere. Und einer von ihnen war Erich Arosa.

Gertrud hatte fünf Hüte auf der Ladentheke aufgereiht, jeder davon unterschied sich in kleinen Details von den anderen, aber die Grundform war gleich: Männerhüte mit vorne gerader, hinten leicht gebogener Krempe, der Kopf etwas verjüngt nach oben, und an den Seiten jeweils eine deutliche Delle. Der Hutkopf hatte einen Einschlag. Die Hüte unterschieden sich in ihrer Dekoration, die aus Hutbändern und kleinen Musikinstrumenten aus Metall bestand. Die Musikinstrumente zierten die linke Seite der Hüte und waren am Hutband befestigt.

Ich legte meinen eigenen Hut beiseite und ging zur Ladentheke, um die Musikerhüte aus der Nähe betrachten zu können. Schwarz glänzten die Haarfilze im Licht der Lampe über der Theke, und ich konnte mir gut vorstellen, welchen Effekt sie im Rampenlicht verbreiten würden.

„Ah, da ist ja unsere junge Lady aus Neutopia", sagte Erich erfreut, als ich in sein Blickfeld kam. „Darf ich vorstellen: das hier ist die Koma-Combo, meine Band." Er deutete auf den Mann, der direkt neben ihm stand. „Hier haben wir Robert, alias Rob the Rocker, unser wahnsinniger Gitarrenjunkie." Der Mann machte eine Verbeugung in meine Richtung, wobei er verschmitzt lächelte und mit einem Arm fuchtelte, während er den anderen vor seinen Bauch hielt wie ein Prinz, der seine Angebetete zum Tanz aufforderte.

„Und das hier ist Joseph, oder auch Jackie-Joe, Liebhaber dumpfer Bassklänge und kühler Mixgetränke. Bester Bassist unter der Sonne". Joe nickte mir zu, ohne eine Miene zu verziehen.

„Hier haben wir dann noch Wolfgang den Wilden, auch Wolle genannt, unseren Bläser für alles, was ein Mundstück und viele Löcher hat." Der Mann namens Wolle verzog anzüglich die Lippen zu einem schmatzenden Kuss und schloss genüsslich die Augen.

„Und last and least: Rich der Raue – Schlagzeug, Percussion und Rhythmus, wenn nicht gerade ich selbst die Trommelstöcke schwinge." Der Musiker Rich vollführte einen imaginären Trommelwirbel mit Lufttrommelstöcken und verneigte sich anschließend vor uns mit ausgebreiteten Armen.

„Und hübsche Lady, werden Sie uns nun am Samstag mit Ihrem Besuch beehren?" schloss Erich Arosa die Vorstellung ab.

„Natürlich kommt sie, Herr Arosa", antwortete Gertrud für mich von der anderen Seite der Ladentheke, bevor ich selbst etwas sagen konnte. „Wir kommen alle, ich habe auch meinen Freunden Bescheid gesagt. Wir wollen doch alle Ihren großen Auftritt sehen!"

„Das freut uns sehr", antwortete der Bandleader galant, „dann sehen wir uns im Bootshaus. Und bitte – ich bin Erich, nicht Herr Arosa." Damit schnappte sich jeder Musiker seinen Hut, und alle verließen den Laden mit einer letzten dramatischen Verbeugung in unsere Richtung. Die Ladenglocke applaudierte.

Nachdem die Musiker mit ihren neuen Hüten gegangen waren, widmete ich mich wieder meinem eigenen Hut. Es standen noch einige Arbeitsgänge an, und ich begann zu erahnen, wie aufwändig ein richtiger, individuell gefertigter, großartiger Hut herzustellen sein würde. Sicherlich würde man daran viele Tage arbeiten, wenn nicht sogar Wochen, wie an einem Kunstwerk. An meinem Hut fehlten ja nur noch das Hutinnenleben und die Außengarnitur – der Garniturabschluss, wie Gertrud es nannte, womit sie den Hutschmuck meinte, der bei Frauen traditionellerweise auf der rechten Hutseite angebracht werden sollte.

„Warum rechts und nicht links?" wollte ich wissen, und vor meinen Augen sah ich schon opulente Hutschmuckstücke, die sich sowohl rechts als auch links und um den Hut herum dekorieren ließen.

„Ach, das ist eine alte Tradition", antwortete Gertrud, „eigentlich schon überholt. Früher ging die Frau immer an der rechten Seite des Mannes, und bei großen, breiten Hüten mit aufwändigem Putz hätte es gestört, wenn dieser an der linken Hutseite angebracht worden wäre, also zwischen dem Paar. Heute haben wir natürlich gestalterische Freiheiten, die Frauen können ja auch ohne ihre Männer auf die Straße." Sie zögerte kurz. „Zumindest die meisten", fügte sie hinzu. „Also lasse" deiner Kreativität ruhig freien Lauf."

Für meinen ersten Hut, meinte Gertrud, würde es jedoch erst einmal völlig ausreichen, wenn ich jetzt ein Hutinnenband einnähte. Schließlich sollte er für das geheimnisvolle Finale am Abend ja auch noch fertig werden, und der Tag war schon ziemlich weit vorangeschritten. Dann könne ich mir noch ein schönes Außenband aussuchen, das mit ein paar wenigen Staffierstichen angenäht würde, und fertig wäre mein erster Hut. Praktisch für jeden Wochenendausflug bei Wind und Wetter. Gertrud zeigte mir, wie man ein Ripsband für die Hutinnenseite auf die richtige Größe abmaß und am Innenrand feststeckte. Anschließend nähte ich es mit kleinen Stichen fest. Das Befestigen des Außenhutbandes erwies sich als weitaus schwieriger. Ich wählte ein leuchtend orangefarbenes Seidenband, das das Schwarz des Wollfilzes besonders schön kontrastierte. Als ich es um den Hut herumlegte, stand es allerdings am oberen Rand von der konischen Form des Hutkopfes ab.

„Deswegen musst du es erst rundbügeln", dozierte Gertrud und rückte dem Band mit feuchtem Bügeltuch und Bügeleisen zu Leibe. Sie dehnte die äußere Kante, bis es ausreichend gerundet war und auf die Hutform passte. Es war doch erstaunlich, wie man jedes Material mit ein paar Handgriffen in die gewünschte Form bringen konnte. Ich wünschte, es wäre im wirklichen Leben auch so, aber das hatte sich mir bisher als wesentlich widerspenstiger erwiesen. Die beiden Enden des Bandes ließen sich zusammennähen, dann konnte ich es einfach über den Hut stülpen und mit ein paar Stichen befestigen. Über der Naht brachte ich dann noch einen großen, ebenfalls orangefarbenen Knopf an, den ich in einer der vielen Schubladen im Arbeitstresen fand. Gertrud verfügte über einen unglaublichen Fundus an Dekorationsmaterialien. In den zahlreichen Kästen, Kisten, Schubladen und Schachteln ihres Ateliers befanden sich unzählige Federn, Knöpfe, Schleifen, Kunstblumen, Hutnadeln, Muscheln, Perlen, Kugeln und Plastikfrüchte. In den Fächern der Wandregale bewahrte sie vielfältige Stoffarten, Bänder und alle möglichen Gegenstände des täglichen und nicht alltäglichen Lebens auf, die auch nur im entferntesten und mit viel Phantasie als Hutschmuck in Frage kamen. Ich fühlte mich wie ein Schatzsucher auf großer Reise, und jede Schublade, die ich aufzog, jedes Regalfach, das ich durchstöberte, ließen in meinem Kopf neue Hutkreationen entstehen. Ich konnte es kaum abwarten, weitere Hüte anfertigen zu dürfen.

Mittlerweile war es jedoch Abend geworden, und während ich die abschließenden Arbeiten an meinem Hut ausführte, hatte Gertrud die Ladentür verschlossen und einen großen Rollladen heruntergelassen, der die Fensterfront des Geschäfts vor neugierigen Blicken und Eindringlingen schützte.

„Nun, meine Liebe", sagte Gertrud feierlich, „wirst du in das wahre Geheimnis meiner Hutmacherkunst eingeweiht."

Hutblitze

Es war dunkel im Laden. Anstatt das Licht einzuschalten, holte Gertrud ein paar Kerzen, verteilte sie im Raum und zündete sie an, so dass die Lichtkegel sich zu einer dürftigen Beleuchtung zusammenfanden. Sie flackerten unsicher, als ob sie die Ankunft einer größeren Macht erwarteten, die sie auslöschen würde. In der Dunkelheit konnte man nun praktisch nur noch den Arbeitstisch in der Mitte des Ladens erkennen, der sich wie ein Altar aus den Schatten abhob und im Kerzenlicht gespenstisch leuchtete. Gertrud straffte die Schultern, strich entschlossen ihre Schürze glatt und kam dann zu mir. In ihren Augen spiegelten sich die flackernden Kerzen, was ihrem Gesicht einen ziemlich merkwürdigen und distanzierten Ausdruck verlieh, wie einer Priesterin in einer Kathedrale. Sie nahm mir meinen Hut samt Form und Böckchen aus den Händen und stellte ihn auf den Arbeitstisch. Dort thronte er nun einsam wie ein Opferlamm.

„Nun schau genau hin", sagte Gertrud. Langsam trat sie direkt vor den Hut. Dann schloss sie die Augen. Zunächst geschah nichts. Im Laden war es mucksmäuschenstill, man hätte eine Feder fallen hören und ihren Luftzug spüren können. Wie in Trance hob Gertrud nach ein paar Minuten beide Hände in Zeitlupe über den Hut und ballte sie zu Fäusten, wobei die geballten Handinnenseiten zur Decke zeigten. So stand sie wieder eine Weile, tief konzentriert, ohne ein Wort zu sagen oder die Augen zu öffnen. Die Luft schien in der flackernden Dunkelheit zu vibrieren wie eine Fata Morgana über der Wüste, aber das war vielleicht auch nur eine Täuschung meiner Augen, mit denen ich nicht einmal zu zwinkern wagte, um keine Sekunde zu verpassen. Ich konnte meinen Blick nicht von Gertrud wenden, von der eine fremd Kraft auszugehen schien. Plötzlich begannen ihre geballten Hände von innen her zu leuchten, und in diesem Moment presste Gertrud die Handkanten gegeneinander und öffnete die Fäuste, als ob sie auf das Leuchten gewartet hätte. Auf ihren Handinnenflächen formierte sich eine orange-rote Lichtkugel. Sie zitterte leicht und begann ein wenig hin- und her zu tanzen, wie ein nervöser Kugelblitz, der noch auf der Suche nach einer günstigen Stelle war, in die er einschlagen konnte. Die Kerzen verloschen alle gleichzeitig, doch die Lichtkugel strahlte jetzt genügend Energie aus, um den Laden in ein durchdringendes, orangerotes Licht zu tauchen. Die Wände erglühten wie im Schein eines fantastischen Sonnenuntergangs, wobei die Intensität des Glühens immer größer wurde und schließlich den ganzen Raum erleuchtete, bis hin zur Küche und zur Galerie. In diesem Moment begann Gertrud, ihre Hände sinken zu lassen. Sie näherten sich dem Hut Zentimeter für Zentimeter, bis sie schließlich fast den Hutkopf berührten. Dann ließ sie die Leuchtkugel zwischen ihren Händen hindurch sanft auf den Stoff gleiten. Als die Kugel den Filz berührte, zersprang sie wie ein Glas beim Vibrato des hohen C in tausend kleine Stücke, und winzige Flammen und Blitze züngelten um den Hut herum und in ihn hinein. Sie verteilten sich in Höchstgeschwindigkeit. In Bruchteilen von Sekunden war es wieder stockdunkel im Laden, als ob nichts geschehen wäre. Die einzige Erinnerung an das, was ich gerade gesehen hatte, waren schimmernde Sternchen vor meinen Augen, die wie flinke Glühwürmchen hin- und her flitzten, ohne dass ich sie fixieren konnte. Gertrud stieß einen tiefen Seufzer aus und öffnete die Augen.

„Hast du genau zugeschaut?" sagte sie zufrieden und wischte sich mit dem Handrücken über die Stirn, „denn jetzt bist du dran!"

Es dauerte eine Weile, bis ich wieder normal atmen konnte. Anscheinend hatte ich die Luft angehalten, was mein Herz dazu gebracht hatte, wild zu schlagen, um auf den langsam einsetzenden Sauerstoffmangel aufmerksam zu machen. Rasch zündete ich die mir am nächsten stehende Kerze an, um wieder etwas Licht in die Dunkelheit zu bringen.

„Gertrud, was war das?" fragte ich, als der Kerzenlichtkegel die Düsternis im Laden vertrieben hatte und mein Herz wieder einigermaßen normal schlug, „Wie hast du das gemacht? Und was bedeutet das alles? Warum ist der Hut nicht verbrannt, und was war das für eine Leuchtkugel? Woher kam sie?"

„Ganz schön viele Fragen auf einmal, meine Liebe", antwortete Gertrud belustigt, die wieder vollkommen normal und ihren Priesterinnenglanz mit dem Lichtblitz im Hut abgelegt zu haben schien. Sie kam zu mir und ergriff meine Hände. Ihre waren erstaunlich kühl, aber kein Vergleich zu meinen, die eiskalt geworden waren. „Wir versuchen es gemeinsam, das ist einfacher, als alles in Worte zu fassen. Komm' her." Sie zog mich hoch und schob mich vor den Arbeitstisch. Dann stellte sie den Hut auf die Tischkante und sich selbst mir gegenüber, so dass wir uns über den Hut hinweg die Hände reichen konnten.

„Jetzt schließe die Augen, mache eine Faust, und denke an den freudigsten Moment in deinem Leben, den du dir vorstellen kannst."

Ich tat, was sie sagte, und während Gertrud ihre Fäuste gegen meine drückte, suchte ich nach einer passenden Erinnerung. Als erstes fiel mir der Moment ein, in dem ich durch das Loch in Gertruds Laden geklettert war und all die schönen Hüte gesehen hatte.

„Konzentriere dich auf das Gefühl", flüsterte Gertrud, „was verbindest du damit? Kannst du es wieder spüren? Riechen? Hören? Schmecken?"

Ich ließ mich weiter in die Erinnerung fallen, sie war ja auch noch ziemlich frisch. Plötzlich spürte ich einen Anflug von Herzklopfen, roch Stoff und Stroh, frischen Bügeldampf, hörte das leise Zischen eines heißen Eisens auf feuchten Stoffen und schmeckte frisch gebrühten Kaffee.

„Jetzt öffne vorsichtig die Fäuste", wisperte Gertrud, „ganz langsam, um den Blitz nicht zu verscheuchen."

Meine Hände begannen leicht zu zittern und zu kribbeln. Wärme floss durch meine Adern und konzentrierte sich in den Handballen. Vorsichtig öffnete ich die Fäuste.

„Öffne die Augen", sagte Gertrud leise.

Ich tat es. Auf meinen Händen tanzte eine winzige blassgelbe Kugel, ein kleiner, leuchtender Ball aus Licht und Energie. Vor Schreck zog ich die Hände abrupt zurück und ließ die Kugel fallen. Sie hüpfte durch den Laden und verschwand schließlich in einem Schlitz hinter der Treppe zur Küche.

„Oh, da werden wir ab sofort fröhliche Mäuse haben", freute sich Gertrud und klatschte Applaus in ihre Hände. Sie umarmte mich fröhlich und drückte mir einen knallenden Kuss auf die Wange.

„Du kannst es, meine Liebe, ich hab's gewusst! In dem Moment, als du den Laden betreten hast, habe ich gewusst, dass du es kannst!"

Sie umschlang meine Taille und hopste mit mir durch das Atelier. „Sie kann es, sie kann es", sang sie fröhlich und drehte mit mir ein paar Polka-Runden um den Tisch. Ich war wie benommen. Was genau war da gerade passiert, und was konnte ich jetzt? Als Gertrud mich wieder los ließ, holte ich erst einmal tief Luft.

„Getrud", sagte ich ernst, „was ist denn da gerade passiert? Was kann ich? Kannst du mir bitte jetzt mal erklären, was das alles zu bedeuten hat?"

An diesem Abend ging ich zu Fuß nach Hause, denn ich brauchte dringend frische Luft. Ich hatte keinen meiner beiden Hüte aufgesetzt, weder den Herz-, noch den neuen Hut. Ein klarer Kopf war mir jetzt zum Nachdenken lieber, um zu verstehen, was geschehen war. War ich jetzt eine Hexe? Eine Zauberin? Oder besser, ein Zauberlehrling? Diese Frage hatte ich auch Gertrud gestellt.

„Nein", hatte sie gelacht, „nur eine angehende Hutmacherin!" Anscheinend gab es nur sehr wenige dieser Zunft, die das konnten, was wir an diesem Abend gemacht hatten. Gertrud hatte seit Jahren niemanden unter ihren Lehrlingen gefunden, der Hutblitze, wie sie die Leuchtkugeln nannte, erzeugen konnte. Umso freudiger war dieser Abend für sie, denn endlich, endlich konnte sie ihre Künste weitergeben.

„Du hast zwar noch sehr viel zu lernen, Klara", hatte sie zu mir gesagt, „aber das Wichtigste hast du bereits geschafft. Hutblitze gibt es in den verschiedensten Ausprägungen, so individuell, wie ein Hut ist, so einzigartig ist auch der Hutblitz, der dazugehört. Ein großer Teil deiner Ausbildung wird nun daraus bestehen, die Entstehung von Hutblitzen zu kontrollieren. Das manuelle Handwerk ist nicht das Problem, das kann eigentlich jeder einigermaßen begabte und interessierte Lehrling bewältigen. Aber Hutblitze – sie sind die hohe Kunst der Hutmacherei."

Damit hatte ich meine Meisterin, und meine Meisterin ihren Lehrling gefunden.

Das Bootshaus

Am Samstag schloss Gertrud das Geschäft um punkt ein Uhr ab und zog den Rollladen herunter.

„Husch, husch, meine Liebe", sagte sie zu mir, „geh' nach Hause, ruhe dich aus und dann mach' dich hübsch für heute Abend. Wir treffen uns um sieben Uhr am Bootshaus. Keine Widerrede und bitte sei pünktlich."

Damit scheuchte sie mich aus dem Laden und auf die Straße, wo die Leute ihre letzten Wochenendeinkäufe in großen und kleinen Tüten und Taschen nach Hause trugen. Auf dem Platz vor dem Hutladen war morgens ein Markt aufgebaut worden, und nun waren die Marktfrauen damit beschäftigt, ihre Schirme wieder zuzuklappen und die Verkaufsstände abzubauen. Die nicht verkauften Waren wurden in Handkarren verladen. Ein eindeutiges Zeichen, dass jetzt das Wochenende anbrach und es Zeit war, zu Hause die Küche und das Bad zu putzen. Zu Hause, dachte ich, ja, die kleine Dachwohnung, das ist jetzt mein Zuhause. Ich machte mich zu Fuß auf den Heimweg und überlegte, was für Gertrud wohl „hübsch machen" bedeutete. Ein Kleid zum Hut, das würde sicherlich passen. Hatte ich überhaupt eines mitgenommen?

In meiner Wohnung angekommen, ließ ich mich erstmal in meinen roten Plüschsessel fallen. Eine aufregende Woche lag hinter mir, und ich hatte noch gar nicht alles verarbeitet, was vorgefallen war. Nach dem Abend, an dem ich meinen ersten Hutblitz erzeugt hatte, war Gertrud wieder zur Tagesordnung übergegangen, und der Rest der Woche war mit normalen Hutmacher-Tätigkeiten ausgefüllt gewesen. Ich hatte dafür zu sorgen, dass immer Feuer im Herd angefacht war und für die Bügeltücher frisches, sauberes Wasser in den Schüsseln zur Verfügung stand. Morgens entfernte ich die Schutztücher von den beiden Nähmaschinen, die im Laden standen, und bürstete den Staub, der sich in der Nacht angesammelt hatte, von allen fertigen Hüten. Einige standen im Schaufenster, die meisten jedoch auf der Galerie. Ich liebte das Bürsten der Hüte. Es war, als ob man ein kleines Tier bürstete, bis es glänzte. Das Bürsten erfolgte immer gegen den Uhrzeigersinn, von der Hutkrempe bis zur Hutkrone. Schon allein das lag mir sehr – gegen den Uhrzeigersinn zu arbeiten. Anschließend leuchtete jeder einzelne Hut im Licht des Ateliers oder der Sonne wie das Fell eines prächtigen Pferdes auf der Weide. Es war eine beruhigende, befriedigende Tätigkeit, der ich mich mit ganzer Hingabe widmete. Sie hatte heilende Wirkung, und schon nach diesen wenigen Tagen in Gertruds Laden spürte ich, wie alte, verloren geglaubte Kräfte wiedererwachten.

Nach der morgendlichen Routine zeigte mir Gertrud dann die verschiedenen Techniken, die eine Hutmacherin zu beherrschen hatte. Sie wollte, dass ich zunächst lernte, alle Stiche mit der Hand zu nähen. Also übte ich Steppen, Heften, Staffieren, Ketten-

und Festonstiche, bis mir die Finger so wehtaten, dass ich die Hutmachernadeln nicht mehr durch den Filz schieben konnte. Das war der Zeitpunkt, an dem Gertrud mir einen Fingerhut schenkte. Der Fingerhut, meinte sie, sei ein sehr persönliches Markenzeichen einer jeder Hutmacherin. Das hatte eigentlich einen ganz pragmatischen Hintergrund, denn bevor man ihn aufsetzte, musste man einmal kräftig hineinpusten, sonst wackelt er am Finger herum und rutscht hin und her. Das Pusten war jedoch mehr ein Spucken, und wer wollte schon einen Fingerhut tragen, in den jemand anderes hineingespuckt hatte? So durfte ich mir aus einer Zigarrenschachtel mit unzähligen Exemplaren unterschiedlichster Couleur und Form einen eigenen Fingerhut aussuchen. Ich entschied mich für ein schwarz-gold-grundiges, schweres Exemplar mit einem filigranen Muster aus bunten Blumen und singenden Vögeln in der Nacht. Der Kontrast zwischen der schweren Form und dem leichten Muster reizte mich. Es musste sich um Nachtigallen handeln, denn welche Vögel singen im Dunkeln? Wenn ich den Fingerhut aufsetzte, hörte ich förmlich ihre melodischen Vogelstimmen, die durch laue, dunkle Frühlingsnächte klangen, und die Arbeit ging mir im Takt ihres imaginären Gezwitschers leicht von der Hand. In diesem Laden waren anscheinend nicht nur die Hutblitze magisch.

Mit dem Fingerhut bewaffnet, stellte ich dann im Laufe der Woche auch meinen ersten Hut fertig. Als Garniturabschluss hatte ich noch zusätzlich eine große gelbe und eine etwas kleinere orangefarbene Blume aus Filz angenäht, und alles leuchtete nun an der rechten Hutseite wie ein kleiner, angeknöpfter Blumenstrauß.

„Den musst du heute Abend unbedingt aufsetzen", hatte Getrud mir empfohlen, bevor sie mich mittags aus dem Laden geschoben hatte. „Dann freust du dich umso mehr, wenn ich dir meine Freunde vorstelle!"

Gertrud hatte mir genau erklärt, wie ich zum Bootshaus gelangen würde, und sie hatte auch alles getan, um mir den Abend schmackhaft zu machen, indem sie die Konzertabende, die im Bootshaus stattfanden, in den schillerndsten Farben beschrieb und anpries. Ich nahm den Omnipedes bis zur Endstation. Von dort aus war es noch ein kleines Stück zu Fuß bis zum Bootshaus, das direkt am Johannisbach lag. Ein Teil des Gebäudes diente dem Ruder- und Kanuverein als Clubhaus, im anderen Teil befand sich eine Gaststätte, in der es am Wochenende Kaffee und Kuchen, und zum Feierabend Bier vom Fass gab. Einmal im Monat fanden Konzerte mit Musikern und Bands aus der Umgebung statt. Dieser Musikertreff hatte einen gewissen regionalen Ruhm erreicht, und an den Konzerttagen drängten sich die Besucher auf der Terrasse der Gaststätte, um noch rechtzeitig vor Konzertbeginn eines der begehrten Eintrittsbändchen zu ergattern. So auch an diesem Abend, Gertrud hatte nicht übertrieben. Als ich an der Omnipedes-Endstation ausstieg, musste ich nicht lange nach dem Weg zum Bootshaus suchen, sondern nur dem Menschenstrom folgen, der in Richtung Fluss wanderte. Es ging noch ein Stück die Straße entlang, vorbei an einem Schuhladen und einer altehrwürdigen, von Efeu umrankten Bibliothek, dann bogen die Grüppchen und händchenhaltenden Paare um mich herum in einen schmalen, von duftenden Büschen und leise im heranwehenden Flusswind raschelnden Bäumen gesäumten Fußweg ein, der direkt zum Ufer des Johannisbachs führte und in eine große Wiese mündete. Das Wort „Bach" entsprach nicht so richtig der Realität, wie sich herausstellte, denn an dieser Stelle erstreckte sich das Wasser von Ufer zu Ufer auf einer Breite von mindestens dreißig Metern. Grund dafür war ein Wehr, das das Flusswasser etwas weiter flussaufwärts staute. Neben dem Wehr entdeckte ich eine Rampe aus Holz, die aber offensichtlich nur geöffnet wurde, wenn Kanuten das Wehr passieren wollten, denn nun war sie geschlossen. Von einer Brücke über dem Wehr aus hätte man das Spektakel verfolgen können. Am Rande der Wiese stand das Bootshaus, dicht am Wasser, so dass die Kanuten, die die Passage über das Wehr bewältigt hatten, erst einmal eine Pause einlegen konnten. Ein Bootssteg, direkt unter der Terrasse des Bootshauses, führte ein Stück ins Wasser hinein und bildete den perfekten Ankerplatz für Boote.

An diesem Abend lagen jedoch alle Boote ordentlich verstaut im Bootsschuppen. Auf der Wiese vor dem

Bootshaus tummelten sich die herbeiströmenden Menschenmengen. Fast hatte ich die Wiese erreicht, als mich eine Schnecke überholte. Sie war riesig, der gefurchte Hals überragte mich um mindestens eine Kopflänge, und auf dem merkwürdig gezackten Schneckenhaus saßen drei Personen. Offensichtlich handelte es sich dabei um eine Art Kutscher mit seinen zwei Passagieren, denn der vordere Schneckenreiter hielt zwei Zügel in der Hand, die in einem ledernen Kopfteil endeten, das der Schnecke über Gesicht und Hals gestülpt worden war. Durch das weiche, empfindliche Schneckenmaul führte ein scharfer, schmaler Bügel aus Metall, mit dem der Kutscher das Tier lenkte. Die Fahrgäste saßen mit dem Rücken zum Kutscher auf zwei Ausbuchtungen im Schneckengehäuse. Sie schienen sich prächtig zu unterhalten, denn sie würdigten die Umgebung mit keinem Blick und hatten nur Augen für sich selbst. Die Schnecke glitt in zügigem Tempo auf einer Schleimspur dahin, die sie während des Gleitens anscheinend selbst erzeugte. Die Spur glänzte im warmen Abendlicht, während die um mich herumströmenden Menschenmassen einfach Platz machten, über die Spur herüberkletterten oder nebenher liefen. Niemand schien sich sonderlich über das merkwürdige Transportmittel aufzuregen. Vor dem Bootshaus angekommen, zog der Kutscher heftig an den Zügeln, so dass der riesige Schneckenkopf nach oben schnellte und die Fühler zitterten. Die Schnecke stoppte, das Pärchen kletterte kichernd vom Gehäuse, drückte dem Kutscher Geld in die Hand und verschwand in der Menge.

„Na, bestimmt hat das Fräulein Klara aus Neutopia auch noch nie ein Schnaxi gesehen", hörte ich in diesem Moment eine rauchige Stimme an meinem Ohr. Gebannt vom Anblick der Reisenden auf der Riesenschnecke hatte ich gar nicht bemerkt, dass Erich Arosa neben mich getreten war. „Anscheinend ist es meine Bestimmung", fuhr er belustigt fort, „dir unsere schöne alte Welt zu erklären, stimmt's?" Er lachte schallend.

„Ein was?" fragte ich verstört, „ein Schnaxi? Ist das eine Mischung aus Schnecke und Taxi?"

„Ja, genau", sagte Erich, „sehr praktisch. Produziert die Fahrspur selbst, auf der es dahin gleitet. Die können übrigens verdammt schnell werden. Manche Arten sind sogar für die Autobahn zugelassen." Er lachte nochmal fröhlich und griff ungeniert nach meiner Hand. „Aber jetzt komm. Ich zeige dir, wo du deine Chefin findest. Sie sucht schon nach dir." Damit zog er mich durch die aufgeregte, schnatternde, wartende Menge in Richtung Bootshaus.

Vor dem Eingang stand Gertrud inmitten einer Gruppe von Leuten und hielt Ausschau nach mir. Als sie mich in Erichs Schlepptau durch die Menge auf sich zusteuern sah, fing sie heftig an zu winken.

„Huhu, Klara, hierher", rief sie über die Köpfe der Konzertbesucher hinweg, die in einer Traube vor der großen Eingangstür standen und geduldig auf Einlass warteten. Erich schob sich durch die Wartenden und zog mich hinter sich her. Als wir Gertrud und ihre Freunde erreicht hatten, umarmte sie mich fröhlich.

„Wie schön, dass du gekommen bist!" freute sie sich, „Ich dachte schon, du hättest es dir doch noch anders überlegt. Und wie hübsch du aussiehst!" Sie zupfte am Ärmel meines Kleides und strich kurz augenzwinkernd über meinen Hut, wobei mich hutblitzbedingt ein kurzer Freudentaumel durchlief. „Komm', ich stelle dich meinen Freunden vor." Ich merkte, wie mir die Röte ins Gesicht zu kriechen begann, doch ich wollte mir meine Verlegenheit vor Gertruds Freunden nicht anmerken lassen. Hoffentlich hielt die Schminke.

„Ich habe noch ein Schnaxi bewundert", lenkte ich mich selbst ab, zu Gertrud gewandt, „dabei habe ich wohl etwas die Zeit vergessen. Bitte entschuldige, dass ich ein bisschen spät bin." Ich lächelte in die Runde. „Hallo, Gertruds Freunde", sagte ich mutig, „ich bin Klara, Gertruds neuer Hutmacher-Lehrling."

„Wir haben schon viel von dir gehört", sagte eine dunkelhaarige Frau mit exakt geschnittenem Pagenkopf und großen Augen, die wie dunkle runde Perlen aus ihrem Gesicht hervorglänzten, und streckte mir freundlich die Hand entgegen. „Ich bin Hilde.

Und das hier", sie gab dem Mann neben ihr einen kleinen Schubs in den Rücken, so dass er einen Schritt auf mich zu machte, „das hier ist meine bessere Hälfte Heinz."

„Du meinst, die wilde Hilde", sagte der Mann und streckte mir verschmitzt lächelnd ebenfalls seine Hand entgegen, „die wilde Hilde und der herrliche Heinz." Er drückte meine Hand so fest und heftig, dass mir fast ein Autsch herausgerutscht wäre, aber ich lächelte tapfer zurück.

„Sehr erfreut, herrlicher Heinz und wilde Hilde", gab ich zurück. „Ich hoffe, viel gehört heißt viel Gutes gehört."

„Na klar", lachte Hilde und zog Heinz wieder zurück auf seinen Platz an ihrer Seite. Wer in der Beziehung das Zepter in der Hand hatte, war ziemlich deutlich. „Nur das Beste. Wir freuen uns sehr, dich endlich persönlich kennenzulernen. Willkommen in unsere Mitte!"

„Ja, willkommen auch von uns", mischte sich nun ein großer, dunkelhaariger Mann, der auf der anderen Seite neben Hildes Seite stand, in die Vorstellungsrunde ein. „Ich bin Hans, und das ist Karin." Er deutete auf eine Frau mit schulterlangen, dunkelbraunen Haaren und großer Brille, die fast zwei Köpfe kleiner war als er und die er fest an der Hand hielt. „Wir sind weder wild noch herrlich, dafür aber hocherfreut, dass du zu Gertrud gestoßen bist." Er grinste dunkel und vielsagend, und ich wusste nicht so recht, was ich mit dieser Vorstellung anfangen sollte. Karin kam mir und ihm zu Hilfe.

„Großer, dummer Mann", sagte sie zu Hans, „natürlich sind wir herzlich." Sie wandte sich zu mir und nahm mich spontan in die Arme. „Wir freuen uns wirklich sehr, dass wir dich kennenlernen und du heute Abend dabei bist." Sie drückte mich kurz und schob mich dann eine Armlänge von sich fort. „Was für ein hübsches Mädchen", sagte sie mit ehrlicher Bewunderung, „und was für ein schöner Hut. Selbst gemacht?"

„Ja", antwortete ich, „mit viel Freude!"

Gertrud zwinkerte mir zu und wandte sich dann an Karin. „Ein Freudenhut", sagte sie, „ihr erster. Hat gleich beim ersten Versuch geklappt. Klara ist ein Naturtalent."

Die ganze Zeit über hatte Erich neben mir gestanden und der Vorstellungsrunde amüsiert gelauscht. Nun mischte er sich ins Gespräch ein.

„Freunde, Freunde", sagte er, „wie wunderbar und zauberhaft, dass ihr euch alle so gut versteht. Aber jetzt wird es ernst, und ich muss gehen. Die Bühne ruft." Damit tippte er mit der Fingerspitze an seinen schwarzen Musikerhut und zwinkerte uns zu. „Wir sehen uns nach der Show!" Dann verschwand er in Richtung Bootshaus.

In diesem Moment öffneten sich die großen, runden Eingangstüren, und die Menge begann langsam, sich vorwärtszubewegen.

„Wo ist denn Louis?" fragte ich Gertrud, als wir uns in Richtung Eingang schoben, denn ich hatte ihn noch nirgends entdecken können.

„Oh, der kommt etwas später", antwortete Gertrud unbekümmert, „er hatte noch etwas zu erledigen. Aber er hat versprochen, spätestens um acht Uhr hier zu sein."

Hans nahm sich Zeit, Klara genau zu betrachten. Noch konnte er sich keinen Reim auf Gertruds neuen Lehrling machen. Später würde er Heinz nach seiner Meinung fragen, der nicht nur sein Freund, sondern auch ein geschätzter Kollege an der Schule war, an der er unterrichtete. Er hatte immer einen ersten Eindruck parat, wenn er vor einer neuen Klasse stand, schien er instinktiv zu erfassen, wer Freund und wer Feind sein würde, was Hans eher schwer viel. Sie ist ein wirklich hübsches Ding, dachte er, als er ihr im Kreise seiner Freunde gegenüber stand, mit ihren langen, dunkelblonden Haaren, die unter dem Hut wie ein sonnenbeschienener Wasserfall hervorquollen, und mit diesen tiefblauen, klaren Augen. Sie wird auffallen hier im Dorf, eine Attraktion für Gertruds Laden. Nicht, dass der Laden das nötig hätte, der lief, soweit Hans es beurteilen konnte, ziemlich gut. Das wusste er von Karin, die schon seit ewigen Zeiten Gertruds beste Freundin war. Sie hatte ihm immer wieder versichert, dass Gertrud eine wunderbare Hutmacherin sei, eine Künstlerin in ihrem Fach. Er selbst trug nur ab und zu Hüte aus ihrem Laden und musste zugeben, dass sie etwas Besonderes hatten. Doch konnte er nicht so richtig sagen, was es eigentlich war, denn vom Aussehen her fand er die Hüte nun auch nicht gerade so sehr viel besser als die von den zahlreichen Konkurrenten im Ort. Es musste etwas anderes sein, ein Gefühl, oder ein Tragekomfort, eine Lebenseinstellung, die diese Hüte vermittelten und sie so besonders machten. Jedenfalls fühlte er sich immer ziemlich gut damit, wenn er morgens vor seine Klasse trat, um seinen aufmüpfigen Schülern die Grundbegriffe der Philosophie und die wichtigsten Geschichtsdaten einzupauken. Doch sobald er den Hut absetzte, war das Gefühl verschwunden, und er fühlte sich seinen Schülern gegenüber wieder schutzlos ausgeliefert. Aber so war das nun mal als Lehrer. Er begegnete der täglichen Herausforderung, vor dem Pult den Alleinunterhalter zu spielen, mit Strenge und Härte, was die Schüler im Zaum hielt, jedoch zumindest seiner eigenen Überzeugung nach nicht seinem innersten Wesen entsprach. Innerlich war er ein Rebell, ein Revoluzzer, selbst ein Aufmüpfiger, ein glühender Bewunderer von Marx, Lenin und Che Guevara, aber das durfte er sich im Schuldienst natürlich nicht anmerken lassen. Revolutionen sind die Lokomotiven der Geschichte, das war sein Motto, und das wollte er seinen Schülern beibringen, als sein Beitrag zur Genesung dieser Welt, wenn es schon nicht auf andere Art und Weise ging. Vielleicht, vielleicht würde er sich ja eines Tages auch doch noch trauen, seine kleine heile Welt zu verlassen und die Revolution anzuzetteln. Doch erstmal sah es nicht danach aus. Wo war eigentlich Louis?

Von innen war das Bootshaus ein etwas heruntergekommener Feierschuppen. Kaum hatte ich den Gastraum betreten, strömte mir der Geruch vieler verschütteter alkoholischer Getränke und gerauchter Zigaretten entgegen. Eine lange, geschwungene Holztheke beherrschte den Vorraum, in dem ein paar vereinzelte Barhocker herumstanden, um am späteren Abend als willkommene, wenn auch unbequeme Sitzgelegenheiten für tanzwunde Füße in zu hohen Stöckelschuhen zu dienen. Neben der Theke führte eine große Tür in den eigentlichen Konzertsaal. Die Bühne darin war fast ebenerdig zum Publikum, nur eine Stufe erhöhte die Instrumente, Lautsprecherboxen, Mikrofone, Beleuchtungsständer und das Kabelgewirr, das dort aufgebaut worden war. Die Menschenmenge strömte so nah wie möglich vor die Bühne, Getränke in den Händen und Zigaretten im Mundwinkel. Wir suchten uns einen Platz in der Nähe des Mischpults. Dort hatten schon zwei Mischer Platz genommen. Ungeachtet der hereinströmenden Besuchermassen waren sie dabei, lässig eine letzte Feinjustierung der Knöpfe und

Regler vorzunehmen. Im Hintergrund dröhnte Rockmusik aus großen Boxen an den Wänden. Das Licht war gedämpft, und die Atmosphäre heizte sich in Vorfreude auf einen lauten, schweißtreibenden, die Sinne aufpeitschenden Abend voller lauter Musik langsam auf. Von den Musikern war allerdings noch nichts zu sehen.

„Ich hole uns etwas zu trinken", bot Heinz an, „was wollt ihr denn? Bier für alle?" Alle nickten, und ich schloss mich an.

„Also, Klara", nutzte die wilde Hilde die Gelegenheit, als wir uns alle vor dem Mischpult so eingerichtet hatten, dass wir einen guten Blick auf die noch in schummriges rotes Licht getauchte Bühne hatten, „wie gefällt es dir denn nun so in unserer Stadt?"

„Ich bin ja noch nicht lange hier", sagte ich zögernd, denn schließlich wusste ich nicht, wie viel Hilde über meine ungewöhnliche Herkunft durch ein Loch im Hutladen wusste, und ich wollte Gertruds Geheimnisse auch nicht gleich ausplaudern. Wahrscheinlich war es das Beste, wenn ich mir schnell eine plausible Geschichte einfallen ließe, die so ungefähr der Wahrheit entsprach. „Es ist schon eine sehr erstaunliche kleine Stadt", fuhr ich also ausweichend fort, um etwas Zeit zu gewinnen. Mein Blick suchte nach Hilfe in Gertruds Augen.

„Sie macht sich ganz hervorragend als meine Schülerin", kam diese mir augenzwinkernd zu Hilfe, „ich kann euch gar nicht sagen, wie froh ich bin, so schnell einen Ersatz für Adnila gefunden zu haben."

Adnila? Wer war das denn? Diesen Namen hatte Getrud bisher noch gar nicht erwähnt.

„Wer ist Adnila?" wollte ich wissen.

„Oh, sie war deine Vorgängerin", erklärte Gertrud leichthin, „aber sie wollte nicht bleiben. Vor einem Monat teilte sie mir plötzlich mit, dass sie ihre Ausbildung woanders fortsetzen wolle. Sie wollte unbedingt zu ihrer Familie, den Schatzen, zurück, obwohl sie mir vorher hoch und heilig versprochen hatte, dass sie den Sommer über bleiben wolle. Du siehst, das war der perfekte Zeitpunkt für deine Bewerbung um die Stelle." Wieder zwinkerte sie mir zu. So sollte die Geschichte also vor den anderen erzählt werden.

„Ja", griff ich die Vorlage an Hilde gewandt auf, „als ich mich im Laden vorstellte, hat Gertrud wirklich nicht lange gezögert und mir sofort eine Chance gegeben." Mein Blick wanderte zurück zu Gertrud, und sie nickte unmerklich. „Ich wollte schon immer Hutmacherin werden", spann ich also die Geschichte weiter, „es liegt bei uns in der Familie. Meine Oma war Hutmacherin, und ihre Schwester Schneiderin. Zusammen stellten sie die wunderbarsten Kleider und passenden Hüte her. Ich habe das als kleines Mädchen sehr bewundert." So langsam kam ich in Fahrt. Die Geschichte machte mir Spaß. Wenn ich schon keine schöne Kindheit gehabt hatte, so konnte ich es mir zumindest einbilden. „Nun habe ich die Chance, einen ähnlichen Weg zu gehen. Ich bin so froh darüber!"

Hilde schaute mich etwas skeptisch an. Vielleicht hatte ich ja übertrieben mit meinem plötzlichen Enthusiasmus? In diesem Moment kam Heinz zurück, ein Tablett mit sechs großen Plastikbechern durch die Menge balancierend.

„Gläser gibt es heute leider nicht, zu viele Leute da!" verkündete er, „Über dreihundert, habe ich gehört. Das wird richtig voll heute Abend!"

„Na, dann mal Prost auf einen schönen Abend", sagte Karin vergnügt und nahm sich einen Becher vom Tablett, „Ich freue mich jedenfalls darauf, und je mehr Leute, umso besser die Stimmung."

„Ja, genau", pflichtete Hilde ihr freudestrahlend bei und schnappte sich ebenfalls einen Becher. Ihre Skepsis schien vergessen. „Und dir, Klara, ein herzliches Willkommen in unserem Kreis! Prost!" Alle prosteten mir zu.

Hans hatte dem Gespräch aufmerksam gelauscht, ohne ein Wort zu sagen. Das war ja eine ziemlich unglaubliche Geschichte, die Gertrud da wie ein Kaninchen aus dem Hut zauberte. Kaum war die geheimnisvolle Adnila verschwunden, schon tauchte wieder ein neuer Lehrling in Gertruds Laden auf. Sie mochte ja die beste Freundin seiner Frau sein, aber manchmal war sie ihm doch wirklich nicht so ganz geheuer. Schon der von Hans sehr verehrte Heraklit war der Ansicht, dass nicht alles so war und blieb, wie es schien. Nichts ist auf ewig das, was es zu sein scheint, hatte der alte Grieche behauptet, und sicherlich hatte er damit Recht. Wasser wurde zu Eis oder verdampfte zu Luft, aus Liebe wurde Hass, aus Treue Verrat. Möglicherweise war auch Gertrud eine wandelbare Frau, die nur noch in Karins Augen die beste Freundin zu sein schien? Nicht mal die Sterne standen immer genau am selben Ort. Wie sollte man in so einer flüchtigen Welt Sicherheit haben? Aber andererseits, Eindeutigkeit und Widerspruchsfreiheit waren doch ganz klar nur etwas für schlichte Gemüter. Nur die Widersprüchlichkeit forderte den intelligenten Verstand heraus, und somit kam Hans nicht umhin, die sehr widersprüchliche Gertrud zu mögen. Schließlich hatte sie ja auch noch einen ganz gravierenden Vorteil: sie war Louis Freundin. Und der von Hans verehrte Louis konnte ja schlecht eine Frau an seiner Seite haben, die brav und angepasst war. Überhaupt, wo blieb er eigentlich? Hans schaute über die Menge hinweg, was ihm angesichts seiner Größe nicht schwer fiel. Plötzlich entdeckte er einen wilden blonden Lockenschopf in seine Richtung steuern. Es war Louis. Hans drängte sich durch die wartende Menge, um Louis abzufangen, bevor er die anderen erreichte.

„Mensch, Louis", raunte er ihm zu und hielt ihn am Arm fest, „wo warst du denn bloß? Wir hatten uns doch um sechs verabredet, um das weitere Vorgehen zu besprechen."

„Ah, mon ami, es tut mir sehr leid", gab Louis aufgeregt zurück, „aber es hatte sich kurzfristig eine Möglichkeit für mich ergeben, den Ort auszukundschaften." Seine Augen funkelten plötzlich wütend. „Du glaubst nicht, was ich dort gesehen habe. Es ist unvorstellbar. Wir müssen unbedingt etwas tun!" Er entwand sich Hans Griff. „Ich erzähle euch alles später. Wir müssen bald handeln!" Damit drückte er freundschaftlich Hans Ellenbogen und drängelte sich weiter durch die Menge in Richtung Gertrud.

„Attendez, mes amis", rief ein blonder Lockenkopf, als wir gerade trinken wollten, „wartet doch, ich will mit euch anstoßen!" Es war Louis, soweit ich mich an das kurze Intermezzo im Laden erinnern konnte, der sich durch die Menge zu uns durchgeschlagen hatte. Er drückte Gertrud einen schallenden Kuss auf die Lippen. „Entschuldigt die Verspätung, ich musste noch etwas Dringendes erledigen. Aber jetzt bin ich bei euch." Auch Louis hatte einen Plastikbecher in der Hand und hob ihn in meine Richtung. „Du bist die hübsche Klara, richtig?" Sein Becher stieß stumpf gegen meinen. „Ich bin Louis. Ich freue mich sehr, ma chère, dich endlich kennenzulernen!"

Noch bevor ich antworten konnte, ging das Licht aus, und ein Trommelwirbel setzte ein. Erwartungsvoll drehten sich die Konzertbesucher in Richtung Bühne. Wer gesessen hatte, stand auf, und es entstand ein leichtes Schieben und Drängen nach vorne. Zum Glück standen wir vor dem Mischpult und entgingen dem allgemeinen Geschubse. Nach kurzer Zeit hatte jedoch jeder in der Menge seinen Platz gefunden. Über den Trommelwirbel hinweg dröhnte eine Stimme aus dem Off:

„Ladies and Gentlemen, es ist soweit – hören, sehen und staunen Sie. Erich Arosa und die Koma-Combo!"

Die Musiker mussten sich im Dunkeln durch eine Tür hinter der Bühne zu ihren Musikinstrumenten geschlichen haben, denn plötzlich gingen sämtliche Lichter an, und der Trommelwirbel endete mit einem letzten Schlag auf eines der Becken. Dann hörte man das viermalige Klicken der Drumsticks. Gitarre, Bass, Saxophon und Schlagzeug setzten gleichzeitig ein zu einem blues-rockigen Rhythmus. Erich saß am Schlagzeug und sang. Seinen Hut hatte er tief ins Gesicht gezogen, so dass ich nur ab und zu seine Augen blitzen sehen konnte. Er sang mit tiefer, kratziger Stimme, die hervorragend zu dem Blues-Rock passte, den die Band als Einstiegssong gewählt hatte. Die Menge wippte im Takt mit, und schon bald begannen die ersten weiblichen Gäste vor der Bühne zu tanzen. Gertrud fasste Louis Hand.

„Lass uns tanzen", hörte ich sie ihm über die Musik hinweg zurufen. Breit grinsend ließ Louis sich hinter ihr her in Richtung Bühne ziehen, und kurz darauf waren sie in der wippenden Menge verschwunden. Heinz und die wilde Hilde neben mir hatten die Arme umeinander gelegt und wiegten die Hüften ebenfalls im Takt der Musik. Karin war in ihren eigenen Tanz versunken, sie hatte die Augen geschlossen und schüttelte die dunkelhaarige Mähne im Takt, die Arme hoch über den Kopf gestreckt, der Körper biegsam wie ein Grashalm im Wind. Nur der große, dunkle Hans stand wie ein Fels in der Brandung in der wogenden Menge, die Arme vor der Brust verschränkt, den Blick starr auf die Bühne gerichtet. Mein eigener Körper wollte auch tanzen und hatte fast von selbst begonnen, sich im Takt zu wiegen. Je lauter und einpeitschender die Gitarrensoli, Saxophonpassagen und Trommeleinlagen wurden, desto heftiger reagierte ich. Ich spürte förmlich das Zusammenspiel von Bass und Bass-Drum in meinem Bauch, der zusammen mit dem Fell der Snare zitterte, die Erich mit den Sticks bearbeitete. Nach den ersten drei Songs übernahm Richard, der bis dahin Percussion gespielt hatte, das Schlagzeug. Erich schnappte sich das Mikrophon und eine Gitarre, um die Show nun nur noch als Leadsänger fortzusetzen. Es war einfach umwerfend, wie er das Publikum in Atem hielt und von Song zu Song die Stimmung steigerte. Der Saal brodelte, es war heiß, und trotzdem konnte ich es nicht verhindern, dass mir eine Gänsehaut nach der anderen über den Körper lief. Niemand außer Hans schien sich dem Zauber der Musik entziehen zu können. Als Gertrud und Louis nach einer Weile vom Tanzen vor der

Bühne erschöpft, glücklich und schweißnass wieder auftauchten, brüllte ich Gertrud über die Musik hinweg ins Ohr.

„Welche Hutblitze hast du genommen?" wollte ich wissen, denn die Musiker hatten nicht eine Sekunde ohne ihre Hüte gespielt.

Gertrud lachte mich an. „Goldene", schrie sie zurück, „goldene für Erfolg!"

Das schien ja perfekt zu wirken.

Die Band spielte ohne Pause fast drei Stunden lang durch, doch das Publikum hatte noch nicht genug und verlangte lautstark nach Zugaben. Zwei davon schaffte die Band noch, dann war das Konzert endgültig beendet, und das schummrige Bühnenlicht wurde eingeschaltet. Langsam begann die Menge, sich in Richtung der Ausgänge zu bewegen. Frischluft strömte durch die nun zum Fluss hin geöffneten Türen in die erhitzten Gesichter und kühlte den Schweiß. Die Musiker, die nach dem letzten Akkord durch die Tür hinter der Bühne verschwunden waren, kamen wieder hervor und mischten sich unter das Volk. Erich steuerte auf uns zu.

„Hallo, hallo, hallöchen, meine Freunde", rief er uns aufgekratzt zu, „na, hat es euch gefallen?"

„Es war perfekt", sagte Hans, dem ich es am wenigsten zugetraut hätte, denn er hatte sich, soweit ich es nach meiner eigenen Tanzextase beurteilen konnte, keinen Zentimeter bewegt. „Wenn Menschen in der Gruppe Musik hören", fuhr er ernsthaft fort, „ist es wie in der Kirche. Oder besser, wie es in der Kirche sein sollte. Es befreit uns aus der Isolation."

„Hey, hey, mein Freund, das hast du schön gesagt", grinste Erich. „So soll es sein. Und um euch noch weiter aus der Isolation zu befreien – kommt doch mit zur After-Show-Party hinten im Garten. Ihr seid alle herzlich eingeladen. Seid meine Gäste heute Abend!" Er breitete die Arme aus und umfasste Gertrud, Louis und Karin, die ihm am nächsten standen. „Ich würde mich freuen", sagte er, und sah mir dabei direkt in die Augen.

Die Party am Fluss

Der Garten hinter dem Bootshaus bot ein faszinierendes nächtliches Spektakel. In der Mitte war ein Feuer entfacht worden, über dem sich ein Ferkel am Spieß drehte. Bei genauerem Hinsehen stellte ich erstaunt fest, dass es sechs Beine hatte.

„Oh, wie lecker", rief Heinz, als wir den Garten betraten und das Tier am Spieß in Sicht kam, „ein Schweibein am Spieß! Davon muss ich mir gleich ein Stück holen. Ich sterbe vor Hunger." Damit verschwand er mit Hilde in der Menge, die sich um das Feuer versammelt hatte. Zwischen den Gästen tummelten sich grüne und goldene Gestalten mit Zweigen und Ästen auf dem Kopf, in fließenden Hosen und Kleidern. Sie spielten querliegende Flöten und kleine Handtrommeln oder verteilten Getränke in großen, bauchigen Gläsern. In einem Baum hing ein riesiger Kronleuchter, in dem ein feenartiges Wesen mit langem gelbem Kleid und grünen Gliedern langsam tanzte. Ich vermochte nicht zu sagen, ob es Menschen oder irgendwelche Fabelwesen dieser neuen Welt waren, die ich anscheinend noch nicht mal ansatzweise kennengelernt hatte. Überall waren Fackeln aufgestellt, die das Geschehen in ein zuckendes, unwirkliches Licht tauchten. Ich hatte das Gefühl, in einer Märchenwelt für Erwachsene gelandet zu sein.

Erich kam auf mich zu und drückte mir eines der bauchigen Gläser in die Hand. Es war mit einer grünlichen Flüssigkeit gefüllt.

„Hier, schöne Frau, nimm' einen Schluck", forderte er mich auf. „Danach siehst du alles ganz locker."

„Was ist das?" fragte ich zögerlich, denn die Flüssigkeit sah nicht besonders vertrauenerweckend aus. Ich schnupperte an dem Getränk, und ein Geruch von Heu und Schnaps stieg mir kribbelnd in die Nase.

„Das ist ein Hanfi", antwortete Erich mit breitem Grinsen, „probiere es einfach. Es wird dir schmecken."

Fast die Hälfte der Anwesenden schien sich an dem grünen Getränk gütlich zu tun, und so nippte ich artig. Es schmeckte wie eine Mischung aus Haferbrei, Spinatsaft und klarem Schnaps. Eigentlich ziemlich eklig. Erich sah, dass sich meine Begeisterung in Grenzen hielt und lachte.

„Man gewöhnt sich schnell daran", kicherte er. Anscheinend hatte er schon einige Hanfis im Blut.

„Erich, mein Superstar", hörte ich eine Frauenstimme kreischen, und hinter Erich tauchte eine hübsche Blondine mit weitem Ausschnitt und superkurzem Minikleid auf, die Erich die dünnen braungebrannten Arme um die Hüften schlang, während sie ihren Blondschopf in seinen Rücken drückte. „Du warst großartig!" schrillte ihre Stimme weiter, „Komm', lass dich feiern!". Damit zog sie Erich durch die Menge fort in Richtung einer provisorischen Bar aus Holzpaletten, um die herum die restlichen Bandmitglieder weiteren hübschen Blondinen und Brünetten in engen, kurzen Kleidern und frechen, kleinen Hüten auf den sorgfältig frisierten Haaren standen. Alle prosteten sich gegenseitig mit Hanfis zu.

„Wir sehen uns später", konnte Erich mir gerade noch zurufen, dann war er in der Damenmenge verschwunden.

„Musik befreit uns aus der Isolation", hörte ich Hans neben mir murmeln, „sag' ich doch."

„Dem kann ich wohl nur zustimmen", gab ich etwas gereizter, als mir lieb war, zurück, denn eigentlich hatte ich mich darauf gefreut, Erich ein wenig besser kennenzulernen. Aber anscheinend war das hier wohl nicht die beste Gelegenheit, und nun war mir die Lust dazu auch vergangen. Ich wandte mich dem stoischen Hans zu. „Glaubst du wirklich, dass wir alle in Isolation leben?" fragte ich ihn, um ihn in ein Gespräch zu verwickeln und nicht allein auf dieser Party herumstehen zu müssen. Hans schien mir der geeignete Ansprechpartner, um auf philosophische Themen eine kluge Antwort zu erhalten.

„Die Isolation ist ein Teil der menschlichen Grundverfassung", bestätigte er meine Erwartung. „Wir leben jeder für sich, in einem individualisierten Bewusstsein. Wir sind darin gefangen. Nur so überleben wir."

„Du glaubst also nicht, dass eine tiefe Freundschaft oder ein Partner diese Isolation sprengen kann?" stieg ich auf das Thema ein, denn obwohl es nicht gerade für Smalltalk auf einer etwas merkwürdigen After-Show-Party geeignet war, berührte es tief in mir einen empfindlichen Nerv.

„Wir sehnen uns danach", sinnierte Hans, „und im Prinzip ist es eine Sehnsucht nach dem Urzustand. Wir möchten die Verantwortung, die Welt zu schaffen und zu kontrollieren, loswerden. Wir wollen dem Gefängnis des einsamen Bewusstseins entfliehen in ein größeres Ganzes. Wenn man das in Gesellschaft anderer tut, bekommt es ganz große Kraft." Hans nahm einen Schluck aus dem bauchigen Hanfiglas, das ihm eine der grünen Wesen in die Hand gedrückt hatte. „ Deshalb liebe ich es so, Live-Auftritte anzuschauen", schloss er seinen Diskurs.

Ich war beeindruckt. Hans hatte genau das beschrieben, was ich vorhin bei der Show empfunden hatte. Ein Gefühl der Zugehörigkeit, des Eins-Seins mit der Menge.

„Das klingt tröstlich", sagte ich gedankenverloren, und Hans nickte mitfühlend.

„Es ist schwer, das Gefühl, das man an solchen Abenden hat, in Worte zu fassen", sagte er, „mit Sprache versuchen wir ständig, unser Erleben zu beschreiben, aber das geht oft schief. Und dann bekommen wir mit dem Gegenüber Schwierigkeiten.

Deswegen: Nein, ich glaube am Ende nicht, dass eine Partnerschaft uns aus der Isolation holen kann, es sei denn…" Weiter kam er nicht, denn wie aus dem Nichts tauchte Karin an seiner Seite auf und vollendete den Satz: „Es sei denn", unterbrach sie, „man hat eine Frau, die dieselbe Sprache spricht." Sie drückte Hans einen Kuss auf die Wange. Anscheinend war sie gerade von einer Runde durch den Garten zurückgekehrt, denn sie hielt einen Plastikteller mit knusprig gebratenem Ferkelfleisch in der Hand.

„Hör nicht auf den dunklen Philosophen", sagte sie gut gelaunt zu mir, „er liebt die tiefgründigen Seiten dieser Welt. Aber eigentlich ist er in seinem tiefsten Inneren nur ein knuffiger Teddybär." Damit schob sie sich ein Stück Ferkelfleisch in den Mund. „Willst du einen Happen essen, Liebster?" sagte sie zu Hans, „das hilft auch gegen zu viel Isolation, auf jeden Fall des Magens gegenüber seinen anderen Verdauungskollegen im Bauch, und es fördert auch noch die Kooperation der Verdauungsorgane."

Hans schaute sie irritiert an, als wäre er aus einer tiefen Trance aufgewacht.

„Gibt es denn nichts Pflanzliches", wollte er wissen, „du weißt doch, dass ich versuche, ohne Fleisch auszukommen. Diese Schweibeine sind mir mehr als suspekt."

„Und zu Recht so!" mischte sich eine Stimme in das Gespräch ein. Louis war zu uns getreten. Auch er und Gertrud hatten sich unter die Gäste gemischt, Gertrud hatte ein paar Kunden begrüßt, und nun stießen beide wieder zu uns. „Dieses Fleisch ist ekelhaft", schimpfte Louis, „wer weiß, in welchem Bau die armen Viecher hausen mussten. Ihr esst es besser nicht. Das ist alles verseucht und ungesund." Vorwurfsvoll blickte er auf Karins Teller. Karin kaute genüßlich auf einem Stück Fleisch herum und ließ sich den offensichtlichen Appetit nicht verderben.

„Mir egal", sagte sie mit vollem Mund, „mir schmeckt es jedenfalls." Louis verdrehte die Augen und stieß einen empörten Seufzer aus.

„Merde, du bist eine unbelehrbare Ignorantin", sagte er böse zu Karin, „bei meiner nächsten Aktion nehme ich dich einfach mit, dann kannst du mit eigenen Augen sehen, was du da in dich hinein-stopfst."

„Lieber nicht", antwortete Karin vergnügt, „dann vergeht mir noch der Appetit. Ich liebe Fleisch!" Sie betonte das ‚liebe', indem sie das Wort genüßlich lang zog. Dann hob sie einen weiteren großen Fleischbrocken von ihrem Plastikteller, hielt ihn über ihren Mund, bleckte die Zähne und biss mit einem lauten ‚Hamm!' vor Louis Augen hinein.

„Köstlich", nuschelte sie mit vollen Backen. „Selbst wenn diese Viecher in den dunkelsten Schabracken hausen – sie entwickeln einfach ein wunderbares Aroma und herrliche Schinken!"

Louis drehte sich angewidert weg.

„Und du Klara", sagte er herausfordernd zu mir, „bist du etwa auch so eine Fleischfresserin?"

„Ich mache mir nicht viel aus Fleisch", antwortete ich zögerlich, denn es lag Aggression in der Luft, die ich nicht auch noch schüren wollte. „Aber ich gebe zu, dass ich ab und zu ein Stück esse."

„Du solltest deine Haltung überdenken", sagte Louis kühl, „ich werde dir Informationsmaterial über den Konzern Bosenboss und deren Mensch und Tier verachtenden Methoden zukommen lassen. Dann kannst du dir deine eigene Meinung bilden."

„Äh, ja, gern", antwortete ich unsicher, „Wer ist denn Bosenboss?"

„Erinnerst du dich an den Kunden, der bei uns einen Zylinder abgeholt hat?" griff Gertrud rettend ein, „Das war ein Mitarbeiter von Bosenboss. Der unfreundliche Kerl. Gehört zur Führungsriege des Unternehmens Bosenboss, ein Großkonzern für die Fleischherstellung. Alle Mitarbeiter der Führungsebene tragen schwarze Zylinder, das ist ihr Erkennungsmerkmal"

„Fleischherstellung, das ist nett gesagt", fiel ihr Louis ins Wort. „Herstellung, das bedeutet industrielle Zuchtanlagen für Schweibeine, Schaführner und Multikühe. Die armen Tiere leben unter schrecklichsten Bedingungen." Er betonte das Wort schrecklichsten mit lauter Stimme. „Horriblement, furchtbar, grauenhaft", wiederholte er.

„Autsch", sagte er plötzlich zu Gertrud gewandt, „was soll das. Soll ich sie nicht einweihen?" Gertrud hatte ihn in die Seite geknufft und starrte ihn böse an.

„Nein", sagte sie kurz angebunden und scharf. So einen Ton kannte ich noch gar nicht von ihr.

„Komm", sagte sie dann zu mir, „wir suchen jetzt etwas zu essen, das nicht aus Fleisch gemacht ist. Kommst du mit, Louis, oder willst du noch ein bisschen mit Hans plaudern?"

Hans, der sich nach der Konversation mit Klara, die er durchaus genossen hatte, aus dem Gespräch zurückgezogen hatte, wurde die ganze Geschichte zunehmend unangenehmer. Er kannte seine Frau, niemals würde sie Louis beipflichten, schon aus Prinzip nicht. Dabei war sie durchaus nicht abgeneigt, auch einmal eine vegetarische Woche einzulegen, nur um herauszufinden, wie es sich ohne Fleisch lebte. Aber niemals würde sie bei einer Diskussion von ihrem Standpunkt abrücken, das ging ihr einfach gegen den Strich, und schon gar nicht bei einer Diskussion mit Louis. Hans wusste, dass Karin Louis im Grunde ihres Herzens mochte, und dass sie seine „Sache", wie sie es nannte, auch unterstützte. Sonst wäre sie ja auch nicht Mitglied bei den AntiBBs. Sie war jedoch der Meinung, dass es wichtig war, charismatische Führer auf dem Boden der Tatsachen zu halten, indem man ihnen immer wieder vor Augen führte, dass es auch noch andere Meinungen als die ihren gab, und auch noch Menschen, die diese Meinungen standhaft vertreten konnten. Genau das war es, was Hans an seiner Frau liebte. Er selbst war da eher der Diplomat, der bei einem Streit die Mitte suchte, das versöhnliche Gemeinsame, den Kompromiss und die Lösung. Manchmal hasste er sich dafür. Oft wünschte er sich, er könne genauso gut argumentieren wie Karin und besser für seine Überzeugungen einstehen. Aber wahrscheinlich fehlte ihm dazu das nötige Selbstbewusstsein. In dieser Beziehung hatte er noch viel zu lernen. Und sein Vorbild stand direkt neben ihm.

„Louis", sagte er, als Gertrud und die hübsche Klara in der Menge verschwunden waren, „willst du mir jetzt erzählen, was du gesehen hast?"

Gertrud hatte mich von der Runde fortgezogen. Sie steuerte mich zu einer kleinen Bude am Rande des Gartens, vor der ein paar Gäste Schlange standen, aber lange nicht so viele wie vor dem Feuer, über dem die Schweinehaxen brutzelten.

„Schau, hier gibt es Pfannkuchen", sagte Gertrud, „mmhh, mit Tomaten und Gurken. Alles pflanzlich, da kann Louis sich nicht beschweren. Willst du auch einen?"

Ich nickte, und wir stellten uns in die Schlange. Von meinem Platz aus konnte ich die provisorische Bar sehen, an der sich die Band mit ihren Fans versammelt hatte. Wie es aussah, hatten sie sich vorgenommen, sämtliche Flaschen zu leeren, die dort in einem wackeligen Regal aufgereiht waren. Die Stimmung war dort ziemlich ausgelassen, die Bandmitglieder grölten, und bis auf Richard, den Percussionist, hatte jeder der Musiker ein mehr oder weniger volles Glas in der einen und einen Groupie in der anderen Hand. Angewidert drehte ich mich weg. Gertrud hatte meinen Blick verfolgt.

„Schau einfach nicht hin", sagte sie mitfühlend, „die feiern ihren Adrenalinspiegel herunter. Morgen sind sie wieder normal." Eigentlich konnte es mir ja auch egal sein, aber ein kleiner Stich im Herzen war einfach nicht zu ignorieren. Wenigstens hätte Erich ja mal nach uns Ausschau halten können, wenn wir schon seine Gäste waren. Ich seufzte ganz leise, so dass Gertrud es gar nicht hören konnte, und sagte eine Spur zu kühl: „Oh, das ist mir doch ganz egal", aber an Gertruds Blick sah ich, dass sie mir das ganz und gar nicht abnahm.

Als wir unsere Pfannkuchen gekauft, zu Louis und den anderen zurückgetragen, gegessen und noch ein bisschen geplaudert hatten, wurde ich schließlich ziemlich müde. Es war eine aufregende Woche für mich und dieses hier ein mitreißender Abend gewesen, auch wenn das Ende etwas enttäuschend war. Ich verabschiedete mich von der Gruppe und wollte mich auf den Heimweg machen.

„Nimm' lieber ein Schnaxi", riet mir Hilde, „nachts läuft man als hübsches Mädchen lieber nicht mehr alleine hier herum." Sie zwinkerte mir etwas beschwipst zu. „Die Pane sind los", sagte sie geheimnisvoll, „besonders an so einem Abend." Die Schnaxis warteten vor dem Bootshaus, und ich beschloss, Hildes Rat zu folgen.

Gerade als ich einen der Schnaxikutscher ansprechen wollte, hörte ich Schritte hinter mir.

„Wo will die hübsche Lady denn jetzt schon hin, doch nicht etwas ins Bett?" sagte eine rauchige Stimme. Erschrocken blieb ich stehen und drehte ich mich um. Erich stand vor mir.

„Die Party geht doch jetzt erst richtig los", versuchte er mich zu überzeugen, „willst du nicht noch ein bisschen bleiben?"

Ich zögerte. Einerseits freute es mich, dass Erich meinen Abgang anscheinend bemerkt hatte und mir gefolgt war. Andererseits war ich wirklich müde und hatte jetzt auch keine Lust mehr, noch einmal in die mittlerweile sichtlich angetrunkene Partygesellschaft zurückzukehren.

„Es war ein schöner Abend", sagte ich daher artig, „wirklich. Vielen Dank für die Einladung. Aber es ist spät, und mir fallen schon fast die Augen zu. Ich muss jetzt einfach ins Bett."

Erich näherte sich, und sein Gesicht war jetzt nur noch wenige Zentimeter von meinem entfernt. Ich konnte seine großen, schwarzen Pupillen in der Dunkelheit schimmern sehen. Sie hatten einen merkwürdigen Glanz angenommen.

„Na gut, Lady aus Neutopia", sagte er sanft, „dann bringe ich dich noch zum Schnaxi. Vielleicht hast du ja morgen etwas Zeit für mich?"

Ich zögerte. War das ein Date? Was in aller Welt wollte er von mir, er der Star des Abends, der hier jedes Mädchen haben konnte und ja offensichtlich auch hatte. Ich wusste es nicht, und ein Teil von mir wollte sofort nein sagen. Aber der andere Teil war entzückt.

„Morgen – ja, warum nicht", antwortete der entzückte Teil, und der weniger entzückte biss mir auf die Zunge.

Erich grinste. Ja, man konnte sehen, er hatte ein leichtes Spiel mit Mädchen. Offensichtlich hatte er auch keine andere Antwort erwartet.

„Na primissimo", sagte Erich, „dann hole ich dich um drei Uhr ab." Da die Beute im Netz war, machte er nun auch keine weiteren Anstalten, mich zum Bleiben zu überreden. „Und jetzt hopp auf die Schnecke. Und gut festhalten, nachts sind das die reinsten Rennmaschinen." Er wandte sich an den Schneckenkutscher. „Die junge Lady möchte nach Hause", sagte er. Er schaute mich fragend an.

„Schafühnerstraße achtzehn", gab ich artig zurück.

„Schafühnerstraße achtzehn", wiederholte Erich für den Kutscher, „und pass gut auf sie auf. Das ist ihre erste Schnaxifahrt!" Er lachte, tätschelte den weichen Bauch der Schnecke und tippte sich mit dem Zeigefinger an den samtschwarzen Musikerhut. „Viel Spaß, meine Hübsche", wünschte er mir, „wir sehen uns morgen um drei!"

Das Schnaxi machte einen Ruck, und bevor ich noch etwas antworten konnte, glitt die Schnecke davon.

Reich hatte recht gehabt – Schnecken waren anscheinend nur bei Tag langsam. In der Nacht wurden sie zu Rennschnecken, die auf ihrem Schleim sehr hohe Geschwindigkeiten erreichen konnten, denn der Schleim trocknete in der Nacht nicht so schnell aus. Hatte ich mit dem Omnipedes und zu Fuß für die Strecke von meinem neuen Heim bis zum Bootshaus wirklich über eine halbe Stunde gebraucht? Das Schnaxi war sechsmal so schnell. Innerhalb von fünf Minuten hielt es vor meiner Haustür. Die nächtlichen Straßen waren wie im Zeitraffer an mir vorbei gerast, zumal ich auch noch rückwärts auf dem Schneckengehäuse saß. Zum Glück, denn so war ich vor dem Fahrtwind geschützt, und in meinem dünnen Sommerkleid war es mir doch mittlerweile ziemlich kalt geworden. Meinen Hut hielt ich während der eiligen Fahrt fest auf meinen Kopf gepresst, wobei mich eine unbändige Freude auf den nächsten Tag überkam.

Hans war ganz übel geworden. Am Rande der Party hatte er Louis Schilderungen über seinen Besuch im Schweibeine-Hochhaus gelauscht, ohne ihn ein einziges Mal zu unterbrechen. Louis hatte sich richtig in Rage geredet, von stickigen, stinkenden Hallen ohne ein einziges Fenster berichtet, in denen sich die Schweibeine Körper an Körper drängten und gegenseitig bei lebendigem Leibe aufzufressen versuchten. In einer der Etagen wohnten die schwangeren Schweibeine, berichtete Louis, sie durften sich überhaupt nicht bewegen und waren in von Metallständern begrenzten, schmalen Boxen untergebracht, in denen sie im Liegen nicht mal die Beine ausstrecken konnten. Hans konnte gar nicht hinhören, seine Gedanken schweiften Hilfe suchend ab. Er dachte an den Bauernhof seiner Großtante, den er als Kind zusammen mit seinem Vater häufig besucht hatte. Dort hatte es auch Schweibeine gegeben, aber sie hatten glücklich und zufrieden in einem großen Stall mit Heu und Stroh gehaust und ihm neugierig grunzend ihre weichen Rüssel entgegen gestreckt, wenn er in den Stall kam, als ob er ein alter Freund wäre. Hatten sie überhaupt sechs Beine gehabt? Hans konnte sich nur noch dunkel an die freundlichen Tiere erinnern. Die Rüssel hatten sich angefühlt wie feuchte Lederlappen, sanft und kräftig zugleich, und sie waren immer in Bewegung, auf der Suche nach Futter, Gerüchen oder Artgenossen. Obwohl die Tiere nicht gerade angenehm rochen, hatte Hans die Besuch im Stall geliebt, denn dort war es immer warm, und es herrschte eine friedliche Betriebsamkeit, um die wirklich essenziellen Dinge des Lebens zu ergattern – Futter, Familie und ein warmes Lager. Doch eines Tages war der Stall verschwunden. Stattdessen war ein Neubau errichtet worden, mit Betonböden und großen Lampen an der Decke, aus denen kaltes Licht in einzelne, enge Boxen fiel. Auch die Tiere waren verschwunden, und die Erklärungen seines Vaters, dass sie nun auf einer großen, schönen Wiese weilten, wo sie sich im Schlamm suhlen und Schmetterlinge jagen konnten, hatte er nie so richtig geglaubt. Seine Großtante hatte seinem Vater freudig ein Bündel Geldscheine gezeigt und irgendetwas von Vermehrungszuchtprogrammen berichtet, die nun auf dem Gelände, auf dem sich der alte Stall befunden hatte, stattfinden sollten. Sie wolle sich nun zur Ruhe setzen und die Ferkelei anderen überlassen, hatte sie gesagt. Hans hatte das nicht verstanden, wie konnte man diese freundlichen, sanften, aufmerksamen Tiere nicht mehr haben wollen? Danach hatte er sich geweigert, seine Großtante nochmals zu besuchen, und sie nur noch an Weihnachten und bei Familiengeburtstagen gesehen. Er hatte sie keines Blickes mehr gewürdigt.

Sonntagsausflüge

Am nächsten Morgen wachte ich erst sehr spät auf. Es war schon fast Mittag, als ich mir einen starken, schwarzen Kaffee in meiner Miniküche aufbrühte und eine Scheibe Toast in den Toaster schob, den Gertrud mir mit den Worten ‚ich habe mindestens drei davon' geschenkt hatte. Mit Kaffee und Toast machte ich es mir in meinem Plüschsessel gemütlich und ließ die Woche noch einmal Revue passieren. So viel war geschehen. Mein altes Leben schien sehr weit entfernt, wie ein angeschlagener Dampfer, der auf rauer See davon und aus dem Blickfeld dampfte. Ich dachte an die vielen Stunden, die ich in dieser zurückliegenden Woche mit Hüten verbracht hatte. Hüte – das waren Kopfbedeckungen, unter denen man sich wirklich behütet fühlte. Und, wie ich zu meinem allergrößten Erstaunen festgestellt hatte, die Magie in mein Leben gebracht hatten. Meine eigenen beiden Hüte hatten mir nun schon Trost und Freude bereitet. Was konnte ich nun alles bewirken, als angehende Hutmacherin, die die Erzeugung von Hutblitzen zu beherrschen lernte? Unglaublich. Ich hatte eine Leidenschaft entdeckt, die mein neues Leben lebenswert machte, eine Leidenschaft und Hingabe, die es mir erlaubte, mich in etwas zu vertiefen und die Welt um mich herum zu vergessen. Was für ein Geschenk, dass ich diese wunderbare Welt entdeckt hatte!

Fast hätte ich mit diesen Gedanken nicht nur die Welt, sondern auch die Zeit vergessen, denn als ich aus meinem wohligen Wochenrückblick wieder auftauchte und auf die Uhr schaute, war es schon fast zwei Uhr. Rasch lief ich ins Bad, füllte meine Krallenbadewanne mit Wasser und viel Schaum und ließ mich einweichen. Anschließend rubbelte ich meine Haare so lange mit einem Handtuch, bis sie einigermaßen trocken waren, und flocht sie zu einem dicken Zopf. Das musste als Frisur reichen. Ich schlüpfte in Jeans und T-Shirt, und war ausgehbereit. Während ich noch überlegte, ob ich einen meiner beiden Hüte aufsetzen sollte, und wenn ja, welchen, drang ein lautes Knattern und Brummen von der Straße herauf in meine Wohnung. Ich lief zum Fenster. Was ich sah, machte die Hutentscheidung überflüssig. Ich würde einen Helm brauchen.

Vor der Tür stand Erich, oder viel mehr, saß Erich auf einem riesigen, in der Sonne stahlblau und türkis vor sich hinfunkelndem Motorrad. Es hatte einen elegant nach außen geschwungenen Lenker, einen langen, dick gepolsterten Sitz, der die Form eines überdimensionierten Fahrradsattels hatte, dicke, weißwandige Reifen, die mit türkisfarbenen, schwungvollen Kotflügeln fast ganz bedeckt waren. Auf dem vorderen Kotflügel thronte eine Indianerfigur, soweit ich es vom Fenster aus beurteilen konnte, mit langem schwarzem Metallhaar. Erich war gerade dabei, einen Seitenständer auszuklappen und lässig von dem riesigen Sattel herunterzuklettern. Ich zögerte keine Sekunde, schnappte mir meinen Haustürschlüssel und raste die Treppe hinunter. Noch bevor Erich klingeln konnte, war ich an der Haustür.

„Halli hallöchen hallo, schöne Frau", begrüßte mich Erich erstaunt, die Hand kurz vor dem Klingelknopf, „nicht so stürmisch, ich bin ja schon da!" Er hatte einen Halbschalenhelm auf dem Kopf, unter dem seine langen, schwarzbraunen Haare hervorlugten, und trug eine schwarze Lederjacke mit Fransen an den Ärmeln.

„Ist das dein Motorrad?" fragte ich etwas atemlos und dümmlich, denn was sonst sollte es sein, doch angesichts der gelungenen Überraschung fiel mit gerade nichts Kluges ein.

„Ganz allein meins", antwortete Erich, „darf ich vorstellen: Berta, mein Meiselbach Indian Chief." Galant schwang er den Arm in Richtung der beeindruckenden Maschine. „1200 Kubik, 3-Gang-Handschaltung, Komplettfederung, für wunderbare Sonntagsausflüge aufs Land zu zweit bestens geeignet."

Ich fiel ihm spontan um den Hals. Es war wirklich zu schön, um wahr zu sein. Ich liebte Motorräder, und dieses hier war ein Prachtstück. Liebe auf den ersten Blick.

„Es ist wunderbar", murmelte ich in Erichs Hals. Dann fand ich meine Contenance wieder und löste mich von ihm. „Das ist eine echte Überraschung. Du hast gestern gar nicht gesagt, dass du ein Motorrad hast."

„Habe ich nicht? Na ja, es war spät, und ich war wohl nicht mehr ganz nüchtern." Er lachte. „Außerdem gibt es bestimmt noch so einiges, was du nicht von mir weißt. Aber diese Überraschung ist mir wohl gelungen."

„Also gibt es hier auch Transportmittel ohne tierische Unterstützung", stellte ich fest.

„Einige. Und dieses hier ist das schönste", antwortete Erich. „Komm', zieh dir eine dicke Jacke an, ich habe einen Helm für dich dabei. Dann geht es los, in die schöne weite Welt hinaus."

Ich rannte die Treppen im Eiltempo wieder hoch, immer zwei Stufen auf einmal nehmend, und suchte hektisch nach einer passenden Jacke. Leider hatte ich nur eine dickwattierte dunkelblaue Winterjacke aus meinem alten Leben mitgenommen, die für diese Jahreszeit vielleicht etwas zu warm war, aber ich konnte ja schlecht nur im T-Shirt zu einer Motorradtour aufbrechen. Also warf ich die Jacke über den Arm und rannte die Treppe wieder herunter. Erich stand schon wartend an der dicken Berta und rauchte eine Zigarette. Er reichte mir den zweiten Helm, der am Lenker gebaumelt hatte. Ich setzte ihn auf und zog den Kinnriemen fest.

„Wackelt ein bisschen", stellte ich fest, „aber das sollte gehen. Komm, lass' uns losfahren!" Ich konnte es kaum erwarten, mit der dicken Berta durch die Landschaft zu knattern.

„Immer mit der Ruhe, junge Lady", sagte Erich und schnippte den Zigarettenstummel lässig in den Rinnstein. „Ein alter Mann ist kein D-Omnipedes." Er beugte sich über das Motorrad und klappte die hinteren Fußrasten für mich nach unten.

„Bitteschön", sagte er, „aufsitzen und wohlfühlen." Dann schwang er sich selbst in den Sattel, stellte Berta in die Senkrechte und holte den Seitenständer mit dem Fuß ein. Er sah mich auffordernd an.

„Na los, ich beiße nicht, schon gar nicht rückwärts. Schön festhalten und nicht extra in die Kurve leh-nen." Eine zweite Aufforderung brauchte ich nicht. Mein Herz machte einen Satz wie ein Grashüpfer, und durch meinen Magen flog ein wilder Hummel-schwarm, aber ich zögerte nicht, hinter Erich auf den weichen Sattel zu rutschen. Doch wie sollte ich mich festhalten? Ich kannte ihn doch kaum. Plötz-lich überfielen mich Zweifel. Auf dem Motorrad war ich ihm ausgeliefert. Wohin würde er mich über-haupt fahren? Konnte ich diesem wildfremden Menschen überhaupt vertrauen, noch dazu einem Musiker? Was tat ich da? Erich bemerkte meine Un-entschlossenheit und drehte sich zu mir um.

„Du musst dich schon gut festhalten", sagte er, „Ber-ta ist da rücksichtslos. Wenn sie erst einmal in Schwung kommt, gibt es kein Halten mehr." Ich legte meine Hände zaghaft auf seine Hüften. Erich grinste.

„Na also, geht doch", sagte er. Dann trat er auf den Kickstarter, und Berta fing an, laut zu blubbern. Erich gab Gas.

Hans holte zwei Schnaxis für den Sonntagsausflug von der Weide. Die Schnaxiherde, die die Woche über als Verkehrstransportmittel genutzt wurde, stand sonntags der Bevölkerung für Ausflüge zur Verfügung. Man musste nicht einmal etwas bezahlen, nur für Futter und Wasser sorgen, und das war bei diesen Tieren, die sich mit Salat und Gras begnügten, ein Kinderspiel. Hans mochte die sanftmütigen Riesen, sie hatten eine weiche, warme, faltige Haut, die sich bei Berührung zusammenkräuselte wie kleine Wellen bei Wind auf einem See. Der Schleim, den sie hinterließen, machte ihm nichts aus, schließlich benötigten die Tiere ihn, um auf den Straßen und Feldwegen voranzukommen. Er schützte sie davor, sich die glatten, hellen Bäuche zu verletzten. Hans suchte sich normalerweise ein besonders großes Exemplar für sich selbst und ein etwas kleineres für Karin aus. Er genoss es, hoch zu Schnecke durch die Landschaft zu gleiten und in die Ferne zu schauen, besonders im Spätsommer, wenn sich am leicht diesigen Horizont die Hügel und Berge des umgebenden Waldgebietes wie impressionistische Gemälde abzeichneten. Normalerweise war auch Karin ganz glücklich, auf ihrem Schnaxi hinter

Hans herzugleiten. Sie plauderte dann ununterbrochen vor sich hin und nutzte die Gelegenheit, Hans ihre Erlebnisse der Woche ungefiltert mitzuteilen. Hans hörte meist schweigsam zu, bis Karin eine Verschnaufpause in ihrem Redefluss einlegte, dann gab er einen klugen Kommentar von sich, den er einem seiner Lieblingsphilosophen entlehnte. So etwas wie ‚der Seele Grenzen kannst du nicht ausfindig machen' von Heraklit, oder ‚der Mensch ist ein spektakuläres Raubtier' von Homer. Karin lachte dann ausgelassen, gab ihrem Schnaxi die Sporen und glitt übermütig mit den Worten „Wer ist erster am nächsten Baum?" an ihm vorbei. Der Wind sauste ihm um die Nase, die Sonne schien auf seinen Rücken, und seine Welt war in Ordnung.

Nur heute war das nicht so. Karin hatte sich strikt geweigert, früh aufzustehen. Damit waren schon mal die besten Schnaxis weg, und er musste sich bemühen, überhaupt noch zwei passende Exemplare für ihren Ausflug zu finden. Mit den beiden Schnaxitrensen in der Hand, die er sich persönlich zugelegt hatte, damit er nicht darauf angewiesen war, die öffentlich zur Verfügung stehenden nutzen zu müssen – sie hatten für seine Begriffe viel zu scharfe Mundstücke – lief er unentschlossen über die Schnaxiweide. Schließlich entschied er sich für zwei dunkelbraune Exemplare, die etwas abseits friedlich kauend unter einem Baum standen und ihm neugierig ihre langen Fühler entgegenstreckten, als er sich ihnen näherte. Eigentlich störte er fressende Tiere lieber nicht, denn sie waren offensichtlich noch nicht satt und tendierten unterwegs dazu, an jeder grünen Wiese stehenzubleiben und einen Happen Gras auszurupfen, aber die Auswahl war schon sehr eingeschränkt, und diese beiden machten einen ganz ordentlichen Eindruck. Er streifte ihnen das Zaumzeug über die runden Köpfe, sorgsam darauf bedacht, die empfindlichen Fühler nicht zu berühren, und führte die Tiere zum Gartentor seines Grundstücks. Karin war nirgends zu sehen.

„Karin", rief er laut in Richtung Haustür, „es kann losgehen. Die Schnaxis sind bereit!"

Es dauerte eine Weile, bis Karin ihren Kopf missmutig durch die Haustür streckte. Offenbar hatte sie doch ein paar Hanfis zu viel getrunken am Abend zuvor, dachte Hans, als er die dunklen Ringe im Gesicht seiner Frau sah, als sie in das gleißende Sonnenlicht schaute. Unwirsch blinzelte sie mit zusammengekniffenen Augen in den Himmel.

„Meine Güte, ist das hell", beschwerte sie sich vorwurfsvoll, als ob Hans etwas dagegen hätte tun können, „müssen wir wirklich diesen Ausflug machen? Ich würde heute wirklich lieber im Bett bleiben." Sie hielt sich theatralisch den Handrücken an die Stirn. „Mein Kopf…", fügte sie vielsagend hinzu.

„Die frische Luft wird dir gut tun", munterte Hans sie auf. Es viel ihm schwer, Mitgefühl aufzubringen, denn er hatte sie abends zuvor genug gewarnt, nachdem sie einen Hanfi nach dem anderen in sich hineingeschüttet hatte. „Komm, wir müssen ja nicht so einen großen Ausflug machen. Nur ein bisschen durch die Gegend gleiten, dann gemütlich Kaffeetrinken, und schon sind wir wieder zurück. Danach wird es dir besser gehen."

Als Antwort murmelte Karin etwas Unverständliches vor sich hin, das Hans lieber nicht so genau hören wollte, kam dann aber doch aus der Haustür heraus und setzte sich auf eines der Schnaxis. Hans reichte ihr die Zügel.

„Und wo wollen wir hin?" fragte er gewohnheitsmäßig, denn Karin bestimmte die Routen der Sonntagsausflüge. Sie überlegte kurz, dann verzog sie den Mund zu einem rachelustigen Grinsen. „Zum Schweibeine-Hochhaus", sagte sie, und gab ihrem Schnaxi die Sporen.

Wir fuhren die Schafühnerstraße hinauf. Sie mündete in einer etwas größeren Landstraße. Bis hierher war ich ja schon gekommen, doch alles Weitere war für mich Neuland. Erich bog links ab, und bald hatten wir die Häuser der Stadt hinter uns gelassen. Wie sich herausstellte, lag die Stadt am Fuße einer Hügelkette, die sich in sanften Schwüngen weit ins Hinterland zog. Erich bog wieder ab, und wir fuhren nun auf einer kurvigen Strecke über den ersten Hügel, vorbei an einzelnen Höfen und Häusern, die verschlafen in der Sonntagnachmittagssonne vor sich hin zu träumen schienen. Weitläufige Wiesen, auf denen scheckigen Kühe gemütlich vor sich hin weideten, und strohgelbe Felder, deren üppige Halme im Wind schaukelten, säumten die Straße. Die Sonne glänzte über diesem ländlichen Frieden, und Erich, der bis jetzt – möglicherweise mit Rücksicht auf mich – recht langsam gefahren war, drehte den Gashebel nach unten.

„Jetzt gut festhalten", rief er mir durch den Fahrtwind zu, und Berta heulte auf, während sie einen Satz nach vorne machte und mit uns davon brauste.

Hans hatte Karin von seinem Gespräch mit Louis auf der Party erzählt. Und obwohl sie schon ziemlich angetrunken gewesen war, hatte sie offensichtlich doch noch einiges von dem Inhalt mitbekommen.

„Das glaube ich nicht", hatte sie kampfeslustig erwidert, als Hans die geschundenen Tiere erwähnte, „das will ich erst mit eigenen Augen sehen." Hans hatte eigentlich keine Lust, sich den schönen Sonntag mit entzündeten Schweibeineschinken und abgebissenen Schweibeineohren zu verderben, aber wenn Karin erstmal etwas beschlossen hatte, ging kein Weg daran vorbei. Also lenkte er sein Schnaxi unglücklich über die Feldwege, die zum Schweibeine-Hochaus außerhalb des Städtchens führten.

Karin war ungewöhnlich schweigsam. Das musste an ihren Kopfschmerzen liegen, denn eigentlich war das jetzt der Zeitpunkt, an dem sie ihn über ihre Kurse, Telefonate, Freundinnen und Tennis-Matches informierte. Informieren war vielleicht nicht das richtige Wort, dachte Hans, denn eigentlich war es eher ein detaillierter Kommentar, hier und da ausgeschmückt mit Anekdoten, Seitenhieben und Bewertungen der familiären und außerfamiliären Verhältnisse der jeweiligen Protagonisten, oder besser, Protagonistinnen. Denn Karin hatte sehr viele Freundinnen im Ort. Sie war beliebt, da sie anscheinend immer wusste, was zu tun war, was, so glaubte Hans, an ihrem unerschütterlichen Selbstbewusstsein lag. Nie zweifelte sie an sich selbst oder ihrem Urteilsvermögen, ganz im Gegensatz zu Hans, der stets alle Vor- und Nachteile einer Situation so lange in seinem Herzen hin- und herbewegte, bis er selbst nicht mehr richtig wusste, wie er sich eine eigene Meinung bilden sollte. Weswegen er dann stets Zuflucht bei seinen Philosophen suchte, die immer eine eigene Meinung hatten. Nur heute fiel ihm kein Philosoph ein, der die Situation hätte lösen können. Über die Liebe und wie sie sich nach längerer Beziehungszeit manifestierte, hatten die großen Denker dieser Welt meist nicht viel Worte verloren. Wahrscheinlich waren die meisten von ihnen auch gar nicht verheiratet, oder zumindest nicht lange, da sie nicht zu besseren Hälften werden wollten, sondern für ihre denkerischen Höchstleistungen einfach ihr ganzes Gehirn für sich selbst brauchten.

„Da vorne ist es ja endlich", meckerte Karin in Hans trübe Gedanken hinein. Sie hatte aufgeholt und glitt nun neben Hans' Schnaxi auf dem Feldweg entlang. Mit dem Kinn deutete sie auf ein großes Gebäude, das am Ende des Feldweges wie ein dicker, drohender Zeigefinger in den Himmel zu ragen schien. „Na los, wer als erster dort ist, darf bestimmen, wann wir umkehren dürfen." Damit stieß sie ihrer Schnecke die Hacken in die Flanken. Die Schnecke legte die Fühler an und glitt eilig davon. Hans war gar nicht daran gelegen, das Hochhaus schnell zu erreichen, konnte aber nicht verhindern, dass auch seine Schnecke an Tempo zulegte. Trotzdem vergrößerte sich die Distanz zwischen Karin und ihm zusehends. Als Hans das Hochhaus schließlich erreichte, war Karin samt Schnecke aus seinem Blickfeld verschwunden.

Das Hochhaus war düster und grau, aus schatenartigen Schlitzen strömte ein unangenehmer Geruch nach Fäkalien, Metall und Schwefel. Kein Laut war zu hören, was Hans sehr beunruhigte, denn nach Louis Erzählungen hätte er zumindest Gegrunze oder Quieken erwartet. Vielleicht waren die Räume im Innern schallisoliert? Einen Eingang konnte er an der Seite, der er sich über den Feldweg genähert hatte, nicht erkennen, aber höchstwahrscheinlich war der auf der anderen Seite, da dort auch eine asphaltierte Straße endete. Sicherlich würden die Transporte von dort aus erledigt, und er befand sich auf der Rückseite. Hans hielt seine Schnecke an.

„Karin", rief er laut, denn er wusste nicht, ob er links oder rechts an dem Gebäude vorbeigleiten sollte und wollte angesichts der Düsternis, die von dem Hochhaus ausging, nicht mehr Zeit als unbedingt notwendig dort verbringen. „Wo bist du denn?" Statt einer Antwort hörte er ein lautes Schluchzen.

„Hans, bitte komm' schnell", rief eine gebrochene Stimme, die offensichtlich seiner Frau gehörte, doch so hatte er sie noch nie vernommen. „Ich bin hier…" Hans blickte nach rechts, und hinter der Ecke des Hochhauses trat Karin hervor, das Gesicht tränenverschmiert. Im Arm hielt sie ein Tier. Es bewegte sich kaum, offensichtlich war es dem Tode nah. Die kleine Schnauze war in Karins Arm gebettet, die rosafarbenen Augenlieder flackerten. Auf dem Rücken des Tieres befanden sich drei weitere Schnauzen, die verzweifelt versuchten, Karins Hals zu lecken, auf der Suche nach etwas Milch oder wenigstens ein paar Tropfen Schweiß, die ihren unbändigen Durst ein wenig hätten lindern können.

Ich klammerte mich fest an Erichs Rücken. Es war eine wilde Fahrt. In den Kurven brauste die sanfte Landschaft in atemberaubendem Tempo in Schräglage auf uns zu, und mein Herz begann wild zu klopfen. Was hatte Erich gesagt? Nicht in die Kurve lehnen? Es war auch gar nicht möglich, sich noch zusätzlich in Richtung Straße zu lehnen, denn die Kurve schien das Motorrad automatisch in die Schräge zu kippen, als ob eine riesige Hand die Straßenzipfel jeweils links und rechts anheben würde, um Berta in der Mitte auszubalancieren. Der sommerwarme Fahrtwind zerrte an meinem Helm und ließ die Ärmel meiner Jacke knattern wie ein Segel auf hoher See. Bäume, Weizenhalme, Gräser, Bäche am Wegesrand, noch mehr Kühe, Schweine auf zu vielen Beinen und einmal eine große Herde mit geflügelten Schafen rauschten an uns vorbei. Vor uns lag nur das schwarz in der Sonne glitzernde Band der Straße als die einzige Konstante, die im Augenblick zählte. Windtränen rannen mir aus den Augen, und je schneller wir durch die Landschaft jagten, desto breiter wurde das Lächeln auf meinem Gesicht. Ich hätte ewig so weiterfahren können. O- der auf der Stelle sterben, und es wäre ein würdiger Moment gewesen.

Nach einiger Zeit bremste Erich ab und bog in einen schmalen Feldweg ein. Ich hatte jegliches Zeitgefühl verloren und erwachte wie aus einem langen, glück- lichen Traum. Ein tiefer Seufzer stieg in mir auf, wobei ich merkte, dass ich während der Fahrt an- scheinend kaum geatmet, dafür aber und die Zähne fest aufeinandergeklemmt hatte. Mein Herz galop- pierte immer noch weiter, und es dauerte eine Wei- le, bis ich es wieder eingeholt hatte. Erich stoppte Berta an einer Holzbank mit Blick auf die weite, ge- schwungene Hügellandschaft und ließ mich abstei- gen. Benommen stand ich neben der Bank auf der Suche nach der Wirklichkeit. Erich legte mir den Arm um die Schulter und drückte mich auf die Bank.

„Alles in Ordnung, Lady aus Neutopia?" fragte er besorgt, da ich keinen Ton von mir gegeben hatte,

„Willst du einen Schluck trinken?" Er holte eine kleine Wasserflasche und eine Packung Tabak aus den Tiefen seiner Jackentaschen, setzte sich neben mich auf die Bank und hielt mir die Flasche hin.

„Hier", lächelte er, „trink. Das beruhigt die Nerven."

Ich drehte den Verschluss der Flasche auf und nahm durstig einen großen Schluck. Die Flüssigkeit brannte in meiner Kehle wie Chili, und ich musste husten.

„Uhhh, du meine Güte", keuchte ich, „was ist das denn?"

Erich grinste. „Feuerwasser, Indianer-Lady", sagte er, „passt doch gut zu Berta." Ungerührt von meiner Hustenattacke fing er an, den Tabak auf einem Zigarettenpapier hin- und herzurollen. „Und", wollte er wissen, „wie gefällt dir der Ausflug auf meinem Mustang?"

„Es ist atemberaubend", antwortete ich wahrheitsgemäß, „kannst du mir vielleicht beibringen, wie man fährt?"

„Oho, langsam, langsam", lachte Erich, „so einfach ist das nicht. Außerdem", fügte er schmunzelnd hinzu, „ist es mir eigentlich viel lieber, wenn du mit mir fährst." Die Zigarette war fertig gerollt, und Erich befeuchtete den Rand des Papiers, indem er ihn mit einer schnellen Bewegung geübt über seine Zungenspitze zog. Dann steckte er die Zigarette in den Mund und zündete sie mit einem Feuerzeug an, das anscheinend ebenfalls die Tiefen seiner Jacke bewohnte. Was sich wohl noch so alles darin verstecken mochte?

„Wie lange machst du eigentlich schon Musik", fragte ich, um das Gespräch auf etwas weniger schlüpfriges Gebiet für mich zu lenken.

„So lange ich denken kann", sagte Erich, „mein Vater war Saxophonist, aber er wollte nicht, dass ich auch Saxophon spiele. Also hat er mir ein Schlagzeug gekauft, als ich vier Jahre alt war. Mit fünf konnte ich ihn schon begleiten, und mit sechs nahm er mich zu seinen Auftritten mit. Das war für ihn billiger, als einen erwachsenen Musiker zu bezahlen, und es brachte auch noch zusätzliches Publikum." Erichs Stimme klang bitter. „Von dem Geld, das er dabei verdient hat, habe ich nie etwas gesehen. Aber die Musik hatte mich gepackt." Er nahm einen tiefen Zug von seiner Zigarette und blickte in die Ferne, als ob sich dort seine Kindheit wie auf einer Bühne abspielte. „Ich übte wie besessen", fuhr er fort, „und mit zwölf spielte ich in meiner ersten Band."

„Mit zwölf?" fragte ich ungläubig, „das ist aber wirklich früh. Haben deine Eltern das überhaupt erlaubt?"

„Sie wussten nichts davon. Außerdem war ich einfach frühreif, die anderen Bandmitglieder waren alle schon etwas älter. Wir übten in einem Schuppen, da waren wir ungestört und konnten Krach machen." Wieder zog Erich an seiner Zigarette. Dann griff er zum Feuerwasser und nahm einen großen Schluck, ohne die Miene zu verziehen. „Wir hatten zwei Gitarristen, einen Keyboarder und einen Bassisten. Und einen schlechten Sänger."

„Was habt ihr gespielt?" wollte ich wissen.

„Harte Rockmusik. Zumindest versuchten wir es. Wir waren allerdings nicht sehr erfolgreich, der Sänger war einfach zu schlecht. Mit fünfzehn stieg ich aus und machte meine ersten eigenen Songs. Ich schmiss die Schule und begann eine Lehre in einer Bäckerei. In dieser Zeit habe ich kaum geschlafen, von gelegentlichen Auftritten und nicht so gelegentlichen Parties ging es direkt in die Bäckerstube. Manchmal schlief ich auf einem Mehlsack ein, bis mich mein Chef mit ein paar unsanften Tritten weckte und vor den Backofen zerrte. Zur Strafe musste ich dann die heißen Brote ohne Handschuhe aus dem Ofen holen. Was mich aber nicht davon abhielt, weiter Musik zu machen." Erich setzte nochmal die Flasche an. „In der Musikerszene fand ich bald ein paar Mitstreiter. Mit siebzehn hatte ich dann wieder eine eigene Band. Und die hast du ja schon kennengelernt. Die Koma-Kombo. Wir zogen zusammen, ich schmiss die Bäckerlehre, und seitdem…" Erich stand auf und breitete die Arme aus, „sind wir Erich Arosa und die Koma-Kombo! Applaus!" Galant verbeugte er sich vor mir. Ich lachte und applaudierte gehorsam.

„Und du, schöne Lady", sagte er, während er sich wieder zu mir auf die Bank setzte, „jetzt, da du alles von mir weißt, bist du dran. Wie war dein Leben so bisher?"

Ich zögerte. Die Frage hing in der Luft wie eine große, düstere Seifenblase, in der sich die Hügel und Felder plötzlich nur noch in verschiedenen Grauschattierungen wiederspiegelten. Plötzlich schob sich ein großer, schwarzweißgefleckter, pelziger Kopf mit abgerundeten Hörnern und riesigen, runden, braunglänzenden Kulleraugen vor die Seifenblase. Eine Kuh hatte sich unserer Bank genähert und blieb auf der Wiese vor uns stehen, um uns aus nächster Nähe neugierig anzuglotzen. „Muuhh", machte sie zur Begrüßung, dann stapfte sie mit bedächtigen Schritten weiter durch das saftige Gras. Im Vorbeigehen sah ich, dass vier prall gefüllte Euter unter ihrem Bauch baumelten.

„Was ist das", fragte ich erstaunt und zeigte auf die Euter. Erich schaute mich ungläubig an.

„Du weißt nicht, was eine Kuh ist?" fragte er, und machte ebenso große Augen wie das Tier, das gerade unbeirrt an uns vorbeigelaufen war. „Das muss aber ein wirklich seltsames Land sein, dieses Neutopia, aus dem du kommst."

„Doch, ich weiß, was eine Kuh ist", antwortete ich irritiert, „aber in Neutopia haben Kühe nur einen Euter, nicht vier."

„Wirklich?" staunte Erich, „nun, das ist eine Multi-Kuh. Die gibt Multi-Milch." Offensichtlich hielt er meine Unwissenheit für ein Spiel, das er bereit war, mitzuspielen. Er lachte, und ich wusste nicht, wie ernst ich die Antwort nehmen sollte. Erich selbst anscheinend auch nicht. Wir schwiegen beide eine Weile etwas verlegen, während die Multi-Kuh gemächlich hinter einem großen Heuhaufen verschwand.

„Na", sagte Erich schließlich, „hier ist das eben so. Kühe haben vier Euter. Dann ist das wohl *No*-topia für dich. Damit wirst du dich wohl anfreunden müssen."

„Die Tiere von Notopia", wunderte ich mich, „Riesenschnecken und Tausendfüßler, die Menschen transportieren. Kühe mit vier Eutern, Schweine mit sechs Beinen, Schafe mit Flügeln. Eine verrückte Welt." Ich schüttelte ungläubig den Kopf, als wollte ich die Gedanken an die Notopia-Tiere loswerden. Irgendetwas tief in meinem Inneren sagte mir, dass hier etwas nicht stimmte. Aber vielleicht war es auch nur das Neue und Ungewohnte. Plötzlich wurde mir kalt. „Komm', lass uns weiterfahren", sagte ich zu Erich, „meine Geschichte ist nicht so spannend, dass sie nicht noch ein bisschen warten könnte. Ich würde lieber noch etwas auf Berta durch Notopia brausen."

Erich grinste, bot mir noch einen Schluck aus der Feuerwasserflasche an, den ich dankend ablehnte, dann stiegen wir wieder auf Berta und brausten in die Abendsonne wie zwei Indianerkinder auf einem frisch eingefangenen Mustang.

Hans trat seiner Schnecke in die Flanken und war in wenigen Sekunden bei seiner Frau. Sie zitterte und weinte, das sterbende Tier im Arm. Sie zeigte auf einem großen, grünen Müllbehälter, der an der Rückseite des Schweibeine-Hochhauses angebracht war und das Ende eines Fallrohres markierte, das aus einem der oberen Stockwerke des Hochhauses herauskam. Die Klappe stand weit offen, und Karins Schnaxi lehnte mit weitvorgereckten Fühlern neugierig über der Öffnung. Aus dem Inneren quoll ein unerträglicher Gestank, vermischt mit leisem Quieken, das mehr einem Röcheln und Stöhnen ähnelte als tierähnlichen Geräuschen. Hans näherte sich auf seinem Schnaxi der Öffnung und schaute hinein. Dann sprang er von seiner Schnecke, gerade noch rechtzeitig, bevor er seinen Mageninhalt neben ihrem braunen, weichen Körper dem Erdboden zur Wiederverwertung zur Verfügung stellte.

Appaisantes und Hut Nummer drei

Am Montagmorgen begann ich die Woche voller Vorfreude auf alles, was ich neu lernen würde. Erich hatte mich am Vorabend ordnungsgemäß wieder zuhause in der Schafhühnerstraße abgesetzt, und ich hatte ihn nicht zu einem Kaffee in meine Wohnung eingeladen. Er schien nur kurz enttäuscht. Wahrscheinlich war er von seinen Groupies anderes gewohnt, aber ich wollte einfach nicht, dass er mit mir hinauf kam. Vielleicht hatte ich insgeheim Angst, er würde mich dann genauso schnell fallen lassen, wie… nein. Den Gedanken wollte ich gar nicht zu Ende denken. ‚Mach' dich rar', hörte ich eine Stimme in meinem Kopf und ließ Erich mit seiner Berta vor der Tür stehen. Er würde sich schon wieder melden, und wenn nicht, war er es eben auch nicht wert.

„Guten Morgen, meine Liebe", begrüßte mich Gertrud fröhlich, als ich den Laden betrat, „na, hattest du einen schönen Sonntag?"

„Wunderschön", antwortete ich freudestrahlend, „Erich und Berta haben mir die Gegend gezeigt, und wir haben eine Kuh mit vier Eutern getroffen."

„Berta?" sagte Gertrud erstaunt, „Ich wusste gar nicht, dass der Herr Arosa eine feste Freundin hat."

„Hat er auch nicht", antwortete ich, „Berta ist ein Motorrad, und zwar ein recht flottes. Ich habe mich sofort in sie verliebt. Wir wären ein tolles Paar."

Gertrud lächelte verschmitzt. „Na, dann pass' mal auf, dass Erich nicht eifersüchtig wird", sagte sie, „und was war mit der Kuh?"

„Vier Euter", sagte ich, „das sind eigentlich drei zu viel. Wo kommen die her?"

Gertrud rollte die Augen. „Jetzt fängst du auch schon damit an, Liebes", sagte sie, sichtlich genervt, „ich kann es schon fast nicht mehr hören. Am besten, du fragst Louis. Der kann dir das ganz genau erklären. Für meine Begriffe ist das ganz normal. Kühe haben eben vier Euter." Sie ging zum Ladentresen und schaute auf einen Zettel, der neben der Kasse lag. „Louis ist da allerdings anderer Meinung. Schau, für das nächste Wochenende hat er gerade gestern ein Treffen einberufen, da kannst du doch gleich mitkommen. Dann wird Louis dir bestimmt gern seine Thesen zur Tierhaltung erläutern." Es schien, als bekäme sie gerade furchtbar schlechte Laune. Ich hielt es für angebracht, das Thema nicht weiter zu vertiefen, um die gute Stimmung zum Wochenanfang nicht zu verderben.

„Sehr gern", antwortete ich, ohne eine weitere Frage dazu zu stellen, obwohl mir einige auf den Lippen lagen. „Und was bringst du mir heute Schönes bei?"

„Heute machen wir einen Herrenhut", antwortete Gertrud, wobei sich ihre Laune zusehends besserte.

Sie ging zum Regal, in dem die Hutformen lagen, und kramte eine Form ohne Rand und mit wellenförmigem Kopf hervor, die an den Stirnseiten rechts und links eingedellt war.

„Hier haben wir eine klassische Herrenform", begann sie zu erklären, wieder ganz in ihrem Element, „Herrenhüte haben eine vorne gerade und hinten leicht aufgebogene Krempe, die wir mit der Hand ziehen. Daher hat diese Form hier überhaupt keinen Rand." Sie setzte die Form auf ein Böckchen und drehte sie ein wenig. „Du siehst, dass sich der Kopf nach oben verjüngt, und oben hat er auch einen Einschlag. Möglich sind auch Triangelbeulen, aber wir fangen mit dieser Form an – sie ist leichter zu ziehen. Die seitlichen Dellen hier", sie zeigte auf die Beulen an den Stirnseiten, „nennt man Augen. Sie sind das Markenzeichen eines Herrenhuts. Ich glaube, sie sind im Laufe der Jahre dadurch entstanden, dass Männer früher zur Begrüßung ihren Hut gezogen haben und dabei den Hut mit der linken Hand genau an diesen beiden Stellen kurz vom Kopf gehoben haben, nickten, und dann den Hut wieder zurecht rückten. Aus der Not – nämlich dass diese beiden Stellen rechts und links häufig angefasst wurden und der Hut somit eingedellt war – wurde eine Tugend: die beiden Männerhutaugen."

Die Erklärung leuchtete mir ein. Vor meinem inneren Auge sah ich sonntags flanierende Pärchen, die Männer mit klassischen Hüten und Anzügen, die Frauen mit ausladenden, elegant geschmückten

Kopfbedeckungen und hübschen Sommerkleidern, die sich gegenseitig zunickten, wobei die Männer kurz den Hut lupften. Hut ab, dachte ich, eine ehrenvolle Geste. Nur die Hüte litten eben darunter. Wahrscheinlich konnte man früher den Beliebtheitsgrad eines Paares an der Tiefe der Hutaugen ablesen.

„Diese Hutform hat viele Namen", unterbrach Gertrud meine Gedanken, „Stetson, Trilby, Borsalino oder Homburg. Ich nenne sie einfach Männerhut. Den können übrigens auch Frauen ganz hervorragend tragen. Ich wette, dir würde einer prima stehen – und deswegen machen wir diesen hier auch für dich. Los, suche dir einen Stumpen aus!"

Das ließ ich mir nicht zweimal sagen. Ich ging zum Regal, zog die Kiste mit den Haarfilzstumpen hervor und begann, darin herumzukramen. Nach kurzer Suche wurde ich fündig: ich zog einen wollweißen Haarstumpen hervor und brachte ihn wie ein kleines Hündchen, das gerade in Spielzeug entdeckt hatte, zu Gertrud.

„Dieser hier gefällt mir, Gertrud", sagte ich, „vielleicht mit einem einfachen schwarzen Ripsband innen und außen, und als Verzierung der Nahtstelle ein glänzender Knopf, was meinst du?" Gertruds Augen glänzten wie der zukünftige Knopf am Hut.

„Hervorragende Idee, meine Liebe", freute sie sich über ihre gelehrige Schülerin, „und dann machen wir einen alabasterfarbenen Hutblitz dazu aus Schönheit, was meinst du?"

„Du kannst vorher bestimmen, welche Farbe der Hutblitz haben soll?" fragte ich ungläubig.

„Am Anfang konnte ich es nicht", antwortete Gertrud, „aber nachdem ich nun schon unzählige Hutblitze gemacht habe, weiß ich so langsam, welche Farben sie annehmen. Und Schönheit ist nun mal Alabaster. Reichtum ist Gold, Liebe ist Rot. Klingt doch ganz logisch, oder?"

„Gibt es auch Hutblitze, die gar keine Farbe haben?" wollte ich wissen.

„Habe ich bisher noch nicht erlebt", sagte Gertrud, „aber warum nicht – vielleicht erfahren wir es ja irgendwann einmal zusammen, so talentiert, wie du bist. Aber jetzt – an die Arbeit!" Sie gab mir einen kleinen Klaps auf die Wange, was so viel bedeutete wie ‚fange an, bereite alles vor'. Das kannte ich nun schon nach meiner ersten Woche in der Hutmacherei. Ich holte den Dämpfer, füllte den Behälter mit Wasser und schaltete ihn ein. Dann legte ich die verschiedenen Utensilien bereit, die wir für den ersten Arbeitsgang brauchen würden: Plastikfolie und Klebeband zum Überziehen der Hutform, Böckchen, Formschnüre, Hammer und Stecknadeln, Bügeleisen, Bügeltuch, eine Schüssel mit Wasser und ein Kissen, das ich mir beim Ziehen der Krempe auf den Schoß legen würde, damit meine Hose von dem feuchten Bügeltuch nicht nass würde. Als der

Dämpfer die ersten Rauchwolken wie eine Miniaturlokomotive, die noch im Bahnhof stand und ungeduldig darauf wartete, endlich losfahren zu dürfen, in den Laden entließ, rief ich Gertrud. Sie kam mit heißem Kaffee aus der Küche und schwebte feenartig die Stufen ins Atelier herunter, ohne auch nur einen Tropfen zu verschütten. Ihre kurzen, dunklen Kraushaare schimmerten im Licht der Morgensonne, die durch die großen Schaufenster in den Laden fiel. Sie stellte die beiden Kaffeebecher auf den Arbeitstresen und lächelte mich an.

„Na los", sagte sie, „du bist dran. Ich sage schon Bescheid, wenn du etwas falsch machst." Entweder hatte sie genügend Vertrauen in meine neu erworbenen Fähigkeiten, oder genügend Stumpen. Ich konzentrierte mich auf die ersten Arbeitsschritte.

„Erstens", zitierte ich aus dem Gedächtnis, „nie vergessen: die Form mit Folie überziehen."

„Bei einem weißen Stumpen besonders wichtig", ergänzte Gertrud, „denn darauf sieht man wirklich jeden Flecken." Brav bezog ich die Form mit Frischhaltefolie und steckte sie anschließend auf das Böckchen.

„Zweiter Schritt", fuhr ich fort, „Hutstumpen mit Wasserdampf dehnbar machen."

„Und am besten drehst du dazu die Innenseite nach außen, falls es doch einen Fleck geben sollte", riet Getrud, „dann ist der nämlich später nur innen zu sehen, und das kann man schön mit einem Hutfutter kaschieren." Die Frau kannte sich aus. Ich krempelte also den Hutstumpen von innen nach außen und bearbeitete ihn mit dem heißen Dampf aus dem Hutdämpfer. Nach einer Weile, in der ich mir immer wieder fast die Finger verbrühte, was Gertrud mit einem lachenden „daran werden sich deine Hände schon noch gewöhnen" quittierte, war der Stoff dehnbar genug, um ihn über die Hutform zu ziehen.

„Normalerweise nimmt man für Herrenhüte einen viel dickeren Filz", dozierte Gertrud, als ich den Stumpen mit beiden Händen an der Bandstelle fasste und ihn erst vorne und hinten, dann an den beiden Seiten über der Hutform gleichmäßig und kräftig nach unten zog. „Die sind viel schwerer zu plattieren, also zu ziehen, so wie du es gerade machst. Aber in letzter Zeit haben die Herren der Schöpfung auch entdeckt, dass leichtere Filze viel angenehmer zu tragen sind. Der alte, steife, schwere Männerhut stirbt sicher bald aus, was unsere Arbeit erheblich erleichtern wird." In der Zwischenzeit hatte ich den Filzstumpen wie eine zweite Haut um die Kopfform gezogen.

„Nächster Schritt", erinnerte ich mich, „Dellen mit dem Bügeleisen und einem feuchten Tuch glätten."

Gertrud nickte. „Lass es zischen, Liebes", sagte sie und nahm genüßlich einen Schluck Kaffee. Offensichtlich gefiel ihr die Rolle der Meisterin. Mit Bügeleisen und feuchtem Tuch bearbeitete ich den Stumpen, um die Hutaugen an den Stirnseiten und die Einkerbung am Oberkopf zum Vorschein zu bringen. Das war gar nicht so einfach, denn gleichzeitig musste ich den Stumpen ja auch immer wieder nach unten ziehen, damit er keine Dellen warf.

„So ist es gut", lobte mich Gertrud nach einer Weile, in der sie meine Bemühungen genau beobachtet hatte. „Den Rest erledigen ein paar Steine, die wir während des Trockenvorgangs oben in die Einkerbung legen, damit der Einschlag schön tief bleibt. Jetzt die Bandlinie."

Folgsam griff ich zur bereit gelegten Formschnur, feuchtete sie an und legte sie an der Stelle um den gezogenen Stumpen, an der der zukünftige Hut auf dem Kopf aufliegen würde. Beim Einhämmern der Nadeln rund um den Hut knickten die Nadeln immer wieder ein, oder die Köpfe brachen ab. Ich fluchte leise vor mich hin.

„Du musst sanft hämmern", erklärte Gertrud, die das Problem anscheinend kannte, „und die Finger während des Hämmerns als Führung an der Nadel lassen." Das war leichter gesagt als getan, doch nach einigen Fehlversuchen hatte ich schließlich alle Nadeln mehr oder weniger gerade in den Hut gehämmert. Ich wischte mir mit dem Handrücken ein paar Schweißtropfen von der Stirn.

„Fertig!" verkündete ich und blies ein paar Haarsträhnen aus meinem Gesicht. „Jetzt der Rand, richtig?" Gertrud nickte.

„Den ziehen wir frei", sagte sie, „einen Formrand brauchen wir nicht. Ich zeige dir, wie es geht."

Sie zog einen Hocker vor den Tresen und begann mit geübten Fingern, dem Bügeleisen und Bügeltuch den Rand zu dehnen. Stück für Stück arbeitete sie sich flink um die Krempe herum bis sie wieder am Anfang angekommen war.

„So, jetzt du", forderte sie mich auf, „mit links drückst du den heißen Rand nieder, mit rechts ziehst du immer rundherum, bis er ganz flach und faltenfrei von der Holzform absteht." Sie stand auf und überließ mir den Arbeitsplatz. „Ich muss mich jetzt um ein paar Dinge kümmern", sagte sie geheimnisvoll und trocknete die Hände an einem Handtuch ab, „kann ich dich eine Stunde lang allein im Laden lassen?" Es war zwar erst meine zweite Woche, doch ich fühlte mich der Aufgabe durchaus gewachsen. Was sollte schon passieren. Ich nickte.

„Natürlich", sagte ich mutig, „ich halte die Stellung. Geh' ruhig, du kannst dich auf mich verlassen."

„Das weiß ich doch, Klara", sagte Gertrud, „ich bin bald zurück." Damit drückte sie sich einen kurzkrempigen Strohhut auf die dunklen Locken und verschwand durch die Ladentür, die zum Abschied wehmütig klingelte. Dann wurde es ganz still im Laden, nur das Zischen des Bügeleisens durchbrach die Ruhe, wenn ich es auf das Tuch drückte, um den Krempenrand dazu zu bewegen, ein bisschen weiter zu werden. Ich stellte mir vor, wie der Hut auf meinem Kopf aussehen würde und zu welcher Gelegenheit ich ihn tragen könnte. Ein Auftritt von Erichs Band? Vielleicht, wenn es später im Jahr etwas kühler würde? Komisch, dass mir sofort Erich einfiel. Wenn die Stimmung bei den Auftritten der Band jedoch weiterhin so hitzig bliebe, wäre so ein Hut eher unpassend. Ich überlegte, wie man einen Herrenhut ganz klein machen könnte, um ihn dann als Schmuck in die Haare zu stecken. Das musste ich unbedingt mit Gertrud besprechen. Ob sie eine so kleine Form hatte?

In meine Überlegungen hinein platzte plötzlich ein eisiges Klingeln. Die Ladentür öffnete sich, und der Mann mit dem schwarzen Zylinder, der in der Woche zuvor eine Bestellung abgeholt hatte, trat ein.

„Guten Tag", sagte er unerwartet höflich, „ich hoffe, ich störe nicht. Ist Madame Diederich anwesend?" Er sagte tatsächlich Madame, und ich konnte ein Grinsen kaum unterdrücken. Seine Freundlichkeit überraschte mich, nachdem er bei seinem letzten Besuch so unhöflich gewesen war. Ich stand auf und trocknete mir die Hände an einem der Bügeltücher ab.

„Frau Diederich", antwortete ich ihm mit Betonung auf dem Wort Frau, „ist gerade unterwegs, ein paar Besorgungen erledigen. Kann ich Ihnen weiterhelfen?"

Er zögerte, offensichtlich traute er mir nicht zu, dass ich mich erfolgreich um sein Anliegen kümmern könnte.

„Ich richte Frau Diederich auch gern etwas aus", fügte ich ermutigend hinzu, „oder möchten Sie später noch einmal wiederkommen?"

„Nein, nein, schon gut", antwortete er hastig, „ich habe es eilig, bitte notieren Sie meine Bestellung." Er zog eine Visitenkarte aus seiner Anzugtasche. „Hier ist meine Karte. Wir benötigen sechs Zylinder, bitte richten Sie das Madame Diederich aus, und sie möge mich bitte anrufen, um die Bestellung zu bestätigen und die Größen zu notieren. Damit drückte er mir die Karte in die Hand, lüftete höflich seinen eigenen Zylinder und war wieder verschwunden. Friedrich Adolph, las ich auf der Visitenkarte, Assistent der Direktion, Firma Bosenboss AG. Aha, dachte ich, der Lakai der Bosse. Aber wieso war er plötzlich so nett gewesen? Bei seinem ersten Besuch hatte er einen ganz anderen Eindruck hinterlassen, und die Türklingel hatte keine anderen Eigenschaften angekündigt. Nun klingelte sie wieder, dieses Mal fröhlich und beschwingt, jedoch gleichzeitig mit einem leicht melancholischem Unterton. Gertrud betrat das Geschäft, nach Rosen und Heu duftend. Sie nahm ihren Strohhut ab und schleuderte ihn gekonnt auf einen Garderobenständer in der Ecke.

„Ein wunderschöner Tag heute", sagte sie gut gelaunt, „wir sollten die Mittagspause am See machen. Ist etwas passiert, während ich fort war?"

„Ja", sagte ich und hielt ihr die Visitenkarte entgegen, „eine Großbestellung von der Firma Bosenboss. Schau hier, dieser Friedrich Adolph war hier, er will sechs Zylinder für die Firmendirektion." Gertrud nahm die Karte und warf einen Blick auf die Daten.

„Mmh", sagte sie, „das ist sehr gut. Wie war er denn so gelaunt, dieser Friedrich?"

„Außergewöhnlich freundlich. Nach seinem letzten Besuch hier vergangene Woche hätte ich etwas anderes erwartet. Er hat nach dir gefragt, und dich als ‚Madame Diederich' bezeichnet."

„Das freut mich aber", sagte Gertrud und grinste verschmitzt, „und hatte er seinen Zylinder auf?"

„Ja", sagte ich, „die ganze Zeit. Er hat ihn gar nicht abgenommen." Ich stutzte. Was meinte Gertrud mit ihrer Frage? Konnte es sein, dass das veränderte Verhalten dieses unfreundlichen Typs etwas mit dem Zylinder zu tun hatte? Bei Gertrud schien nichts unmöglich.

„Sag' mal", sagte ich, neue Geheimnisse witternd, „hast du damit etwas zu tun? Oder vielmehr, der Zylinder?" Plötzlich erinnerte ich mich an den Wurm. Gertrud sagte nichts, aber ihr Grinsen wurde noch breiter. Sie sah mich auffordernd an.

„Der Wurm", sage ich, „richtig?"

„Richtig!" platzte Gertrud heraus, „du hast ihn gesehen, oder?"

„Ja", antwortete ich, „als Louis vorbei kam und mit dir in der Küche war, habe ich mir alle Hüte angeschaut. Auf dem Zylinder saß ein fetter, schwarzer Wurm. Ich dachte noch, wie ungewöhnlich hässlich, und dass du vielleicht eine dunkle Seite hättest, die ich nur noch nicht kenne."

„Haha", lachte Getrud, „ja, das ist meine dunkle Seite. Was du gesehen hast, ist ein Appaisantes, ein Hutplattwurm. Er lebt zwischen Hut und Hutfutter und ernährt sich von den Haar- und Hautpartikeln des Hutträgers. Ein für den Menschen völlig harmloser Parasit, den der Träger ja gar nicht bemerkt, weil er sich ganz platt macht. Aber", und sie hob den Zeigefinger, „jetzt kommt's: seine Ausscheidungen, die er über die Haut abgibt, haben eine antiaggressive Wirkung auf den Träger. Er nimmt sie über die Kopfhaut auf und schwupps – verschwindet seine Aggressivität. Eine Wirkung wie Valium oder Opium, nur vollkommen legal und kostenlos. Genial, oder?"

Ich war verblüfft. „Mehr als genial", sagte ich bewundernd, „und das hat wirklich keinerlei Nebenwirkungen? Muss der Wurm nicht ab und zu mal an die Luft?"

„Nicht bei meinen Hüten", freute sich Gertrud, „ich habe ein wenig herumexperimentiert und nach einer Weile das ideale Zuhause für einen Hutwurm gefunden. Wollfilz oder Seide, in diesen beiden Stoffarten fühlt sich so ein Wurm sozusagen pudelwohl und wird zu einem wahren Prachtexemplar. Komm' mit, ich zeige dir meine Zucht!" Sie schaute auf die Standuhr im Laden. „Es ist sowieso gleich Mittag, da machen wir einfach etwas früher Pause, und du bekommst eine Führung durch meine Wurmfarm."

Hinter dem Hutladen befand sich ein wunderschöner Bauerngarten. Die Rückseite des Hutladens war aus groben Sandsteinen gemauert, vor der prachtvolle Wildrosen ihre zartrosa Köpfe stolz der Sonne entgegen reckten wie kleine Soldaten mir rosafarbenen Hüten, die feinstachelig die Mauer schützten. Lila Lavendel wuchs in großen Büscheln zwischen langfaserigen Grashalmen und hohen Sonnenblumen, überall summten fleißige Bienen und bauchige Hummeln, zwitscherten und trällerten unsichtbare Vögel zwischen den Blüten, Sträuchern und Bäumen, die den Garten säumten. Ich fühlte mich wie im Paradies, plötzlich abgeschnitten von der emsigen Geschäftigkeit der Kleinstadt vor dem Laden, unantastbar in dieser perfekten Miniatur-Oase.

Am hinteren Ende glitzerte ein kleiner Teich, benachbart von einem Gewächshaus, auf das Gertrud nun zielstrebig zusteuerte. Dort angekommen, öffnete sie vorsichtig die Glastür. Ein Geruch von warmer, feuchter Erde, Heu, Seide und Wolle schlug mir entgegen. Ich musste niesen.

„Entschuldigung", sagte ich, „ich bin allergisch gegen Heu."

„Na hoffentlich nicht gegen Würmer", lachte Gertrud, „willkommen auf meiner Hutwurmfarm!" Sie breitete die Arme aus. „Hier findest du alles, was ein ordentlicher Hutwurm braucht."

Das Glashaus war vollgestellt mit erdgefüllten Terrarien, Einmachgläsern, Gartenschaufeln und leeren Joghurtbechern aus Plastik. Auf einem der Regale in der hinteren Ecke entdeckte ich ein paar alte Hüte, anscheinend zu Testzwecken dort abgelegt, oder als Hutfutter für die Würmer. Ein Schlauchsystem zog sich von Terrarium zu Terrarium und endete in einer großen Regentonne, aus der eine Pumpe ragte. Die Luft war feucht und warm. Zweifellos ein Paradies für Würmer aller Art, aber mir fiel es schwer zu atmen.

Die Würmer, erklärte Gertrud, befänden sich in verschiedenen Entwicklungsstadien in den Terrarien. Kleine Hutwürmer schlüpften aus Eiern, die vorher vom Mama-Wurm in einer Art Eiblase in die lockere Erde abgelegt würden. Sie ernährten sich zunächst von den Resten der Eiblase, dann von Heu, Blättern und kleinen Wollfilzresten, die man in der Erde in winzigen Kügelchen vergraben müsste.

„Siehst du hier", sagte Gertrud und ging von Terrarium zu Terrarium, während sie ein wenig mit einer Gartenschaufel in der Erde herumstocherte und auf die erschrockenen Würmer in unterschiedlichen Größen deutete, die versuchten, mehr oder weniger schnell die Flucht in Richtung größerer Tiefen des Terrariums zu ergreifen. Besonders schnell waren sie allerdings nicht – sie hätten sich ja ein Beispiel an den Schnecken nehmen können, fuhr es mir durch den Kopf. Je größer die Würmer waren, desto langsamer waren sie auch. Im letzten Terrarium befanden sich zwei ziemlich ausgewachsene Exemplare, lang und rund wie eine Bratwurst. Ich fand sie ziemlich ekelig, aber Gertrud schnappte einen und ließ ihn auf ihre Handfläche gleiten. Sofort begann der Wurm, seine Form zu verändern und sich breit und flach zu machen. Nach kurzer Zeit bedeckte er Gertruds gesamte Handfläche.

„Sieht ja ekelig aus", bemerkte ich angewidert und trat unwillkürlich einen Schritt zurück, um etwas Abstand zwischen den Wurm und mich zu bringen, „tut das nicht weh?"

„Gar nicht", antwortete Gertrud, „es fühlt sich eher an wie ein einseitiger Gummihandschuh. Komm', willst du es auch einmal ausprobieren?" Sie zupfte den platten Wurm von ihrer Handfläche ab, der sich sofort wieder in ein bratwurstähnliches Geschöpf verwandelte. Sehr anpassungsfähig, diese Dinger, dachte ich und lehnte dankend ab. „Nein, vielleicht ein anderes Mal. Lass' mich erstmal mit dem Anblick vertraut werden. Schritt für Schritt. Ich glaube, ich habe gerade eine akute Wurmphobie." Unwillkürlich musste ich mich schütteln. Gertrud lachte ihr unbesorgtes Lachen, und sofort waren meine Bedenken wie weggepustet.

„Du wirst dich daran gewöhnen müssen, meine Liebe", gluckste sie, „die Hutwürmer gehören genauso
zur Hutmacherkunst wie die Hutblitze."

„Aber wozu brauchst du sie?" wollte ich wissen,
„und wie bist du überhaupt darauf gekommen?"

„Alles altes Hutmacher-Geheimwissen", antwortete
Getrud geheimnisvoll, „das habe ich von meiner
Meisterin übernommen, und sie von ihrer, und so
weiter. Wer die Würmer ursprünglich entdeckt und
in die Hüte eingesetzt hat, ist leider nicht überliefert,
aber sie sind weit verbreitet, völlig harmlos und
tragen zu einer immer freundlichen Kundschaft bei.
Und damit machen sie die Welt ein bisschen besser.
Auch wenn sie nicht für jedes Auge hübsch aussehen. Stimmt's, du Prachtexemplar?" Damit zog sie
den Wurm, der sich wieder auf ihrer Hand breit
gemacht hatte, schmatzend von ihrer Handfläche ab
und ließ ihn zurück in seine Übergangsheimat gleiten.

„Sechs Zylinder für die Bosenbosse", sagte sie,
„dann wollen wir diese hier mal noch ein bisschen
füttern!"

Den Nachmittag widmete ich wieder meiner Hutkrempe, die über die Bosenboss-Zylinder und Hutwürmer erkaltet war und nun zum weiteren Ziehen
neu gedämpft werden musste. Das dauerte eine
ganze Weile, und ich kämpfte um jeden Zentimeter,
doch der Filz schien sich gegen mich verschworen

zu haben. Kaum hatte ich eine Weitungs- und Dehnungsumrundung mit Bügeleisen und Bügeltuch geschafft, schien sich die Krempe bei der nächsten Runde schon wieder zurück in ihre Ausgangsposition gezogen zu haben, wie die Hutwürmer in ihre Bratwurstform. Der Schweiß tropfte mir von der Stirn. Im Laden hatte sich die Mittagshitze breit gemacht, und das heiße Bügeleisen sorgte ebenso wenig für Abkühlung wie der noch heißere Dampf aus dem feuchten Tuch. Jeder Hut ist ein kleines Kunstwerk, ermutigte ich mich, und Kunst braucht Schweiß und Tränen. Schweiß hatte ich jedenfalls an diesem Nachmittag reichlich produziert. Als die Krempe endlich fast waagerecht vom restlichen Hutkopf abstand, klopfte Gertrud mir anerkennend auf die Schulter.

„Sehr schön gemacht", lobte sie, „nur noch kürzen, dann den äußeren Rand nach innen umschlagen und festbügeln. Zum Trockenen kannst du den Hut einfach stehen lassen, es ist ja warm genug."

Ein Kinderspiel, dachte ich, und setzte zu einer neuen Runde an. Am Abend kühlte es ein wenig ab. Ich seufzte erleichtert auf und begutachtete mein Tagewerk. Die schweißtreibende Bügelarbeit war getan. Gertrud war zufrieden. Sie beschwerte die Delle im Hutkopf mit ein paar Steinen, damit sie sich beim Trocknen nicht wieder verformte, und stellte den Hut in die Mitte des Tresens. Gemeinsam umrundeten wir das Werk, um noch einmal von allen Seiten zu begutachten, ob alles seine Richtigkeit hatte:

Krempenschwung, Augentiefe, keine Flecken – jedes Detail wurde in Augenschein genommen und diskutiert. Gertrud war einfach eine fantastische Lehrerin. Noch nie hatte ich in so kurzer Zeit eine so tiefe Verbundenheit gespürt.

Am nächsten Tag standen die Näharbeiten an, die ich unter Getruds wachsamen Augen per Hand absolvierte. Ich befestigte die Hutkrempe mit einem dünnen Draht und einer Randeinfassung, nähte ein schmales, schwarzes Hutinnenband und ein breiteres Hutaußenband ein und verzierte den Abschluss mit einem großen, glänzenden Knopf. Meine Hände schmerzten vom Durchstechen der dicken Hutmachernadel durch den Stoff nach einer Weile so sehr, dass ich eine Stunde Staubwischen einlegen musste, bevor ich weiterarbeiten konnte, doch schließlich war es geschafft.

„Fertig!" rief ich erfreut, nachdem ich den letzten Stich gesetzt hatte. Gertrud sah von ihrer eigenen Arbeit auf. Sie hatte damit begonnen, erste Vorbereitungen für die sechs Zylinder zu treffen.

„Zeig' her", sagte sie, „lass' mich schauen, ob du alles richtig gemacht hast." Sie begutachtete das gute Stück von allen Seiten und nickte dann anerkennend. „Sehr schön", sagte sie, „jetzt das Wichtigste. Der Hutblitz."

Der Hutblitz sollte am späten Abend entstehen, nach Ladenschluss. Dieses Mal sollte ich ihn ganz allein erzeugen. Gertrud schickte mich nach Hause. Ich sollte mich ausruhen und dann alle Gedanken sammeln, die mir zu dem Begriff Schönheit einfielen. Das war leichter gesagt als getan, denn Schönheit hatte in meinem bisherigen Leben nicht gerade die höchste Priorität gehabt. Ich zermarterte mir den Kopf auf dem Weg nach Hause, den ich dieses Mal zu Fuß zurücklegte, um noch ein wenig die milde Abendluft zu schnuppern, die durch die Stadt wehte. Ich nahm einen Umweg und kam an einem Park vorbei, in dessen Mitte ein riesiger Kastanienbaum die Zweige sachte im Abendwind wiegte, als wolle er die Vogelstimmen dirigieren, die rundherum in der Abendsonne zwitscherten. Schönheit, dachte ich, genau das ist perfekte Schönheit. Nicht die austauschbaren, makellosen Gesichter von Hochglanzmagazinen. Nein, dieser Baum hier im Abendwind, der Park mit seinen vielen versteckten Bewohnern, die munter ihre Lebenslust in die untergehende Sonne tirilierten, die kühlen Grashalme zwischen den Zehen, die letzten Sonnenstrahlen auf dem Gesicht. Das ist wahre Schönheit. Ich ließ mich ins Gras fallen und breitete die Arme aus. So mussten sich Engel fühlen – wild und anmutig, kraftvoll und sanft. Einfach schön.

Als ich etwas später zurück in den Laden kam, hatte Gertrud schon alles vorbereitet. Die Rollläden waren heruntergelassen, auf dem Kassentresen brannte eine Kerze, und mein Hut stand wie ein Opferlamm

auf einem roten Samtläufer mitten auf dem Arbeitstisch.

„Gibt es auch Ziegenblut", wollte ich wissen, aber
Gertrud blieb ernst.

„Heute nicht", sagte sie, „Blutblitze habe ich noch
nicht ausprobiert. Davon lassen wir lieber die Finger." Dann löschte sie das Licht. „Bist du bereit?"

„So bereit wie möglich", sagte ich.

„Dann komm'. Stell' dich dicht vor den Hut. Forme
die Hände zu Fäusten, nebeneinander. So ist es gut."
Ich tat, was sie sagte. Vor lauter Aufregung begann
mein Herz zu rasen, und ich schnappte ein wenig
nach Luft, um mich zu beruhigen.

„Keine Panik", sagte Gertrud, „dir wird nichts passieren. Unsere Hutmagie ist sanfte Magie. Unsere
Aufgabe ist es, die Energie, die schon überall ist, zu
bündeln und in die Form einer Kugel zu bringen.
Du musst jetzt nur noch an all das denken, was du
mit Schönheit verbindest. Spüre es. Und wenn du
die Schönheit in jeder Faser deines Körpers und deines Geistes fühlst, öffne langsam die Fäuste. Lass'
dir Zeit."

Es war ganz still im Laden. Ich schloss die Augen
und dachte an die wilde, natürliche Schönheit, die
ich als gefallener Engel im Park gespürt hatte, die
meine Seele gestreichelt und das Herz geglättet hatte. An die anmutige Schönheit der sanft im Wind
tanzenden Zweige, an das letzte Blitzen der Sonne.

Dann öffnete ich langsam meine Fäuste. Eigentlich war es eher so, als ob sie sich ganz von allein öffneten, als ob das Gefühl der Schönheit sich von meinem Herzen in Richtung Arme ausbreitete und die Spannung in den Fingern löste. Ich spürte eine angenehme Wärme in meinen Händen, öffnete die Augen und schaute direkt auf eine große, porzellanfarbene Kugel, in der sich Gras, Blumen, Bäume und die Abendsonne zu spiegeln schienen.

„Wunderbar", hörte ich Gertrud flüstern, „jetzt langsam loslassen!"

Etwas anderes wäre auch gar nicht möglich gewesen, denn die Kugel wurde zunehmend heißer. Gut, dass sich meine Hände im Laufe der letzten Tage bereits an Hitze und feuchte Dämpfe gewöhnt hatten, sonst wäre die Kugel mir jetzt sicherlich aus den Händen gerutscht. Ich öffnete die aneinandergepressten Handflächen und ließ den Hutblitz durch die Lücke auf den Hut gleiten. Sobald er den Filz berührte, zerteilte er sich mit einem leisen Zischen in tausend kleine, blitzende Kügelchen, die wie Quecksilber um den Hut herum tanzten und dann dampfend darin verschwanden.

Danach war es wieder ganz still im Laden. Ich ließ die Hände sinken und schloss erschöpft die Augen. Müdigkeit machte sich in mir breit, und am liebsten hätte ich mich auf dem Fußboden zusammengerollt und wäre eingeschlafen. Ich ließ mich auf den Boden sinken und lehnte den Kopf an den Tresen. Gertrud setzte sich zu mir und legte mir ihren schlanken Arm um die Schultern.

„Das hast du großartig gemacht", sagte sie leise und strich mir mütterlich über die Haare, „das war ein perfekter Hutblitz. Und das beim zweiten Mal! Du bist ein echtes Talent." Wir blieben eine Weile so sitzen, bis mir die Füße einschliefen.

„Wir sollten das feiern", schlug ich vor, als die Lebensgeister langsam wieder zurück in meine Glieder kehrten.

„Da bin ich ganz deiner Meinung", freute sich Gertrud und sprang auf. „Ich habe vorhin extra eine Flasche Sekt kalt gestellt. Die hole ich gleich mal." Damit hüpfte sie in die Küche wie ein kleines Mädchen auf dem Spielplatz. Ich rappelte mich auf und knipste das Licht über dem Tresen an, denn ich wollte wissen, ob sich mein Hut irgendwie verändert hatte. Von außen konnte man nichts feststellen, also nahm ich ihn von der Form und setzte ihn auf. In diesem Moment kam Gertrud mit der Sektflasche und zwei Gläsern aus der Küche. Wie angewurzelt blieb sie an der Treppe stehen.

„Wunderschön", flüsterte sie, „unglaublich. Du siehst so wunderschön aus. Wie hast du das gemacht?"

„Keine Ahnung", antwortete ich, „einfach so, wie du es mir gesagt hast. Du bist eben eine sehr gute Lehrerin." Ich nahm den Hut vom Kopf und legte ihn auf die Form. „Komm', wir feiern jetzt. Das war ganz schön anstrengend."

Hans war froh, dass er den Montag nach dem grauenvollen Sonntagsausflug überstanden hatte. Noch die ganze Nacht über war ihm schlecht gewesen, denn die Bilder der missgestalteten Schweibeineferkel, die Karin und er in dem Müllbehälter entdeckte hatten, wollten nicht aus seinem Kopf weichen. Er hatte kein Auge zugetan in der Nacht und war am Morgen hundemüde im Lehrerzimmer erschienen, wo Heinz schon auf ihn wartete. Heinz war Biologielehrer, er würde eine Erklärung für das haben, was Hans gefunden hatte.

„Mensch, Hans, was ist denn passiert?" empfing Heinz seinen Freund, der ihn am Abend vorher nur kurz per Telefon um dringende Hilfe in einem ganz speziellen Fall gebeten hatte, den er am Telefon nicht näher beschreiben wollte. „Du hast mir richtig Angst gemacht, wie kann ich dir helfen?" Heinz hatte ein großes Herz, und nichts lag ihm ferner, als einem Freund, der offensichtlich in der Bredouille war, nicht sofort eine rettende Hand zu reichen.

„Ich muss dir dringend etwas zeigen", antwortete Hans, „aber nicht jetzt. Ich habe es in meinen Spind gelegt. Können wir uns in der großen Pause außerhalb des Schulgeländes treffen?" Allein der Gedanke an das vielköpfige Wesen, in Plastik verpackt und in Packpapier gewickelt, jagte Hans Schauer über den

Rücken, aber er musste es einem Experten zeigen, wenn er Aufklärung über die merkwürdigen Geschehnisse im Schweibeine-Hochhaus wollte. Und Heinz war der einzige Experte, dem er vertraute. Außerdem gehörte Heinz zu den AntiBBs, und damit hatte er sowieso ein Recht darauf, zu erfahren, was er und Karin gefunden hatten.

„Na gut", sagte Heinz, „wir treffen uns um halb zehn hinter dem Geräteschuppen vom Hausmeister. Da wird uns keiner suchen." Er blickte besorgt in Hans blasses Gesicht. „Willst du mir nicht lieber gleich sagen, worum es geht? Ich sehe doch, dass dich etwas ziemlich stark bedrückt."

„Du würdest mir nicht glauben", antwortete Hans betrübt, „warte bis zur Pause, dann wirst du es mit eigenen Augen sehen. Und mir vielleicht erklären können, was es ist." Damit packte er seine Aktentasche und verschwand in Richtung Klassenzimmer.

Die ersten beiden Stunden vergingen quälend langsam. Die Schüler waren unausgeschlafen und unkonzentriert, was die Sache nicht besser machte. Endlich schellte es zur großen Pause. Hans packte eilig seine Sachen, rannte zu seinem Spind und schnappte sich das Paket mit dem toten Schweibeineferkel. Das arme Tier war in Karins Armen verendet, ohne dass sie ihm hatten helfen können. Seine vielen Köpfe waren einfach schlaff nach vorne gekippt, und mit einem letzten, gequälten Seufzer war das Ferkelchen gestorben. Hans war zutiefst empört. Wer hatte dieser armen Kreatur so etwas angetan? Was unterschied die Seele des Menschen von der der Tiere und vielleicht sogar Pflanzen, dass er sich wie ein Gott über sie hinausheben konnte? Selbst wenn der Mensch durch seinen überragenden Verstand dazu in der Lage war, durfte er diese Überlegenheit doch nicht nutzen, um so eine Quälerei zu ersinnen. Spontan hatte Hans beschlossen, das Ferkelchen einzupacken und es Heinz zu zeigen. Auch mit Louis wollte er darüber sprechen, schließlich war er es gewesen, der den Anstoß zu dem Sonntagsausflug zum Schweibeine-Hochhaus gegeben hatte, wenn auch nur indirekt. Irgendetwas Schreckliches wurde dort ausgebrütet, dessen war Hans sich sicher, und sie mussten herausfinden, was es war.

Hans eilte mit seinem Paket durch die Gänge, hinaus auf den Schulhof und dann zum unbelebteren Teil des Schulgeländes, auf dem sich bekannterweise nur die heimlichen Raucher tummelten, bis der Geräteschuppen in sein Blickfeld kam. Dahinter wartete bereits Heinz.

„Na, jetzt bin ich aber gespannt, was du mir zu sagen hast", begrüßte ihn Heinz neugierig, als er Hans mit dem Paket auf sich zueilen sah. Hans legte das Paket auf den Boden und begann, es auszupacken.

„Ich hoffe, du hast noch nicht gefrühstückt", sagte er warnend, „das hier ist etwas unappetitlich." Er löste die Schnüre des Pakets und wickelte das braune Packpapier vorsichtig ab. Das Ferkel lag nun, in einen Plastikbeutel verpackt, auf dem Boden. Ein stechender Geruch strömte aus dem Beutel. Die Verwesung hatte ja schon am Tag zuvor eingesetzt. Heinz hielt sich die Hand vor die Nase.

„Du meine Güte", murmelte er, „was um Himmels Willen ist denn das?"

„Wir haben es beim Schweibeine-Hochhaus gefunden", erklärte Hans und schilderte Heinz in knappen Sätzen, was am Vortag passiert war. Er bemühte sich, so neutral wie möglich zu bleiben, konnte seine Abscheu vor dem, was er in dem Müllbehälter erblickt hatte, aber nicht ganz zurückhalten.

„Du glaubst nicht, was da sonst noch alles so lag", sagte er erschüttert, „ wenigstens waren die anderen Ferkel alle schon tot. Nur dieses hier hatte den Sturz durch den Müllschacht anscheinend überlebt."

Heinz betrachtete das Tier genauer. Nachdem der erste Schock über den Anblick der vielen Köpfe überwunden war, erwachte sein wissenschaftliches Forscherinteresse. Er hatte eigentlich Arzt werden wollen, wenigstens Tierarzt, doch dazu hatten seine schulischen Leistungen leider nicht gereicht, und so hatte er sich mit einem Lehrerstudium begnügt. Wenigstens die Naturwissenschaften sollten es aber sein, und so wurden seine Lieblingsfächer Biologie und Chemie dann auch seine Studienfächer. Wann immer möglich, hatte er sich als Student in die Vorlesungen der angehenden Mediziner geschlichen und sich so ein beachtliches Wissen über die Vorgänge in menschlichen und tierischen Körpern angeeignet, das weit über das Wissen eines Biologen oder Chemikers hinausging, dessen Berufsziel der Schulalltag war. Unerschrocken packte er den toten Tierkörper weiter aus und drehte ihn auf die Seite.

„Ich würde das Tier gern sezieren, um herauszufinden, wie viele Organe es besitzt und was die Todesursache war", sagte er nüchtern. Forensik hatte zu seinen Lieblingsfächern gehört. „Auf den ersten Blick sieht es für mich so aus, als ob es verhungert ist. Schau, es ist ganz dünn." Er zeigte auf den eingefallenen Schweibeinebauch. „Die vielen Köpfe hätten das Tier nicht unbedingt daran gehindert, zu überleben."

„Aber wie kommt so ein Tier überhaupt zustande?" fragte Hans. Für ihn bestand der moralisch verwerfliche Teil eigentlich ursprünglich nicht darin, dass dieses Tier wie Müll entsorgt worden war, sondern dass es überhaupt das Licht der Welt erblickt hatte.

„Das ist eine äußerst interessante Frage", antwortete Heinz, „der wir auf jeden Fall nachgehen sollten. Ich vermute, ein Zuchtexperiment. Doch wie es zustande kam, kann ich so nicht beantworten. Möglicherweise über verschiedene Ferkelgenerationen hinweg. Das müsste ich näher prüfen." Er drehte das Tier auf die andere Seite und bewegte die kleinen Schnauzen. „Würde mich mal interessieren, wie die von innen aussehen", murmelte er, „darf ich es mitnehmen?"

„Nichts lieber als das", antwortete Hans. Er war froh, dass sich jemand anderes um das tote Tier kümmern wollte. „Lass uns am Wochenende mit Louis über deine Untersuchungserkenntnisse sprechen."

Lebensbeichten

An diesem Abend, an dem ich meinen ersten richtigen Hutblitz erzeugt hatte (der erste zählte ja eigentlich nicht, da er nicht auf einem Hut gelandet war), wurden Gertrud und ich Freundinnen. Ich erzählte Gertrud, dass ich nicht mehr in das Leben zurückwollte, das ich verlassen hatte, als ich durch das Loch stieg.

Keine Sorge, meinte sie, das Loch sei sowieso schon wieder verschwunden, da würde es schwierig mit dem Zurückklettern. Im Übrigen sei sie sehr erleichtert, dass es mir hier gefiele, denn sie brauchte ja sowieso einen neuen, dauerhaften Lehrling, nachdem Adnila sie verlassen hätte. Und Arbeit gäbe es in Hülle und Fülle, alleine könne sie das gar nicht schaffen. Sie hatte das Geschäft mit samt dem Haus, das sich an den Garten hinter dem Laden anschloss und das ich mir doch unbedingt auch einmal anschauen müsse, von ihren Eltern übernommen, die schon früh gestorben waren. Erst der Vater an einem Herzinfarkt, als Gertrud in den Zwanzigern und selbst noch in der Ausbildung war, die sie in der fernen Stadt bei einer befreundeten Hutmacherin absolviert hatte. Dann, ein paar Jahre später, die Mutter, die es ohne den Herrn Papa nicht auf der Erde hielt. Von ihrer Meisterin hatte sie die Geheimnisse der Hutmacherei gelernt, nämlich das Erschaffen von Hutblitzen, eine seltene Kunst, die den wenigsten gelang und die als Geheimwissenschaft innerhalb der Hutmacherzunft an besondere Lehrlinge weitergegeben wurde. „Vielleicht sind wir ja verwandt, wer weiß?" lächelte Gertrud geheimnisvoll, als ich sie fragte, woher ich ihrer Meinung nach die Fähigkeit hätte, Hutblitze zu erschaffen. Sie liebe ihre Arbeit, sagte sie, und sie frage nicht lange nach dem Wie und Warum. Sie sei nur mehr als glücklich, mich gefunden zu haben. Gefunden war wohl der richtige Ausdruck. Ich war ein Hutmacher-Findelkind. Gefunden hatte Gertrud auch Louis, oder besser, war von ihm gefunden worden. Eines Tages war er im Laden aufgekreuzt und hatte nach einer Baskenmütze gefragt. Das war zwar eigentlich nicht Gertruds Spezialität, aber sie war offen für alles und hatte sich an die Arbeit gemacht. Nach einer Woche des Ausprobierens, Verwerfens und Neuanfangs – Baskenmützen werden eigentlich nicht gefilzt, sondern rund gewebt und dann gewalkt – hatte sie eine Methode entwickelt, die Baske wie ein Barrett über einer Hutform zu ziehen und dann die typischen Falten einzuarbeiten. Louis war begeistert, doch in ihrem Überschwang hatte sie wohl einen etwas zu heftigen, bordeauxfarbenen Widerstand-Hutblitz erzeugt, und seitdem war Louis sehr häufig sehr hitzig, wenn es um ‚seine Sache' ging, die er mir am kommenden Wochenende garantiert ausführlich erklären würde. Trotzdem – oder vielleicht auch gerade wegen seiner aufbrausenden Rebellennatur – hatte sich Gertrud auf der Stelle in Louis verliebt, und ihm ging es nicht anders. Er hatte so einen Narren an der liebenswürdigen, etwas verrückten Hutmacherin gefressen, dass er eine Großbestellung von zehn Baskenmützen aufgab, die er dann nicht bezahlen konnte und mit monatlichen Raten und Einladungen zum Kaffeetrinken, Eis essen und Spaziergängen am See abstotterte, die meist im Bootshaus bei einem Glas Rotwein und langen Gesprächen endeten, die sich bis spät in die Nacht hinein zogen. Dort hatten sie dann auch Bekanntschaft mit Erich und der Koma-Combo gemacht, die dort praktisch als Hausband auftrat und ja mittlerweile über die Grenzen der kleinen Stadt hinaus bekannt geworden war. Die wilde Hilde war eine alte Kindergarten- und Schulfreundin von Gertrud, sie waren zusammen aufgewachsen, hatten gemeinsam der jungen männlichen Bevölkerung des Städtchens im Teenageralter den Kopf verdreht und mit achtzehn einen Doppelkopfclub gegründet, zu dem sich der herzliche Heinz, die charismatische Karin und der etwas düstere Hans gesellt hatten. Da beim Doppelkopf eigentlich nur vier Spieler zugelassen waren, musste pro Runde immer einer aussetzen, und so gab es genügend Gelegenheit, wechselseitige Paarkonstellationen auszuprobieren. Schließlich fanden sich jeweils zwei Paare zusammen, denn die Ablenkung vom Spiel war groß in diesem Alter. Karin und Hans liebten sich stürmisch und tiefgründig, während Heinz und Hilde eine große Harmonie ausstrahlten, in der sich weitere Paare gerne tummelten, um den nötigen Frieden in der eigenen Beziehung zu finden. Gertrud selbst hatte mal diesen, mal jenen Freund, aber keiner hatte langfristig ihr heißes Herz erobern können, bis Louis in ihrem Leben auftauchte. Seitdem sei ihr Beziehungsleben ein einziges Auf und Ab, aber ohne Louis wolle sie ganz eindeutig nicht mehr leben, auch wenn seine Rebellennatur es ablehnte, in ihr Haus zu ziehen und ein ganz normales Familienleben zu beginnen. Er sei eben zu Höherem berufen, zu was, das würde sich ab und zu ändern, und das derzeit Höhere würde er Klara dann am kommenden Wochenende schon erklären.

Als wir die Flasche Sekt leer getrunken hatten, wollte Gertrud unbedingt noch ins Bootshaus für einen letzten Schlürschluck, wie sie es nannte, doch ich war plötzlich sehr müde und brauchte nur noch mein Bett. Das Erzeugen des Hutblitzes hatte mir anscheinend alle Energie geraubt.

„Na gut, das verstehe ich", sagte Gertrud ein wenig enttäuscht, „am Anfang war das bei mir auch so. Später gewöhnst du dich daran." Sie zog eine Jacke an und setzte einen roten Hut auf den Kopf. „Dann ziehe ich noch allein ein bisschen los. Im Bootshaus trifft man eigentlich immer jemanden." Wir verließen den Laden gemeinsam, umarmten uns vor der Ladentür, und gingen dann in verschiedene Richtungen in die Nacht hinein.

Wurmroutinen

Der Rest der Woche verging schnell. Gertrud werkelte an den Zylindern der Bosenbosse und ließ mich nicht helfen, dafür sei es noch zu früh, meinte sie, Zylinder seien nichts für Lehrlinge. Sie trug mir stattdessen auf, mich um die Hutwürmer zu kümmern, damit ich mich an sie gewöhne und meinen Ekel ablegte, denn die Würmer seien ein wichtiger Bestandteil des Hutmachergeschäfts. Außerdem sollte ich mich ein wenig mit der Theorie der Hutmacherei befassen. Zu diesem Zweck zeigte Gertrud mir ihr Haus, denn darin befand sich eine umfangreiche Sammlung von Büchern zu diesem Thema. Sie führte mich, wie am Abend des Schönheits-Hutblitzes versprochen, durch alle Zimmer und ließ mich schließlich in der Bibliothek zurück, wie sie das Räumchen mit voll bestückten Bücherregalen in einem kleinen Anbau neben der Küche nannte, das ein großes, bis zum Boden reichendes Fenster zum schönen Bauerngarten hinaus hatte und mit einem gemütlichen Sessel ausgestattet war. Dort machte ich es mir in den folgenden Tagen gemütlich, nachdem ich meine tägliche Wurmroutine ausgeführt hatte. Die bestand darin, die Erde in den verschiedenen Terrarien aufzulockern, kleine Löcher hineinzubohren und Blätter, Filz und Wolle hineinzustopfen. Außerdem musste die Erde feucht, aber nicht zu nass gehalten werden, wozu ich sie mit einer Sprühflasche besprenkelte, damit sich die Feuchtigkeit gleichmäßig verteilte. Meine besondere Aufmerksamkeit galt dem letzten Terrarium in der Reihe, in dem sich die sechs prächtigen Hutwurmexemplare entwickeln sollten, die in die Bosenboss-Zylinder eingesetzt werden würden. Noch waren sie nicht ganz ausgewachsen, aber sie machten gute Wachstumsfortschritte. Von ihnen hing das Auslieferungsdatum ab. Unter sechs Zentimetern konnte man sie nicht in die Hüte einsetzten, besser waren zehn, und bisher waren sie erst bei knapp fünf Zentimetern Länge im Bratwurststadium angekommen. Meine täglichen Messaktivitäten, die ich mit steigender Routine und abnehmendem Ekel absolvierte, zeigten, dass die Tiere in diesem Entwicklungsstadium bei guter Fütterung täglich um vier bis fünf Millimeter zulegten. Das hieß, dass Gertrud eine knappe Woche Zeit hatte, um die Zylinder fertigzustellen.

Ich nahm mir vor, bei den kleineren Exemplaren mit der Zusammensetzung des Futters zu experimentieren, um herauszufinden, ob man das Längenwachstum beschleunigen könnte. Ich vermisste zwar nicht viel in meiner neuen Welt, aber eine Internet-Recherche wäre jetzt wirklich angebracht gewesen. Stattdessen begann ich, Gertruds Bibliothek nach Fachwissen über Hutwürmer zu durchforsten. Außerdem interessierte mich auch brennend, was es mit den Hutblitzen auf sich hatte. Also vertiefte ich mich in den gemütlichen Sessel und in Gertruds Literatur. Meine Theorie war, dass die Hutblitze aus wissenschaftlicher Sicht dem Phänomen der Kugelblitze ähnlich waren. Gertrud schien zu ähnlichen Schlüssen gekommen zu sein, denn in ihrer Büchersammlung fand sich ein Werk zu diesem Thema. Es war eine Sammlung von Augenzeugenberichten über Kugelblitze, die wenig Zweifel an der Realität des Phänomens aufkommen ließen. Eine übereinstimmende Meinung dazu, was es mit dieser Art von Blitzen auf sich hatte, schien es jedoch aus wissenschaftlicher Sicht nicht zu geben. Man hatte zwar viele Kugelblitze beobachtet, jedoch war es Wissenschaftlern nie gelungen, welche im Labor zu erzeugen. Einen Konsens über den physikalischen Mechanismus oder die Mechanismen, die für Kugelblitze verantwortlich waren, gab es nicht. Schließlich behaupteten einige der Wissenschaftler sogar, dass die Blitze wohl Einbildungen der Menschen seien, die sie gesehen hätten.

Ich hatte mich gerade in die Augenzeugenberichte vertieft, als ich einen lauten Trommelwirbel an der Haustür hörte. In Gedanken noch ganz in das Gelesene vertieft, ging ich zur Haustür und öffnete sie. Erich stand mit gezückten Trommelstöcken vor mir.

„Da ist ja meine Schöne", grinste er mich an, die Trommelstöcke noch in der Luft, „ich dachte schon, du wärst so schnell wieder nach Neutopia verschwunden, wie du von dort aufgetaucht bist." Er steckte die Stöcke in seine Hosentasche. Ganz bestimmt nicht, dachte ich, und grinste zurück. Ich freute mich wirklich, ihn und seine Trommelstöcke

zu sehen. Seine dunklen Augen glänzten unterneh-
mungslustig in der Sonne.

„Keine Angst", sagte ich, „mir gefällt es hier ganz
gut. So schnell gehe ich nicht wieder weg. Willst du
hereinkommen?" Ich trat ein Stück zur Seite und
machte eine einladende Handbewegung, um ihn ins
Haus zu bitten.

„Nein, danke", antwortete Erich fröhlich, „ich habe
es leider eilig. Am Wochenende sind wir auf Tour,
drei Gigs hintereinander, von Freitagabend bis
Sonntagabend. Wir müssen gleich noch proben und
dann den Bandbus packen." Er kramte eine Zigarette aus seiner schwarzen Lederjacke und zündete sie
mit dem gewohnt lässigen Schnipsen seines Klapp-
feuerzeugs an. „Hey", sagte er, Rauch ausblasend,
aber netterweise drehte er dabei den Kopf zur Seite,
um mir den Rauch nicht ins Gesicht zu pusten,
„aber hast du nicht Lust auf einen netten Abend mit
mir danach? Ich bin am Montag zurück. Darf ich
dich abholen?"

Mein Herz machte einen kleinen Hüpfer, und unwillkürlich legte ich meine Hand darauf, als ob ich
vermeiden wollte, dass Erich das Herzklopfen bemerkte. Wäre ich eine zu leichte Beute, wenn ich
jetzt einfach ja sagen würde? Ach, was soll's, dachte
ich, und sagte „Sehr gern", wobei meine Stimme
etwas krächzte und ich mich räuspern musste. „Darf
Berta auch mit?"

„Ich frage sie mal, ob sie die Anstandsdame spielen möchte", lachte Erich, „aber ich hätte da auch noch ein anderes Gefährt, was dir sicherlich auch gefallen wird." Er zog nochmals an seiner Zigarette, zerquetschte sie dann mit dem Fuß und hob den Stummel auf.

„Wir wollen doch Gertruds Garten nicht verunstalten", sagte er und schob den Stummel in seine Jackentasche. „Also dann, am Montag um sieben, ja? Ich hole dich ab. Lass' dich überraschen." Damit tippte er sich an die Hutkrempe, spitzte die Lippen zu einem schmatzenden Luftkuss und verschwand durch den Bauerngarten.

Die AntiBBs

Am Wochenende wurde ich Mitglied im Verein der AntiBBs. Louis sprach es so aus, als ob es ein Verein zur Familienplanung wäre: Antibehbeh, aber in Wirklichkeit handelte es sich um eine Zusammenkunft von Leuten, die gegen die Firma Bosenboss war. Louis war der Vorsitzende, und er herrschte charismatisch über ein knappes Dutzend Vorstandsmitglieder, zu denen Karin, Hans und Heinz zählten. Hilde gehörte nicht dazu, weil sie einfach zu gerne Fleisch aß. Der Verein selbst hatte nicht sehr viel mehr Mitglieder als Vorstände, aber die waren umso leidenschaftlicher und entschlossener. Es ging im weitesten Sinne um Tiere, und im engeren um die Tiere, die den Bosenbossen gehörten und die zum Verzehr und sonstiger Gewinnung von Essen gedacht waren. Louis vertrat die Meinung, dass Tiere wie Schweibeine, Multikühe und Schaführner keines natürlichen Ursprungs sein könnten und nur durch jahrelange Zuchtexperimente entstanden sein konnten. Verantwortlich dafür sei der Konzern Bosenboss, der sich aus Profitgier über alle moralischen Bedenken hinwegsetze und Tiere nur als Ware sähe, die dazu diene, die Gewinne des Unternehmens zu steigern und den Konzernlenkern die Taschen zu füllen. Um das zu beweisen, war Louis Journalist, Buchautor und Filmemacher und sah es als seine Aufgabe, die Weltöffentlichkeit über die schrecklichen Machenschaften des Konzerns zu informieren und dann zur Tat zu schreiten. Bei der Versammlung, die in einem Nebenraum des Bootshauses stattfand, zeigte Louis als erstes einen Dokumentarfilm über die Haltung der Schweibeine, den er selbst bei einem heimlichen Einbruch in einer der Hochhäuser, die der Konzern üblicherweise zur Tierzucht baute, gedreht hatte.

Es war dunkel, und man konnte nicht allzu viel auf den zitternden Bildern erkennen, die über die Leinwand flackerten, aber das, was man sah, ließ dem Magen wenig Zeit, die im Bootshaus angebotenen Käseschnittchen zu verdauen. Eine schwarz vermummte Gestalt huschte vor der Kamera her und öffnete Türen zu schmalen Gängen, die rechts und links von engen Boxen mit Metallbügeln gesäumt waren, in denen die sechsbeinigen Schweibeine Körper an Körper gedrängt standen. Manche hatten es geschafft, sich in der Box auf den Boden zu legen, der ebenfalls aus Metallstäben zu bestehen schien, um die Exkremente nach unten durchsickern zu lassen. Dabei ergab sich ein wilder Wust von Beinen, die in verschiedene Richtungen ragten und dem Nachbarschweibein mal in das geduldige Gesicht, mal in den Bauch oder in die empfindlichen Weichteile gepresst wurde. Der Lichtkegel einer Taschenlampe, die die schwarze Gestalt vor der Kamera hier und dorthin hielt, fiel auf Eiterbeulen, entzündete Schweibeinebacken, Geschwüre, kaputte Schweibeineaugen und kleine Schweibeineferkel, die sich kaum auf ihren sechs Beinen halten konnten und fortwährend in die Exkremente ihrer Mama kippten.

Ich schloss die Augen und unterschrieb den Mitgliedervertrag blind.

Nach dem Film hielt Louis eine flammende Rede. Es ging um Liebe, Säugetiere, die Anzahl und Art ihrer Gliedmaßen und Zitzen sowie um notwendige Aktionen zur Rettung der Menschheit, die sich schnurgerade auf dem Weg in die Verdammnis befand, wenn sie weiterhin kommentarlos zuließe, dass Konzerne wie die Bosenbosse aus reiner Profitgier und purem Machthunger ihr Unwesen mit den Geschöpfen dieser Welt trieben. Für mich, die ich aus einer Welt stammte, in der Kühe in der Regel einen Euter, Schweine vier Beine und Schafe gar keine Flügel hatten, schien das mehr als logisch, und ich begleitete die Rede mit heftigem Kopfnicken, begeistert von Louis Enthusiasmus und Charisma. Ein erster wichtiger Schritt, sagte Louis, sei schon mal der Konsumverzicht auf Fleisch. Aber, fuhr er fort, wild mit dem Zeigefinger fuchtelnd, das reiche bei Weitem nicht. Ohne Aktion gäbe es keine Reaktion, das war schon in der Bibel so, man denke nur an Moses und die Spaltung des Meeres, oder an Noah und den Bau der Arche. Daher schlage er vor, auf das Dach eines der Schweibeine-Hochhäuser zu klettern und von oben ein riesiges Plakat auszubreiten, das ein Bild der geplagten Kreaturen im Innern des Hauses zeige und einen aufrüttelnden Slogan beinhalte, einen Weckruf, der weit über das Land hinausschallen sollte, so etwas wie „Liebe geht nicht nur durch den Magen", oder „Vier Beine für die Schweibeine", oder „Stoppt die Zuchtmanipulation". Den genauen Wortlaut müsse man noch klären, aber das Prinzip sei wohl allen Anwesenden klar. Damit würde Druck auf den Konzern ausgeübt, und wir hätten Zeugnis über das Unrecht abgelegt, das diesen armen Kreaturen angetan wurde.

„Bravo", rief Hans, als Louis geendet hatte, sprang auf und applaudierte frenetisch. Die restlichen Vereinsmitglieder schlossen sich an, nur Gertrud blieb einfach sitzen und ließ den Kopf hängen. Ich ging zu ihr.

„Was hast du denn?" fragte ich sie und legte den Arm um ihre schmalen Schultern, „findest du nicht, dass Louis Recht hat?"

„Doch, doch, natürlich hat er das", antwortete sie und schaut mich an. Ihre Augen waren verdächtig feucht, als könne sie nur mühsam die Tränen unterdrücken. „Aber weißt du, wie gefährlich so eine Aktion ist? Das ist ja nicht nur Gerede. Louis wird das wirklich durchziehen, ich kenne ihn doch. Er wird sich eine Bergsteigerausrüstung besorgen, Hauswände hochklettern üben und Tod und Teufel in Bewegung setzen, um dieses riesige Plakat zu beschaffen. Er wird sich verbündete Abenteurer suchen, die keine Gefahr scheuen, und gegenseitig werden sie sich anfeuern, die waghalsigsten Dinge zu tun. Irgendwie werden sie es dann wirklich schaffen, dieses Plakat dort hochzuschleppen und auszubreiten." Sie schüttelte traurig den Kopf. „Und was dann. Das ist vollkommen illegal. Die Sicherheitsbeamten der Bosenbosse, die Pane, werden keine Sekunde warten und sie so schnell wie möglich in Gewahrsam nehmen. Und du hast doch schon einen von den Bosenbossen kennengelernt. Die sind nicht lustig. Das ist für die kein Scherz, Was dann mit Louis passiert…" Sie beendete den Satz nicht, denn jetzt liefen ihr dicke Tränen über die Wangen. Ich nahm sie noch fester in den Arm, und sie schluchzte in meine Schulter.

„Ma cherie, was ist denn los, freust du dich denn gar nicht, dass wir für unsere Sache so viel Zustimmung haben", hörte ich Louis Stimme und sah ihn über Gertruds bebende Schultern hinweg auf uns zu eilen. Er warf mir einen vorwurfsvollen Blick zu und schob mich etwas unsanft zur Seite. „Was hast du mit ihr gemacht", zischte er mir zu, und nahm Gertrud fest in seine Arme. Er drückte ihr kleine Küsschen auf die Wange. „Nicht weinen, non, non, non", flüsterte er, „alles wird doch gut" Wir werden diese armen Kreaturen retten und die Welt vor dem Untergang bewahren. Schschschsch, schschschsch…" machte er. Offensichtlich verkannte er die Situation völlig.

„Aber gerade deswegen weint sie doch", zischte ich wütend zurück, „sie hat Angst um dich!" Doch Louis beachtete mich gar nicht. Zuhören war anscheinend nicht seine Stärke. Ich machte auf dem Absatz kehrt und überließ die beiden sich selbst.

An der Theke fand ich Hans, Karin und Heinz, und auch Hilde war eingetroffen. Sie hatten sich eine Runde Bier bestellt und diskutierten aufgeregt.

„Der Mensch ist zu ethischem Verhalten gegenüber der gesamten Schöpfung verpflichtet", hörte ich Hans sagen. „Das hat schon Albert Schweitzer gesagt. Das Töten von Tieren für die Ernährung des Menschen ist nicht zulässig, und schon gar nicht das Eingreifen in die Schöpfung durch Zuchtmanipulation."

„Ach, du bist genauso ein Spinner wie Louis", erwiderte Hilde ihm hitzig, „wir Menschen sind nun mal die intelligenteren Wesen, und das Jagen und Essen von Tieren gehörte schon immer zu unserem Überlebensrepertoir. Ohne Fleisch wären wir gar nicht da, wo wir heute sind."

„Und wo sind wir?" antwortete Hans ruhig, „wir quälen und töten diese armen Tiere. Das ist grausam. Und Grausamkeit gegenüber Tieren stumpft das Mitleid des Menschen ab. Es macht ihn zu einer gefühllosen Kampfmaschine. Tiere sind kein Fabrikat zu unserem Gebrauch." Er hatte Albert Schweitzer intensiv studiert, aber Hilde blieb unbeeindruckt.

„Aber Tiere sind anderen Tieren gegenüber auch grausam", argumentierte sie, „schau dir den Löwen an, der ein Zebra in Stücke zerreißt, oder einen Wolf, der ein Schafuhn zerfetzt, ohne es zu fressen. Ist das keine Grausamkeit?"

„Das sind Tiere", gab Hans zurück, „die handeln instinktiv und nicht intelligent. Wir Menschen dagegen können entscheiden. Uns wurde die Intelligenz gegeben, um Bewusstheit zu schaffen. Und in dieser Bewusstheit sage ich: Es gibt keine moralische Rechtfertigung, das Leid eines Wesens, gleich welcher Natur, nicht in Betracht zu ziehen."

„Wo er Recht hat, hat er Recht", unterstützte ihn Heinz. „Ich werde auch ab sofort zum Vegetarier. Ich trinke jetzt nur noch Pflanzliches. Und damit: Prost, Kinder!" Er hob sein Glas. „Auf unseren Louis, den Rebellen! Und auf die Besetzung des Schweibeine-Hochhauses!"

Alle hoben ihr Glas, und Karin schob mir schnell eines herüber. Wir stießen mit lautem Gläserklirren an, wobei der weiße Bierschaum überschwappte und in kleinen Schaumwölkchen wie Gischt zu Boden spritzte.

„Auf die armen Schweibeine", rief Karin.

„Auf die fleißigen Multikühe", ergänzte Heinz.

„Auf die fluguntauglichen Schafühner", sagte Hilde, „mit ihren leckeren Flügelchen."

Hans, Louis und Heinz standen um das tote Schweibeineferkel herum, das Heinz behutsam auf den Rasen hinter dem Bootshaus gelegt hatte und nun mit einer Taschenlampe anleuchtete.

„Perfekt integriert", sagte Heinz und zeigte auf die Köpfe des Schweibeineferkels, „ich kann mir nicht vorstellen, dass das eine Laune der Natur sein soll."

Nach der AntiBB-Versammlung hatten die drei Männer ihre Frauen und die restlichen Vereinsmitglieder mit dem Hinweis nach Hause geschickt, dass sie noch einen Männerabend in einer anderen Kneipe im Ort verbringen wollten. Die Frauen hatten murrend akzeptiert, und als alle weg waren, hatte Heinz das Paket mit dem verschnürten Tierkadaver geholt und ausgepackt.

„Aber das ist magnifique", war Louis' erste Reaktion, als er das missgestaltete Ferkel sah, „das ist das perfekte Bild für mein Plakat! Ich hole sofort meinen Fotoapparat." Heinz und Hans starrten Louis entgeistert an.

„Louis", sagte Heinz, „willst du nicht erst einmal hören, was ich herausgefunden habe?"

„Doch doch, oui oui, natürlich", antwortete Louis fahrig, „aber zuerst möchte ich es fotografieren. Seht doch nur, was für ein schauerlicher Anblick das ist, dieses hässliche Tier hier auf dem dunklen Rasen, als ob wir es gerade im Schweibeine-Hochhaus gefunden hätte. Das Bild wird die Sensation!" Damit eilte er zurück ins Bootshaus, um seinen Fotoapparat zu holen. Hans schüttelte ungläubig den Kopf.

„Ihm geht es nur um die Sensation, fürchte ich", sagte er zu Heinz, der traurig auf das tote Wesen im Gras blickte.

„Ach, lass' ihn", antwortete Heinz, „wir müssen es sowieso heute begraben, die Verwesung ist bei den Temperaturen schon weit vorangeschritten, und ich kann es ja schlecht in unseren Kühlschrank legen. Hilde würde mich umbringen. Wenn wir jetzt keine Fotos machen, dann wird es sowieso nichts mehr." Bevor Hans, der aus ethischen Gründen gern protestiert hätte, dazu etwas sagen konnte, kam Louis mit seinem Fotoapparat über den Rasen gelaufen.

„Leuchtet bitte mal auf die Köpfe", wies er Heinz und Hans an, „damit sie auch schön im Mittelpunkt der Fotos stehen." Die beiden Männer taten, was Louis ihnen sagte. Louis knipste eifrig ein paar Bilder. Schließlich schien er zufrieden mit seiner Arbeit.

„Ich denke, das habe ich im Kasten", sagte er befriedigt, „nun muss ich nur noch jemanden finden, der mir daraus ein großes, schönes Plakat macht."

„Du willst es für die Plakataktion benutzen?" fragte Hans erstaunt, „ich dachte, du wolltest ein Bild aus dem Schweibeine-Hochhaus dafür nehmen."

„Aber das hier, mein lieber Freund", entgegnete Louis ungerührt, „ist doch viel besser. Und es ist doch auch aus dem Hochhaus. Überleg' doch mal, wie das bei der Presse ankommen wird. So etwas hat die Welt noch nicht gesehen. Es wird die ersten Seiten sämtlicher Zeitungen zieren. Ich kann mir jetzt schon die Schlagzeilen vorstellen: ‚Grausiger Fund bei Bosenboss – Ungeheuer mit zehn Köpfen', oder ‚Bosenboss-Monster aus dem Schweibeine-Hochhaus – was passiert hinter diesen Mauern?'

Eine bessere Publicity können wir doch gar nicht bekommen."

„Er hat Recht", bemerkte Heinz unglücklich, „auch wenn es tragisch ist. Die Presse wird es lieben." Hans war nicht ganz wohl bei dem Gedanken, dass dieses arme Wesen für ‚die Sache' missbraucht werden sollte. Andererseits hatten seine beiden Mitstreiter Recht – das Bild war so schockierend, dass es sicherlich hohe Wellen schlagen würde, und damit heiligte der Zweck die Mittel.

„Na gut", gab er sich geschlagen, „dann nehmen wir es eben. Aber mich würde wirklich interessieren, was du herausgefunden hast". Er wandte sich an Heinz. „Was hast du damit gemeint, dass das keine Laune der Natur zu sein scheint?"

„Es ist zu perfekt", sagte Heinz, „auch wenn das paradox klingt." Er drehte das tote Ferkel auf den Bauch, so dass die drei Männer die Halsansätze des Tieres sehen konnten. „Schaut hier, jeder einzelne Kopf hat eine Verbindung zu den inneren Organen. Ich habe es überprüft." Er zeigte auf eine Naht, die quer durch den Ferkelbauch ging und mit groben Stichen zugenäht war. „Das ist sehr ungewöhnlich. Ich habe in keinem meiner Bücher einen solchen Fall gefunden. Wenn dort Fälle von Tieren mit mehreren Köpfen beschrieben wurden – und es gab nicht besonders viele – waren die zusätzlichen Köpfe in den seltensten Fällen lebensfähig und führten über kurz oder lang meist zum Tod der missgestalteten Tiere. Dieses Tier aber", er drehte das Ferkel auf den Rücken, soweit es die Köpfe zuließen, „zeigt eine perfekte Anbindung jedes einzelnen Kopfes an den Körper. Jeder Kopf hat eine Speiseröhre, die in einen vergrößerten Magentrakt geht, und jeder hat auch eine Luftröhre, die zur Lunge führt."

„Ja, ja, ich verstehe", sagte Louis ungeduldig. Lange wissenschaftliche Erklärungen lagen ihm nicht. „Aber ich verstehe nicht, was das zu bedeuten hat?"

„Es bedeutet, dass hier gezielt wissenschaftlich gearbeitet wurde", sagte Heinz bedeutungsvoll, „dieses Tier ist nicht zufällig entstanden. Jemand hat es aus irgendeinem Grund darauf angelegt, ein Vielkopf-Exemplar zu züchten. Mutter Natur hätte das nicht freiwillig gemacht."

„Aber dann ist das ja der Beweis für meine Theorie, dass die Bosenbosse Zuchtmanipulation betreiben", rief Louis begeistert, „das ist doch wundervoll! Damit haben wir sie in der Tasche!"

„Beweis würde ich nicht sagen", warf Heinz ein, „aber eine wissenschaftliche Vermutung. Um sie zu einem Beweis zu machen, müsste man weitere Untersuchungen anstellen. Leider", fügte er seufzend hinzu, „habe ich dazu nicht die nötigen Mittel."

„Ah, ca fait rien", wischte Louis das Argument vom Tisch, „mir reicht es als Beweis. Das habe ich ja schon die ganze Zeit vermutet, dass da etwas nicht mit rechten Dingen zugeht. Wie gut, dass ihr das kleine Monster hier gefunden habt!" Er klopfte Hans anerkennend auf die Schulter. „Kommt, Männer, jetzt begraben wir es und gehen feiern. Das haben wir uns verdient."

Picknick mit Hindernissen

Am Montagabend holte mich Erich mit seiner Überraschung ab. Ich hatte den Sonntag damit verbracht, meine kleine Wohnung zu putzen und mir Gedanken über Louis' AntiBB-Verein zu machen, dem ich zwar spontan beigetreten war, der aber durch Gertruds Reaktion einen faden Beigeschmack bekommen hatte. War es richtig, sich so offensichtlich in Gefahr zu begeben, oder könnte man diesen Kampf nicht auch auf andere Weise führen? Es gab doch viele Möglichkeiten. Flugblätter, Zeitungsartikel, das Filmmaterial, das Louis sowieso schon hatte – all das ließe sich ja auch ohne eine große, gefährliche Aktion auf einem Schweibeine-Hochhaus verbreiten.

„Nein", hatte Gertrud mir tagsüber geantwortet, als wir die Ereignisse des Samstagabends bei unserem morgendlichem Becher Kaffee im Laden besprachen, „das ist für Louis keine Alternative. Für ihn gehört das alles zusammen. Das eine wird es nicht ohne das andere geben, je gewagter, sagte er, umso besser, denn das erzeugt umso mehr Aufmerksamkeit." Sie hatte geseufzt. „Ach", hatte sie bedrückt hinzugefügt, „ich wünschte, ich hätte ihm niemals dieses Barret gemacht."

„Glaubst du wirklich, dass es nur an dem Barret liegt?" hatte ich gefragt, „dann muss das ja ein gewaltiger Hutblitz gewesen sein."

„Ja, war es auch", hatte Gertrud zugegeben, „er hat mich regelrecht umgehauen. Hatte ich bis dahin auch noch nicht erlebt. Er war ziemlich groß und leuchtete in allen möglichen Rotschattierungen. Als ich ihn losließ, gab es einen lauten Knall, und dann muss ich kurz ohnmächtig geworden sein, denn als ich wieder zu mir kam, saß ich auf dem Hosenboden am anderen Ende des Ladens."

Ich hatte mir vorgenommen, meine Forschungen in die Hutblitz-Kunde zu vertiefen. Möglicherweise war das doch alles nicht ganz so harmlos, wie Gertrud es darstellte.

Aber jetzt war erst einmal Montagabend, und Erich stand vor der Tür. Ich lief zum Fenster, um herauszufinden, welche fahrbare Überraschung er bereithielt.

Vor der Haustür stand der bunteste Bus, den ich jemals gesehen hatte. Das Dach, auf das ich geradewegs blickte, leuchtete in gelb-orangen Schattierungen. Nach unten hin verlief die orange Farbe dann mehr ins Hellgelbe. Die zu mir gewandte Autoseite war über und über mit bunten Blumen gesprenkelt, wie eine bunte Sommerwiese. Selbst die vier kleinen Seitenfenster leuchteten in hellen Farben. Innen musste man sich wie in einem sonnenbeschienenen Blumenmeer fühlen. Weiter hinten am Auto entdeckte ich das Gemälde eines karamellfarbenen Pferdes, vor dem eine schöne Indianerfrau mit langen, schwarzen Haaren kniete. Auf der Tür stand ein langer Text, den ich aus dieser Entfernung nicht

entziffern konnte. Die Stoßstangen funkelten türkis-
grün, derselbe Farbton, den auch Berta zierte. Dieser
Mann war wirklich gut in Überraschungen. Eigentlich hatte ich mich auf ein angeberisches Cabriolet
gefasst gemacht, doch dieses Gefährt hier war einfach umwerfend. Ich nahm wieder zwei Stufen auf
einmal und fiel fast die Treppe herunter, um Erich
die Tür zu öffnen, bevor er klingeln konnte.

„Guten Abend, schöne Frau, nicht so stürmisch",
begrüßte er mich, an seinen Hut tippend, dieses Mal
ausnahmsweise ein breitkrempiger Strohhut mit
schwarzem Ripsband, als ich atemlos die Tür auf-
riss, „wir haben heute Abend doch alle Zeit der
Welt!"

„Ist das dein Bus?" fragte ich, „er ist wunderschön!"

„Freut mich, dass dir Bulli Blümchen gefällt", antwortete Erich amüsiert, „und ja, der gehört mir ganz
allein. Habe ich extra für dich gepflückt." Er grinste
sein charmantestes Lächeln. „Hätten die Dame die
Ehre, mich zu einem Picknick zu begleiten?" Galant
hielt er mir seinen angewinkelten Arm entgegen.
„Dann bitte folgen Sie mir, Mylady, in meine Aus-
flugskutsche."

Der Abend war wunderbar warm und seidig, und
der Fahrtwind zerzauselte unsere Haare, als wir mit
heruntergelassenen Scheiben in Bulli Blümchen aus
der Stadt herausknatterten. Der Motor klang wie

Gertruds Nähmaschine, nur lauter, und ich fühlte mich ganz zuhause.

„Wohin fahren wir?" wollte ich wissen, doch Erich schüttelte den Kopf, sagte, ich solle mich überraschen lassen und erstmal die Musik, die Aussicht und die Fahrt genießen. Er drehte am eingebauten Radio, bis sich ein Sender fand, der ihm gefiel. Reggae-Musik klang aus den kleinen Kugellautsprechern, die auf der Frontablage montiert waren.

„Du wirst sehen", sagte Erich im Brustton der Überzeugung, „in ein paar Monaten werden wir im Radio zu hören sein." Ich dachte an Gertruds Erfolgsblitze, die sie in die Musikerhüte übertragen hatte, und hatte wenig Zweifel an Erichs Aussage. Erich drückte das Gaspedal, so dass der Bulli einen Satz nach vorne machte. „Das Leben ist schön!" schrie er aus dem Fenster, und wir knatterten mit achtzig Sachen über die sonnenbeschienene Landstraße in Richtung Süden. Und in diesem Moment war das Leben wirklich schön.

Nach einer halben Stunde Fahrt tauchte ein kleiner See zu unserer Rechten auf. Erich bog in einen Feldweg ab, der direkt am Ufer endete, und stoppte den Bus. Vor uns lag ein Flecken Sand, an den sanft ein paar Windwellen plätscherten.

„Wir sind da", verkündete Erich stolz, „ist das nicht ein prachtvoller Picknickplatz?"

Das war er wirklich. Gemeinsam räumten wir einen Klapptisch und zwei Campingstühle aus dem Bus und stellten sie direkt am Ufer auf, so dass wir die Füße ins Wasser strecken konnten. Erich zauberte einen riesigen Picknickkorb aus den Tiefen von Bulli Blümchen hervor. Er enthielt eine blendend weiße Tischdecke, zwei Kerzen im Glas, echtes Porzellangeschirr, silbernes Besteck und viele Köstlichkeiten, die Erich sorgfältig auf dem Campingtisch arrangierte. Es gab knuspriges Weißbrot, weichen Käse, Oliven, Weintrauben, eingelegte Paprika, Zucchini und kleine, knallrote Tomaten. Selbst an Pfeffer und Salz hatte Erich gedacht. Der Pfefferstreuer war ein kleines, rotes Männchen mit ausgestreckten Stummelarmen, das ein kleines weißes Weibchen – den Salzstreuer – mit ebensolchen Stummelarmen umarmte. Zusammen formten sie eine knuddelige Gewürzeinheit. Erich stellte sie jedoch weit auseinander, das Salz an meinen Teller, den Pfeffer an seinen. Es sah so aus, als wollten die beiden Porzellangestalten jeden Moment aufeinander zustürmen.

„Das ist wunderbar, Erich", sagte ich ehrlich beeindruckt und blickte auf die romantische Szenerie, die er geschaffen hatte. Der Blümchenbulli am See, der Tisch, die Stühle, das Essen am Strand – das war fast zu perfekt. Noch dazu ging gerade wie bestellt die Sonne rotglühend hinter den Wäldern am anderen Ende des Seeufers unter und warf rosa Streifen auf das dunkelblaue Wasser, als ob sie ein letztes Abendbad nehmen wollte.

„Ich weiß", antwortete Erich leichthin, und sofort war ich wieder in der Wirklichkeit. Womöglich war ich nicht die einzige und schon gar nicht die erste, die mit Bulli Blümchen in diese Romanze gebracht worden war. „What a wonderful world", sang Erich, schnappte sich noch seine Gitarre aus dem Auto und führte mich zum Picknicktisch.

„Mylady, bitte Platz zu nehmen", sagte er galant und schob mir den Campingstuhl unter den Hintern. Dann verschwand er noch einmal im Bulli, um mit zwei großen Gläsern und einer Flasche Rotwein zurückzukehren.

„Stoßen wir an", sagte er, „auf das Leben, die Liebe und den Wein."

Wir ließen die Gläser mit dem tiefroten Wein aneinander scheppern.

„Bitte zuzugreifen, bevor es jemand anderes tut", forderte Erich mich auf, während er selbst seinen Campingstuhl umständlich zurechtrückte und sich Brot, Tomaten und Käse auf den Teller schaufelte. „und nun erzähle mal, Prinzessin, wo du eigentlich herkommst und wie du es geschafft hast, meine Welt so plötzlich auf den Kopf zu stellen."

Netter Versuch, dachte ich. Auch das war wahrscheinlich so ein Spruch, den jedes Mädchen zu hören bekam, das hier am Picknicktisch landete. Ich griff nach dem Brot und riss mir ein Stück ab.

„Tja", begann ich, „wenn du es wirklich wissen willst – ich komme aus einer anderen Welt und bin durch ein Loch in der Wand von Gertruds Laden einfach hier hereingeklettert. Ich habe selbst keine Ahnung, wie das funktionieren konnte, aber so war es. Und jetzt kann ich nicht mehr zurück, weil das Loch verschwunden ist." War es ja wirklich. Ich hatte es überprüft. Die Stelle, durch die ich in der Wand geklettert war, hatte sich komplett geschlossen.

„Haha", lachte Erich, ernsthaft amüsiert, „du bist eine perfekte Geschichtenerzählerin." Er nahm einen großen Schluck Rotwein und spülte damit Weißbrot und Käse herunter. „Das ist eine prima Geschichte. Ich werde einen Songtext daraus machen!" Er griff zur   Gitarre.

> *Prinzessin aus Neutopia,*

sang er und spielte ein paar Akkorde,

> *die durch die Wand geklettert war*
>
> *verdreh mir nicht den Kopf*
>
> *nachher lieb ich dich noch*
>
> *dann gehst du wieder fort*
>
> *ohne mich an diesen Ort…*

Ich musste lachen. Ja, es klang einfach zu unglaublich, aber warum sollte ich lügen? Das würde nur immer wieder neue Lügen nach sich ziehen, und auf Dauer alles zerstören. Diese Erfahrung hatte ich schon gemacht. Ich wollte sie auf keinen Fall wiederholen.

„Es ist keine Geschichte", versuchte ich es noch einmal, „so war es wirklich." Ich erhob mein Glas. „Auf Notopia, in das ich geklettert bin, und in dem es mir viel besser gefällt als in meiner alten Welt", sagte ich. „Lass' uns anstoßen, solange ich hier bin." Erich legte seine Gitarre beiseite und ergriff sein Glas.

„Auf das wunderschöne Notopia und eine wunderschöne Lady, die hierher durch ein Loch in der Wand eines Hutmacherladens geklettert ist", sagte er ernst. „Auf dass du hier für immer bleibst!" Wir tranken, Erich in einem Zug, dann schenkte er sich nach.

„Also gut", sagte er dann nachdenklich, „nehmen wir an, die Geschichte mit dem Loch stimmt. Aber warum bist du überhaupt hindurch geklettert, und warum bist du nicht zurückgegangen? Man verlässt doch nicht so mir nichts, dir nichts sein Leben und beginnt ein Neues. Was ist passiert?"

Da war sie wieder, die gefürchtete Frage, auf die ich ganz und gar nicht antworten wollte. Ich versuchte es wieder mit Ehrlichkeit.

„Ich danke dir, dass du dich dafür interessierst", sagte ich und zerkrümelte nervös ein Stück Weißbrot zwischen meinen Fingern, „aber ich möchte das alles hinter mir lassen und nicht in alten Geschichten wühlen. Was passiert ist, war schlimm genug, dass ich eben mir nichts, dir nichts diese Chance, noch einmal ganz neu anzufangen, ergriffen habe.

Und bisher habe ich diese Entscheidung auch noch nicht bereut." Ich schaute ihn an. „Glaubst du, du kannst diese zugegeben etwas magere Erklärung akzeptieren?"

Erich zögerte. Anscheinend arbeitete sein Gehirn auf Hochtouren. Wenn es mir so ernst war, war wohl etwas dran an meiner Geschichte.

„Na gut, Prinzessin", sagte er schließlich, „ich versuche mal, dir zu glauben. Auch wenn es mir schwer fällt." Er stand auf und hielt mir seine Hand entgegen. „Na komm'", sagte er, „vergessen wir die alten Kamellen. Kümmern wir uns um das Hier und Heute. Ich zeige dir einen Platz, an dem du alles vergessen kannst."

Ich stand ebenfalls auf, nahm seine Hand, und wir liefen ein Stück den Strand entlang. Der Strand war durch ein paar kleinere, flache Felsen begrenzt, die ins Wasser hinausragten. Man konnte sich bequem darauf niederlassen und die Füße ins Wasser baumeln lassen. Erich suchte einen Felsen aus, auf dem wir beide Platz hatten, und wühlte in seiner Jackentasche. Er kramte Tabak, eine kleine Blechdose, Zigarettenpapier und sein Feuerzeug hervor, dann fing er an, eine Zigarette zu drehen, in die er sorgfältig ein paar Krümel aus der Blechdose einarbeitete.

„Spitzenqualität", sagte er, als er meinen skeptischen Blick bemerkte. „Willst du probieren?"

Ich schüttelte den Kopf, aber Erich ließ sich nicht beirren und nahm einen tiefen Zug. „Wunderbar", sagte er, als süßlich würziger Duft in die Abendluft hinaufstieg. Er legte den Arm um meine Schultern und zog mich näher zu sich heran, "das Leben ist einfach wunderbar!"

Besuch der Bärentiere

Wir saßen eine Weile am Seeufer, und Erich erzählte von seinen nächsten Auftritten, die er Gigs nannte, und auf die er sehr stolz war. Er freute sich, seine Musik bald auch außerhalb der Stadt einem größeren, unbekannten Publikum näherbringen zu können. Er hatte die letzte Zeit damit verbracht, akribisch alle möglichen Veranstaltungsorte im Umkreis von 200 Kilometern abzutelefonieren und Demobänder zu verschicken. Mit ziemlich gutem Erfolg: schon am nächsten Wochenende hätte die Band einen Auftritt in einer größeren Stadt, die ungefähr 120 Kilometer nördlich liege, und ob ich nicht Lust hätte, mitzukommen? Sie würden zu fünft im Bandbus hinfahren, ein Platz sei noch frei. Er würde sich jedenfalls riesig freuen, wenn ich ihn begleiten würde. Das Angebot war verlockend. Ich hatte ja sowieso nichts vor am Wochenende, und Gertrud würde mir sicherlich einen Tag frei geben. Sie war ja mit den Zylindern beschäftigt, bei denen sie keine Hilfe wollte. Und ein Ausflug in die Umgebung, noch dazu mit guter Musik am Abend, würde mir sicherlich guttun. Ich sagte zu.

„Fein", freute sich Erich. Er nahm meine Hand in seine und schaute mir tief in die Augen. Im Dunkeln konnte ich seine großen, schwarzen Pupillen sanft glänzen sehen. „Es bedeutet mir sehr viel, dass du mich begleitest", sagte er mit etwas schwerer Zunge. Ob er das zu allen Mädchen sagte? Sein Gesicht kam näher. Plötzlich hörten wir einen lauten Knall, gefolgt von aufgeregtem Quieken.

„Oh nein, Bärentiere", seufzte Erich, „das war wohl der Campingtisch." Er sprang auf. Die Romantik war dahin. „Komm' schnell, bevor sie ihn zerkauen", rief er, und schon war er unterwegs zu unserem Picknickplatz.

Er lief voran am Ufer entlang, wild gestikulierend und laut „schschschsch schschsch" machend. Ich folgte ihm mit einem kleinen Abstand, denn das Wort Bärentiere ließ in dieser Welt mit ihren seltsamen Tierarten nichts Gutes vermuten. Tatsächlich bot sich ein merkwürdiger Anblick, als ich den Ort unseres vorher so friedvollen Picknicks erreichte. Campingtisch und –stühle waren umgekippt, wobei einer der Stühle schon halb zerkaut aus dem rüsselförmigen Maul eines dicken, bärenähnlichen, etwa hüfthohen Tieres mit leopardenartiger Musterung und acht Beinen hing. Ein weiteres dieser Tiere machte sich gerade über die Picknickreste her, die neben dem umgestürzten Tisch lagen. Ein drittes untersuchte mit großem Interesse die Weinflasche und die restlichen Tropfen Rotwein, die gerade aus der umgekippten Flasche in den Sand sickerten. Alle drei Tiere bewegten sich extrem langsam, und wenn Erich nicht wie ein aufgescheuchtes Huhn zwischen den Resten des Picknicks und der Bärenfamilie herumgehüpft wäre, hätte man denken könne, jemand ließe einen Film in Zeitlupe ablaufen. Erich griff nach den Resten des Campingstuhls und zerrte daran, aber das Bärentier hielt fest. Es hob ganz langsam den kleinen Kopf, der ohne Hals am massigen Körper befestigt schien, und schaute Erich aus tieftraurigen Augen an, die von großen, gelbschwarz gefleckten Fellohren halb verdeckt wurden und eine kleine Träne zu weinen schienen.

„Na gut", rief Erich dem Tier zu, „dann nimm ihn doch, du dickes, kleines, gefräßiges Bärenviech. Der ist sowieso schon hundert Jahre alt. Soll er dir im nicht vorhandenen Hals stecken bleiben!" Damit ließ er den Campingstuhl los und gab dem Tier einen Klaps auf den breiten Hintern. „Und jetzt hau schon ab! Und ihr beiden auch!" Damit wandte er sich den anderen beiden Bärentieren zu und stupste sie in die Seiten. Ich sah, dass die Flanken der Tiere mit so etwas wie Körperplatten geschützt waren, die auch das leopardenartige Muster aufwiesen, das den restlichen Körper bedeckte. Grunzend setzte sich die Bärentierfamilie im Schneckentempo in Bewegung, der offensichtliche Bärentierpapa mit dem Campingstuhl voran. Das Bärentier, das sich am Rotwein gütlich getan hatte, schwankte etwas und rülpste laut.

„Mistviecher", schimpfte Erich ärgerlich und hob den zerkauten Campingtisch in die Höhe, „der ist wohl hinüber. Die sind eine echte Plage."

„Was sind denn das für Tiere?", wollte ich wissen. Ich hatte Abstand gehalten, doch offensichtlich war diese Spezies eher lästig als gefährlich.

„Ah, die gibt's wohl nicht in Neutopia", zwinkerte Erich mir zu, schon wieder etwas besänftigt. Der Joint tat wohl seine Wirkung. „Bärentiere", erklärte er und hob den Zeigefinger in Lehrermanier, „auch Echiniscus pardalis genannt, sind eine wirklich lästige Erscheinung. Weit verbreitet, da extrem anpassungsfähig. Ihr Lebensraum reicht von den Tiefen der Ozeane bis ins Hochgebirge. Auch extrem widerstandsfähig gegenüber Trockenheit, Hitze und Kälte. Ihr Stoffwechsel kann auf niedrigster Stufe dahindümpeln, immer bereit, bei günstiger Gelegenheit – zum Beispiel beim Anblick eines verlassenen Picknickplatzes – anzuspringen. Im Zustand latenten Lebens trotzen sie sogar energiereicher Strahlung und dem Vakuum. Besonders häufig findet man sie in Moospolstern. Gehören zur Gattung der Tardigraden, was so viel heißt wie ‚Langsamgeher'. Ende der Biologiestunde."

Ich war beeindruckt. Nicht nur von den hochwiderstandsfähigen Langsamgehern, sondern auch von Erichs biologischem Wissen.

„Hast du heimlich Biologie studiert?" wollte ich wissen. Erich lachte. „Nein. Hatte ich aber als Kind in Erwägung gezogen. Nur ohne den passenden Schulabschluss war das leider nicht möglich, und ich habe ja auch andere Talente." Plötzlich blickte er wild um sich. „Du meine Güte", rief er, „wo ist meine Gitarre?"

Wir fanden sie unversehrt ein paar Meter weiter im Ufergestrüpp. Offensichtlich entsprachen Musikinstrumente nicht dem exquisiten Geschmack von Bärentieren.

„So ein Glück", seufzte Erich erleichtert, „ohne meine Gitarre kann ich nicht leben." Er nahm sie in die Hände und spielte ein paar Akkorde. „Nur verstimmt", bemerkte er, „nichts Schlimmes. Dem Gitarrengott sei Dank fürs Beschützen."

Wir räumten die Reste des angeknabberten Picknicks in den Bus (zum Glück zerkauen sie keine Autoreifen, murmelte Erich), und machten uns auf den Heimweg. Unterwegs nahm Erich meine Hand und drückte sie.

„Das war ein sehr schöner Abend", sagte er, „trotz des etwas unrühmlichen Endes."

„Ja", antwortete ich, „vielen Dank für die Einladung. Ich lerne jeden Tag dazu." Mir wurde ganz warm, und gern hätte ich noch mehr gesagt, aber ich konnte mich nicht gegen das Gefühl wehren, dass diese Worte und Gesten einstudiert und mehrmals erfolgreich eingesetzt worden waren. Die Skepsis überwog das Glücksgefühl, und so drückte ich nur seine Hand, bevor ich sie zurückzog. „Wann geht es denn los am Wochenende?" wechselte ich das Thema.

„Oh, lass mich nachdenken", antwortete Erich und legte seine Hand etwas enttäuscht zurück auf das große Lenkrad. „Also um acht Uhr abends beginnt der Gig, zwei Stunden zum Aufbauen und Soundcheck, eine Stunde zum Vorbereiten des Bühnenoutfits, Essen und Trinken, zwei Stunden Fahrt – mit Puffer fahren wir um zwei Uhr mittags los. Ich hole dich um halb zwei ab, dann sammeln wir die Band ein."

„Hey, cool", freute ich mich, „dann kann ich ja sogar vormittags noch im Laden arbeiten."

„Cool?" grinste Erich, „ist das ein Wort aus Neutopia? So etwas sagt man hier nicht."

„Was würdest du denn sagen?" fragte ich.

„Na, vielleicht gigantomanisch, oder nichtvondieserwelt, oder auf einfach nur wunderbar." Ein Lächeln glitt über sein Gesicht. „Vielleicht glaube ich dir doch irgendwann, dass du nicht von dieser Welt bist."

Wir hatten die Schafühnerstraße erreicht. Erich stoppte den Bus vor meiner Haustür und drehte den Schlüssel im Zündschloss um, ein eindeutiges Zeichen, dass der Abend für ihn hier noch nicht beendet war. Er drehte sich zu mir, und sein Gesicht kam näher. Panik packte mich. Schnell riss ich die Tür auf, drückte ihm noch ein flüchtiges Küsschen auf die Wange und kletterte hastig aus dem Wagen.

„Dann bis Samstag", rief ich in gespielter Fröhlich-keit, warf die Autotür energisch zu und lief so schnell wie möglich zur Haustreppe. Dort ange-kommen, drehte ich mich noch einmal kurz um und winkte dem verdutzten Erich zu, bevor ich eilig im Haus verschwand. Es dauerte noch ein paar Minu-ten, bis ich den Motor von Bulli Blümchen starten und davonbrausen hörte. Ich holte tief Luft und ließ mich in meinen roten Plüschsessel fallen. Geschafft. Ja wirklich, ganz schön geschafft. Ich wischte mir die Schweißperlen von der Stirn.

Vertiefung der Hutgeheimnisse

Als ich am nächsten Morgen den Hutladen betrat, war Gertrud schon fleißig mit ihren sechs Zylindern beschäftigt. Sie begrüßte mich mit einem flüchtigen Küsschen auf die Wange und widmete sich dann wieder ihrer Arbeit.

„Du weißt ja, was du zu tun hast, meine Liebe", sagte sie, über einen der schwarzen Zylinder gebeugt, „und wenn du heute die Kundschaft versorgen könntest, wäre ich dir sehr dankbar, dann kann ich hier weitermachen. Am Samstag sollen die Zylinder abgeholt werden, ich muss mich sputen, dass wir am Freitag die Würmer aufsetzen können. Sie brauchen einen Tag, um sich ein Loch zu bohren, es wieder zu verschließen und es sich im Hutfutter gemütlich zu machen. Kannst du mal nach ihnen schauen?"

Ich ging durch den Bauerngarten, der in voller Sommerblüte erstrahlte, ins Wurmhaus. Dank meiner Spezialmischung hatte sich die Wurmzöglinge prächtig entwickelt. Ich holte einen aus dem Terrarium und maß seine Länge. Es fehlten nur noch wenige Millimeter, und die würde er bis Freitag locker erreichen.

„Wunderbar", sagte ich zu dem Wurm und strich sanft über seinen schwarzen, samtweichen Rücken, woraufhin er sich wohlig krümmte und auf meiner Hand platt räkelte. „Du bist ja ein Prachtexemplar.

Du wirst deinem zukünftigen Herrchen viele schöne entspannte Stunden bereiten." Auch die anderen Exemplare, die für die Zylinder vorgesehen waren, hatten sich hervorragend entwickelt. Ich mischte noch ein wenig Honig unter mein selbst entwickeltes Kraftfutter und träufelte alles in die Wurmhäuser. Den kleinen Tierchen würde es gut gehen in ihren zukünftigen Behausungen, dessen war ich mir sicher. Ich wunderte mich, wie schnell ich meine Scheu und meinen anfänglichen Ekel überwunden hatte, nachdem Gertrud mich zu ihrer hauptamtlichen Wurmpflegerin gemacht hatte. Innerhalb kürzester Zeit hatte ich die kleinen Kriechtiere richtig ins Herz geschlossen.

„Alles bestens", verkündete ich nicht ganz ohne Stolz, als ich zurück im Laden war. „Die Hutwürmer entwickeln sich hervorragend. Am Freitag können wir sie einsetzen."

„Du bist ein Schatz", antwortete Gertrud fröhlich, „damit werden wir die Bosenbosse ganz schön lieb machen! Louis wird sich freuen…oder auch nicht", fügte sie leise hinzu, und ihre Miene verdüsterte sich.

„Was meinst du damit?" hakte ich nach, denn es war für mich wenig einleuchtend, warum Louis, dem ja eigentlich jegliche Kampfmaßnahme gegen die Bosenbosse recht sein musste, die Hutwürmer nicht gutheißen sollte.

„Ach, gar nichts", wiegelte Gertrud ab, „natürlich wird er sich freuen. Ganz bestimmt." Damit war das Thema für sie abgeschlossen.

Ich bediente den ganzen Tag über unsere Kundschaft, während Gertrud sich weiter ihren Zylindern widmete. Wenn zwischendurch etwas Zeit war, schnappte ich mir das Buch über die Kugelblitze, das ich in Gertruds Bibliothek gefunden hatte. Zwischen den Kugel- und den Hutblitzen ließen sich interessante Parallelen feststellen. Zuallererst konnte sich bisher niemand so richtig erklären, woher sie kamen und wie sie überhaupt entstanden, und das war definitiv eine Gemeinsamkeit. Man hatte das Vorhandensein von Kugelblitzen sogar zeitweise ins Reich der Mythen verbannt und behauptet, es seien nur Erfindungen der Beobachter, die unter starkem Stress standen und lediglich eine Reflektion auf ihrer Netzhaut beschrieben. Da es jedoch die unterschiedlichsten Berichte aus den verschiedensten Regionen Europas und vielen Zeitepochen gab, die sich alle darin einig waren, Kugelblitze zu beschreiben, war man schließlich dazu übergegangen, an dieses Phänomen zu glauben und hatte sogar einen wissenschaftlichen Ansatz gesucht. Das Buch behauptete, Kugelblitze seien ein extrem selten auftretendes und daher nur sehr schwer mit wissenschaftlichen Methoden erforschbares Phänomen der atmosphärischen Elektrizität. Während eines Gewitters bildeten sie sich plötzlich, fast aus dem Nichts, als

helle, gelb-orangefarbene, rötliche oder auch blau-
weiße leuchtende Kugeln von typischerweise zehn
bis dreißig Zentimeter Durchmesser, die sich geräuschlos oder mit leichtem Zischen durch die Luft
bewegten und nach fünf bis zwanzig Sekunden
wieder verlöschten. Aha. Fast genauso war es bei
den Hutblitzen, nur, dass diese kein Gewitter, sondern anscheinend eine Art von Konzentrationsener-
gie benötigten, die von einem Menschen erzeugt
werden konnte. Eine menschenerzeugte atmosphä-
rische Elektrizität, das war es, was wir herstellten
oder produzierten oder ausstoßen konnten. Man
könnte es auch Magie nennen, dachte ich, das wäre
wohl unkomplizierter als die umständlichen Be-
schreibungen in dem Buch. Die Definition stimmte
also ziemlich mit dem überein, was auch einen Hutblitz ausmachte, allerdings konnte dieser ja anscheinend noch weitere Farben annehmen als nur blau,
weiß, rot, orange oder gelb, und außerdem verlösch-
te er nicht, sondern ging irgendwie in die Hutmate-
rie über, um dort zu bleiben und zu wirken. So ganz
geräuschlos war das alles ja auch nicht vonstatten
gegangen, wahrscheinlich gab es einen Zusammen-
hang zwischen dem Gefühl, mit dem man den Hutblitz erzeugte, und dem Geräusch und der Farbe,
die der Blitz später annahm.

In meine wissenschaftlichen Überlegungen hinein
platzte Kundschaft. Eine Frau betrat den Laden.
Gertrud, immer noch in ihre Zylinderarbeit vertieft,
schaute nur kurz auf und nickte mir zu, was so viel
bedeutete wie, mach' du es.

„Guten Tag", sagte die Frau und lächelte freundlich, „ich möchte gern eine Hutbestellung aufgeben."

„Sehr gern", antwortete ich höflich, „möchten Sie sich etwas umschauen? Was soll es denn sein? Ein Hut für Sie?"

„Nein, es ist für meinen Vater", sagte die Frau und schaute sich um, „ein ganz normaler Herrenhut. So etwas wie dieser hier." Sie ging zu einem der Regale und nahm einen dunkelblauen Borsalino mit schwarzem, klassischem Hutband in die Hand. „Ich schenke meinem Vater immer einen Hut zu Weihnachten, und einen zum Geburtstag. Bald wird er achtzig, dann ist es wieder soweit."

„Wissen Sie die Hutgröße?" fragte ich.

„Ja, 58. Er hat einen ziemlichen Dickkopf", gab sie prompt zurück und drehte den Borsalino nachdenklich hin und her, „aber sonst ist er ganz lieb."

Ich notierte die Bestellung in das Auftragsbuch. „Dann empfehle ich einen schönen, weichen Wollhut, mit Samtband, und wir können ihn vielleicht damit etwas milder stimmen?" schlug ich vor.

„Das ist eine sehr gute Idee", zwinkerte die Frau, „damit wäre mir sehr geholfen. Bitte alles in Schwarz, er trägt nur schwarze Hüte, seitdem meine Mutter gestorben ist."

„In einer Woche können Sie den Hut abholen", versprach ich, „ist das früh genug?" In einer Woche wäre auch der nächste Hutwurm soweit, dass er im

Hut seinen Platz einnehmen könnte und beruhigende Wirkung auf seinen Träger hätte. Garantiert würde das zur Altersmilde beitragen.

„Das passt hervorragend, ich danke Ihnen sehr", antwortete meine Kundin. Sie nickte mir freundlich zu und verließ den Laden.

„Das hat ja prima geklappt", lobte Gertrud, die mein erstes Verkaufsgespräch belauscht hatte und ihre Arbeit für einen Moment beiseite legte. „Nun kannst du deinen ersten Auftrag auch gleich beginnen. Du weißt ja, wo alles ist und wie man einen Herrenhut macht. Als Blitz bereite dich auf so etwas wie Würde vor, das wird sich gut mit einem Hutwurm ergänzen. Dir wird schon etwas Passendes einfallen." Damit verschwand sie wieder hinter ihren Zylindern.

Ich machte mich sofort an die Arbeit. Das würde ein besonders schöner Hut für den alten Herrn werden. Ich stellte mir vor, wie der Hut die buschigen grauen Augenbrauen seines Trägers – und die hatte er bestimmt – hervorheben und wie sein Besitzer freundlich damit grüßen würde. Ich nahm mir vor, ein wirkliches Prachtexemplar zu erstellen. Der Hutblitz dafür würde ein grauer Eleganz-Blitz werden.

Ich gab mir sehr viel Mühe mit meinem ersten Auftragshut. Nachdem ich die Form gezogen hatte, brauchte ich einen ganzen Nachmittag für den Rand. Am nächsten Tag, als der Rohling getrocknet war, nahm ich mir nochmals einen halben Tag Zeit, um der Krempe den richtigen Schwung zu verpassen und den Randumschlag exakt auf einen Zentimeter umzubügeln. Erst dann nähte ich Stich für Stich den Verstärkungsdraht ein und dachte dabei die ganze Zeit an elegante, ältere Herren. Bilder von meinem Vater schossen mir durch den Kopf, und ich überlegte, wie er jetzt wohl aussähe, würde er noch leben. Ich erinnerte mich an ihn als gestandenen Mittvierziger, mit leicht ergrauten Schläfen und verschmitztem Lächeln. Es fiel mir schwer, ihn mir als alten Mann vorzustellen. Ich wollte nicht, dass er in meinen Gedanken alterte. Im Leben hatte er es ja auch nicht getan. Dazu war er zu früh gestorben.

Als der Draht eingenäht war, bügelte ich die Krempe erneut und setzte den Hut dann wieder zum Nachtrocknen auf die Form. So langsam nahm er die Gestalt an, die ich in meinem Kopf für ihn vorgesehen hatte. Gertrud stellte sich neben mich.

„Ein Prachtstück wird das", sagte sie anerkennend, „du machst das wirklich sehr gut." Sie strich vorsichtig über den Krempenrand, hob das hintere Stück noch etwas an – dann hält es besser die Form, sagte sie, - und fragte dann nach den Würmern.

Die hatte ich total vergessen. Schnell lief ich durch den Garten ins Wurmhaus und vergewisserte mich, dass es meinen Schützlingen gut ging. Ich nahm einen aus dem Terrarium und maß ihn. Exakt 10 Zentimeter. Die Würmer waren bereit, in ihre neue Heimat umgesiedelt zu werden.

Wurmbesiedelung im Hutfutter

Freitag war der große Umsiedelungs- und Blitztag. Die Bosenboss-Zylinder sollten am Samstag abgeholt werden, mein erster Auftragshut am Montag. Gertrud hatte alle sechs Zylinder auf der Galerie aufgestellt. Da die Würmer einen ganzen Tag brauchen würden, um es sich im Hutfutter bequem zu machen, mussten wir sie morgens auf die Hüte setzen. Wir gingen zusammen ins Wurmhaus, bewaffnet mit Maßband und Einmachgläsern, um die sechs Würmer nacheinander aus ihren Behausungen zu holen. Alles sechs maßen knapp zehn Zentimeter, der größte war sogar gerade dabei, die elf Zentimeter-Marke zu sprengen.

„Wundervolle Tierchen", freute sich Gertrud, „sie werden uns große Freude bereiten. Den Bosenboss-Chefs hoffentlich weniger", fügte sie verschmitzt hinzu und strich einem der Prachtexemplare über den Rücken, woraufhin sich der Wurm ausbreitete. „Noch nicht, mein Gutster", sagte Gertrud, „aber in ein paar Minuten kannst du es dir in deinem neuen Zuhause gemütlich machen."

Wir nahmen noch etwas Wurmfutter als Starter für die neuen Zylinder-Wurmbehausungen mit, dann trugen wir die Hutwürmer in den Laden. Bevor wir sie Stück für Stück auf die Zylinder setzten, strich Gertrud noch etwas Wurmfutter auf die Innenseiten der Hüte und nähte die Futterseide dann mit ein paar geübten, schnellen Stichen zu.

„Hutfutter einnähen, das ist eine Kunst, die ich dir als nächstes zeigen werde", sagte sie, „nicht ganz einfach, aber du lernst das sicherlich schnell." Dann trat sie einen Schritt zurück, und gemeinsam betrachteten wir ihr Werk. Vor uns standen sechs Zylinder, alle mit einem Wurm versehen. Die Würmer schienen ganz aufgeregt und begannen, die Hutoberflächen mit ihren Körpern zu erforschen. Nach einer Weile bildeten ihre Körperenden eine Spitze und fingen an, ein Loch in die seidige Oberfläche der Zylinder zu bohren.

„Ohje", entfuhr es mir, als das erste Loch angesichts der Bohrarbeiten meiner Schützlinge immer größer wurde, „deine schöne Arbeit!"

„Keine Angst, die versiegeln das wieder", beruhigte mich Gertrud, „du wirst sehen, heute Abend ist von den Löchern schon nicht mehr viel zu sehen. Komm' jetzt, wir nähen noch das Hutfutter in deinen Auftragshut, dann können wir heute Abend noch den Blitz erzeugen, und alle Arbeiten sind für diese Woche erledigt. Morgen hast du dann zur Belohnung frei und kannst dich auf deinen Ausflug mit der Band vorbereiten."

Wir machten uns also an die Arbeit. Gertrud erklärte mir zuerst die Vorzüge eines Hutfutters. Neben der Tatsache, dass für sie jeder ordentliche Herrenhut ein Hutfutter benötigte, bevor er ihren Laden verließ, hatte so ein Futter auch ganz praktische Gründe. Es saugte den Schweiß von heißen Männerköpfen und half gegen kratzende Filze – nicht, dass Gertrud so etwas führte. Aber manche Männer waren eben doch kleine Mimosen. Manchmal half ein Hutfutter auch, einen etwas zu groß geratenen Hut an einen Kopf anzupassen. Als Stoff kam entweder Baumwollbatist oder, etwas edler, Seide in Betracht.

„Bitte lass und für diesen Hut Seide nehmen", bat ich, da ich mir ja schon die ganze Zeit über einen Eleganz-Blitz vorstellte, und Seide passte einfach viel besser zu meinen Vorstellungen. Gertrud holte also ein Stück graue Seide und schnitt einen Stoffkreis mit einem Durchmesser von zwölf Zentimetern aus, inklusive Nahtzugabe, wie sie bemerkte. Dann faltete sie den Kreis in vier Segmente und markierte sie einzeln: vorne Mitte, hinten Mitte, rechte Seite, linke Seite. Als nächstes schnitt sie aus der Seide einen Schrägstreifen von fünfzehn Zentimetern Höhe zu. Dazu klappte sie den Seidenstoff einmal über Eck ein.

„Wir benötigen die Schräge", dozierte sie, ganz in ihrem Element, „da der gewebte Stoff in dieser Richtung besonders elastisch ist und sich so viel besser anpasst. So können Rundungen besser verarbeitet werden, zum Beispiel gedämpft, gestreckt oder gezogen. Verschiedene Stoffe werden in der Hutmacherei grundsätzlich als Schrägband verarbeitet." Ich versuchte, mir alles zu merken, und sah Gertrud aufmerksam zu, wie sie mit geübten Händen das Seitenband ausschnitt, ebenfalls in vier Segmente teilte und markierte. Dann schloss sie die Seitennaht mit der Nähmaschine.

„Nun muss das runde Kopfteil noch mit dem Seitenband verbunden werden, das ist etwas kniffelig", sagte sie und klappte den Fuß der Nähmaschine hoch. „Wir stecken das erst mit ein paar Stecknadeln fest, reihen es vor und steppen dann mit der Maschine darüber. Schau, so." Sie zeigte mir, wie ich das Kopfteil stecken musste, so dass die Markierungen aufeinander trafen. Die überschüssige Stoffweite wurde dabei in kleine, gleichmäßige Falten gelegt. Als alles fertig gesteckt und gereiht war, steppte Gertrud die beiden Teile mit der Maschine zusammen.

„So, fertig ist das Futter", sagte sie glücklich und drehte das Ergebnis, das wie eine Schlafmütze ohne Bommel aussah, auf ihrer Faust. „Nun noch ein bisschen bügeln, dann kannst du es in den Hut einnähen. Nimm dazu den unsichtbaren Staffierstich, dann ist der Hut perfekt."

Das Einnähen erwies sich als nicht ganz einfaches Unterfangen, aber ich biss die Zähne zusammen und kämpfte mich Stich für Stich durch die Aufgabe. Gertrud hatte mir etwas Textilkleber gegeben und mir gezeigt, wie man das Futter vor dem Festnähen damit in das Kopfteil des Hutes kleben konnte, um ein genaues Einstechen zu erreichen. Das erleichterte die Aufgabe, aber trotzdem hatte ich

Schwierigkeiten, das Futter auf eine gleichmäßige Linie zu bringen und musste meine Stiche immer wieder korrigieren. Geduld, Geduld, meinte Gertrud gutmütig und brachte mir eine dampfende Tasse Tee am Nachmittag. Kurz vor Ladenschluss war es dann geschafft. Das Futter saß, der schwarze Filz glänzte, Hutaußen- und innenband schmiegten sich perfekt an die konische Hutform. Fehlte nur noch der Hutblitz. Wir schlossen die Ladentür und ließen das große Rollo herunter, dann konnte es losgehen.

Dieses Mal brauchte ich nicht lange, bis sich eine silber glänzende Lichtkugel zwischen meinen Händen formte, hatte ich doch die ganze Zeit bei der Hutherstellung schon daran gedacht. Ich musste mir nur noch den alten Herrn vorstellen, wie er lächelnd den Hut von seinen buschigen Augenbrauen hob und den vorbei flanierenden Damen zulächelte. Der silberne Hutblitz glitt zischend zwischen meinen Händen hindurch und zerteilte sich in tausend kleine silberne Kügelchen, die um den Hut herumtanzten und schließlich darin verschwanden. Gertrud nickte zufrieden in der Dunkelheit. Ihre Augen leuchteten im silbrigen Glanz des Blitzes.

Ausflug in die große Stadt

Am Samstagmorgen schlief ich aus, denn ich wusste
ja nicht, wie spät es abends werden würde. Sehr
spät, höchstwahrscheinlich. Was sollte ich nur an-
ziehen? Auf jeden Fall musste mein neuer weißer
Hut mit, also war die Farbwahl schon getroffen.
Etwas Helles. Kleid, Rock, Hose? Kleid. Nein, Hose.
Wir wäre es mit Beidem? Ich lief zum Kleiderschrank und fing an, verschiedene Kombinationen
auszuprobieren. Das helle Leinenkleid mit dem V-
Ausschnitt, dazu ein schmaler, brauner Ledergürtel,,
der die Weite einfing. Und darunter die feingestreif-
te, superenge Jeans? Sah klasse aus. Der Hut dazu,
und mein Spiegelbild fing an, mir zu gefallen. Die
Haare offen, aber die musste ich dringend noch waschen. Also erst einmal ab in die Badewanne und
die Filz-, Hut- und Staubreste der letzten Arbeits-
woche weggeschwemmt.

Als ich nach dem ausgedehnten Bad mit feuchten
Haaren wieder vor dem Spiegel stand, um meine
Augen mit Lidstrich und Wimperntusche zu bearbeiten, damit sie unter der Hutkrempe optisch nicht
verschwanden, war es bereits ein Uhr mittags. In
einer halben Stunde würde Erich mich abholen, also
Beeilung. Pünktlich um zwei Minuten nach halb
hörte ich lautes Hupen auf der Schafühnerstraße.
Frau Höcker würde das bestimmt nicht gefallen,
also rannte ich zum Fenster, riss es auf und streckte
meinen Kopf mit dem Zeigefinger auf den Lippen

hindurch. Erich stand grinsend neben seinem Bulli, die eine Hand immer noch auf der Hupe, die andere winkte mir zu.

„Guten Tag, schönes Kind", rief er freudig zu mir hinauf, „lass dein langes Haar herunter. Oder am besten deinen ganzen schönen Körper! Es geht los!"

Na toll, dachte ich, jetzt weiß es die ganze Straße. Aber was soll's. Ein bisschen stolz war ich ja auch, dass mich der zumindest lokal berühmte Band-Leader Erich Arosa mit auf seine Tour nahm.

„Ich komme", schrie ich zurück, schloss hastig das Fenster, schnappte meine Handtasche und rannte die Treppen hinunter. Es konnte losgehen. Mein erster Gig – als Groupie.

„Na, hüpf rein", begrüßte mich Erich und drückte mir freundschaftlich rechts und links ein Küsschen auf die Wangen. „Wir müssen ja noch die Chaoten abholen und die Anlage laden. Das Schlagzeug ist schon dabei." Er deutete mit dem Daumen auf ein paar große runde Koffer, die wie überdimensionierte Hutschachteln hinten im Bus lagen. „Wir treffen die anderen am Proberaum, mal schauen, ob sie pünktlich sind."

Ich setzte mich auf die vordere Sitzbank neben Erich. Wir fuhren durch das Städtchen, bogen an einer verlassenen Fabrikhalle ab, und am Ende der Zufahrt standen auch schon die restlichen Musiker. Ich versuchte, mich an ihre Namen zu erinnern und sie den Gesichtern zuzuordnen - Robert, Joe,

Richard und Wolle. Sie hatten sich um einen Kasten Bier versammelt, von dem sie anscheinend auch schon lebhaft Gebrauch gemacht hatten, denn jeder hielt eine Flasche in der Hand. Um die Band herum befand sich ein wildes Sammelsurium von Gitarren- und Saxophonkoffern, Mikrofonständern, Boxen, Monitoren, bunten Lampen, Kisten und Kästen mit Kabeln, Klemmen und Klebebändern.

„Heidiho", riefen sie johlend, als wir um die Ecke bogen und winkten mit ihren Bierflaschen, „Bruder, wo bleibst du denn!" Wir stiegen aus, und zur Begrüßung gab es erst einmal eine Flasche Bier und eine Zigarette. Ich lehnte dankend ab, aber Erich war hocherfreut.

„Hey Jungs, ihr seid ja ausnahmsweise einmal pünktlich", sagte er, „das wird eine Höllenfahrt heute!" Er machte sich nicht die Mühe, mich den Bandmitgliedern noch einmal vorzustellen oder zu erklären, warum ich dabei war. Anscheinend war das vorher besprochen worden, oder es interessierte die anderen einfach nicht. Sie beachteten mich auch nicht sonderlich, sondern begannen lachend und ruppig, den Bus zu beladen.

Komisch, dachte ich, im Laden waren sie doch alle ganz nett zu mir gewesen, aber hier war ich anscheinend Begleitschmuck und damit Luft für sie.

„Kommt sonst niemand mit?" fragte ich Erich, als er eine kurze Ladepause einlegte und sich rauchend an den Bus lehnte.

„Immer nur eine Lady darf mit, schönes Kind", antwortete er lässig, und ich fragte mich, ob ich die richtige Entscheidung getroffen hatte, die Band zu begleiten.

„Hast du Schminksachen dabei, Hutmacherlady?" rief Richard mir im Vorbeigehen zu und schob eine riesige Kiste in den Bus, der schon bedenklich in den Achsen hing.

„Äh, ja, habe ich", antwortete ich überrascht, „soll ich dich vielleicht schminken?"

„Nicht nur mich, alle!", kam die Antwort hinter dem Bus hervor, wo ich gerade nur noch Richards blonde Lockenmähne ausmachen konnte, „dafür bist du doch dabei, oder? Lidstrich und dunkler Lidschatten Minimum."

So war das also. Erich hatte mich den anderen gegenüber als Schmink-Lady legitimiert. Na gut. Warum nicht. Die Minimal-Ausrüstung hatte ich dabei. So hatte ich wenigstens eine Funktion.

„Habt ihr eigentlich eure Hüte dabei?" rief ich Richard zu, und fügte mich damit in meine Rolle.

„Na klar, alles hier drin", antwortete er, wobei er auf eine dunkle Schachtel klopfte, „ohne die Hüte kein Auftritt. Das ist unser Markenzeichen."

Weitere Konversationen wurden mir erstmal nicht zuteil, und halb bereute ich schon meinen Entschluss, mitzufahren, als sich plötzlich ein Arm um meine Schultern legte.

„Du siehst übrigens ganz toll aus, meine Schöne", flüsterte mir Erich ins Ohr, dem der Arm gehörte, „ich freue mich sehr, dass du heute dabei bist. Wirklich." Treuherzig schaute er mich an, und mein Widerstand schmolz dahin. Na gut, dachte ich, mitgehangen, mitgefangen. Flucht nach vorn. Und damit quetschte ich mich zwischen Erich und Richard auf den Vordersitz zu den Jungs in den Bulli.

Wir fuhren eine ganze Weile, und mit steigendem Alkoholkonsum wurden die Sprüche zotiger. Schließlich meinte Erich, dass es jetzt genug sei mit der Sauferei, denn es sei ja noch ein Auftritt zu absolvieren, und außerdem wäre eine Lady an Bord. Im Bus wurde es prompt still, und bald hörte man lautes Schnarchen. Erich drehte sich halb um und stupste Robert, den Gitarristen, an.

„Hey, Bruder, schnarch leiser", sagte er, „man versteht ja kein einziges Wort mehr." Dann kramte er in der Ablage eine Kassette hervor, die er in den Kassettenrekorder schob.

„Hört mal, Jungs", sagte er, „ich habe etwas Neues gemacht. Was haltet ihr davon?" Aus den Lautsprechern kamen ein paar Gitarrenklänge, dann hörte man Erichs Stimme. Es war ein langsamer Liebes-Song.

Deine blauen Augen

Kosten mich noch den Verstand

Hab' dich lange ersehnt

Und die Liebe verkannt

Ich hab' so lang gewartet

Nicht an das Leben geglaubt

Hast mit deiner Art von Liebe

Mir den Atem geraubt

„Hey alter Mann", rief Joe von hinten, „seit wann bist du denn so schmalzig?"

„Ja genau", fiel Robert ein, der plötzlich wieder wach war, „aber Scheiße, das ist gut!"

„Sei doch mal ruhig", mischte Wolle sich ein, „ich will das hören."

Jetzt kam der Refrain.

Ich liebe dich so sehr

Dass ich nicht mehr klar denken kann

Möchte mit dir leben

Und irgendwann

Wirst du sehen, dass meine Liebe

Zu dir unendlich ist

Und wenn du nicht mehr da bist

Ich dich unendlich vermiss

„Huhu", sagte Richard, „so kennen wir dich gar nicht. Sollte sich der Mädchenheld etwa ernsthaft verliebt haben?"

„Quatsch nicht so einen Unsinn", gab Erich etwas unwirsch zurück, „man wird doch wohl auch mal einen Liebes-Song komponieren dürfen. Der gehört jetzt auf jede ordentliche Set-Liste."

„Ja, aber bisher hattest du nicht die passenden Gefühle dazu", sagte Richard, „konntest das ja gar nicht nachempfinden." Er seufzte bedeutungsschwer. „Ich dagegen…" Wolle haute ihm freundschaftlich von hinten auf den Kopf.

„Jetzt fang' bloß nicht wieder mit deinem Liebesgesulze an", sagte er, „vergiss das Arschloch einfach, der hat dich gar nicht verdient."

„Ja genau", sagte Joe, „schnapp' dir einfach einen Neuen. Heute Abend gibt's genug Frischfleisch. Neue Stadt, neues Glück."

„Ach wenn es nur so einfach wäre", antwortete Richard mit erstickter Stimme und drehte sich zum Fenster. Da er neben mir saß, konnte ich sehen, dass Tränen über seine rauen Wangen kullerten. Das hatte ich von dem harten Kerl mit den vielen Tattoos gar nicht erwartet. Ich drückte ihm vorsichtig die Hand, woraufhin er mir ein tränennasses Lächeln schenkte.

Dabei war mir alles andere als nach Trösten zumute. So, Erich hatte sich also verliebt. Und ich war hier das Anhängsel, dass nur zum Schminken mitgenommen wurde, um den Jungs Lidstriche unter die Augen zu malen und die Hüte zu richten. Am liebsten wäre ich auf der Stelle ausgestiegen und zu Fuß zurück gelaufen. Nun war es aber zu spät, wir waren schon einige Kilometer über die Landstraßen gezuckelt, und selbst wenn ich mir den Weg gemerkt hätte, was ich nicht getan hatte, wäre es für einen Fußmarsch jetzt zu weit. Die öffentlichen Verkehrsmittel waren mir unbekannt – vielleicht gab es so etwas wie Schnell-Omnipedesse und Express-Schnaxis? Aber das hätte ich vorher herausfinden müssen. Innerlich fluchte ich über meine grenzenlose Naivität, einfach in diesen geblümten Bus geklettert zu sein und mich damit den kommenden Geschehnissen hilflos ausgeliefert zu haben. Ich nahm mir vor, das nie wieder zu tun. Und ich nahm mir vor, wenn ich schon mal dabei war, mich gnadenlos zu amüsieren in dieser Nacht.

Der Song war weitergelaufen und bei der letzten Strophe angekommen.

> *Haben uns jetzt erst getroffen*
>
> *Gehen mit Bedacht nun zu zweit*
>
> *Erzählen uns unter Tränen*
>
> *Die Trauer verlorener Zeit*

„Sollten wir unbedingt ausbauen", sagte Robert, „mir fallen spontan ein paar gigantomanische Akkorde dazu ein."

Nach zweistündiger Fahrt über endlose Landstraßen, vorbei an üppigen Weizenfeldern, romantischen, von großen Eichen und Pappeln gesäumten Fachwerk-Bauernhäusern und saftig grünen Weiden, auf denen schwarzweiße Multikühe bedächtig Gras kauten und ihre sechs Euter schwenkten, erreichten wir die Stadt, in der der Auftritt stattfinden sollte. Erich fischte einen Stadtplan aus der Seitenablage und drückte ihn mir in die Hand, mit der Anweisung, die Seilermeile zu suchen. Ich navigierte ihn durch die Straßen, die immer großstädtischer wurden. Auch hier gab es Omnipedesse und Schnaxis, aber auch viele eckige Autos mit großen, runden Scheinwerfern. Die Omnipedesse trugen zusätzlich zu den Wagons, in denen sie die Menschen transportierten, große Reklameschilder mit Werbung für Dauerwurst, Zigarren, Waschmittel, Frischgetränke und Reisebüros auf ihren Rücken. Die Schnaxis waren durchgängig schwarz – wahrscheinlich eine ganz spezielle Schneckensorte – und zwischen ihren Fühlern entdeckte ich Schilder mit dem Wort „FREI" in großen Buchstaben. Bei besetzten Schnaxis hatte der Schnaxiführer das Schild heruntergenommen, so dass niemand versuchte, eine Schnecke mit Kundschaft anzuhalten. Auf den Bürgersteigen tummelten sich zunehmend Menschenmassen, je weiter wir in das Stadtzentrum kamen. Fast alle trugen irgendeine Art von Kopfbedeckung, die Männer entweder eher konservative Homburger, Melonen oder Zylinder, oder hier und da ein paar Baskenmützen oder Kappen. Die Frauen bevorzugten Cloches, Aufschlaghüte, ebenfalls Herrenhüte, das ein oder andere Kopftuch und ab und zu auch gar nichts, denn es war warm und sonnig. Die Häuser rechts und links der breiten Straßen, in denen die Omnipedes-Trassen verliefen, wurden höher und höher. Kaufhäuser und Ladengeschäfte säumten die belebten Bürgersteige.

Schließlich gelangten wir in das Amüsierviertel der Stadt. Die Straßen wurden wieder enger, und es viel mir schwer, Erich den richtigen Weg zu beschreiben. Endlich hielten wir vor einer etwas heruntergekommenen Eckkneipe. ‚Königskeller‘ prangte in kippeligen, knallblauen Buchstaben auf einer Neonreklametafel über der Kneipe. Erich parkte den Bulli direkt auf dem Bürgersteig vor dem Eingang.

„Aufwachen, Jungs“, brüllte er in Richtung der hinteren Sitzbank, „wir sind am Ziel unserer Träume.“

Damals wusste noch niemand, wie Recht er mit dieser Aussage haben sollte, und so erntete Erich nur unwirsches Grunzen aus dem Innenraum.

„Och nö“, grummelte Joseph, „war gerade so schön am Pennen.“ Dann knuffte er den neben ihm hingeräkelten, wieder selig vor sich hin schnarchenden Robert in die Seite.

„Wach auf, Bruder, der Heiland ist gekommen“. Robert schreckte hoch.

„Was, wo bin ich? Im Himmel?" Panisch blickte er sich im Bus um, dann ließ er sich erleichtert zurück auf die Sitzbank sinken. „Ach Gottseidank", sagte er, „ihr seid's nur. Ich dachte, ich wäre im Himmel gelandet, und es war gar nicht schön."

„Bist du aber", sagte Erich und kletterte aus dem Bulli, „jetzt weckt noch Wolle, sagt ihm, das Frischfleisch wartet schon. Dann geht's ans Auspacken. Ich geh' mal rein und spreche mit dem Chef." Damit verschwand er hinter der klebrigen Eingangsglastür.

Richard und ich kletterten von der Vordersitzbank auf die Straße. Richard zückte eine Zigarettenschachtel, steckte sich eine in den Mundwinkel und hielt mir die Schachtel hin.

„Auch eine, Prinzessin?" fragte er, während er sich seine anzündete. Ich wollte schon den Kopf schütteln, doch dann überlegte ich es mir anders. Was sollte es. Ich war jetzt die Schmink-Lady der Band und wollte mich amüsieren, genauso wie die Jungs, und somit konnte ich auch eine rauchen. Das würde mir durch die Nacht helfen.

„Danke", Rich", sagte ich lässig und zog eine Zigarette aus der Packung.

„Na, geht doch", grinste Richard, „wir machen dich schon noch zu einem richtigen Groupie!" Er hielt mir das Feuerzeug hin und zündete die Flamme. „Beruhigt die Nerven", sagte er augenzwinkernd, „wenn du später etwas Härteres brauchst, wende dich ruhig an Papa Rich."

Bevor ich darauf antworten konnte, öffnete sich die Eingangstür und Erich steckte seinen Kopf auf die Straße.

„Es kann losgehen, Brüder", rief er uns zu. „Die Bühne ist angerichtet."

An der Eingangstür klebten ein paar Plakate. ‚Rock'n Roll', stand auf einem in wackeliger Halbschreibschrift und großen, gelben Buchstaben, und etwas kleiner darunter ‚Tanzpalast der Jugend – Festival der Rock'n Roll Fans'. Es folgte der Bandname ‚Erich Arosa und die Koma-Combo und das Datum des Tages. Die Jungs von der Band öffneten die Bulli-Klappe und schnappten sich die ersten Teile der Musikanlage. Ich nahm einen Mikroständer und folgte ihnen durch die gläserne Eingangstür, die Treppe hinunter in die Kneipe. Mir schlug ein Geruch von abgestandenem Zigarettenrauch, Alkohol, Schweiß und Gras entgegen. Die Kneipe war nicht besonders groß, und schön schon gar nicht. Im hinteren Teil des Gastraums befand sich eine Bühne, durch eine Stufe abgetrennt vom restlichen Raum. Der Bereich vor der Bühne war leer, doch seitlich gab es ein paar zusammengewürfelte Holztische und Stühle. Die Theke schlängelte sich an einer der Seitenwände entlang, und das war alles. Ich schätzte, dass vielleicht zweihundert Zuschauer in den Raum passten, und wenn es voll war, würde man die hässliche Einrichtung ja auch nicht sehen.

Rob, der eine der schweren Boxen die Treppe hinuntergehieft hatte, war gerade dabei, seine Last auf die Bühne zu wuchten.

„Scheiße, ist die schwer", knurrte er und knallte ein ordentlich zusammengewickeltes Kabel neben die Box. „Die andere trage ich aber nicht allein. Gibt es hier denn keine Schatzen?" Grummelnd machte er sich wieder auf den Weg nach oben. Fragend schaute ich Erich an, der nur die Schultern zuckte.

„Der hat immer schlechte Laune beim Schleppen", sagte er, „mach' dir nichts draus. Nach der ersten Flasche Kicherwasser wird das gleich wieder besser. Komm', ich zeige dir die Garderobe, da kannst du deine Sachen lassen."

Garderobe war zuviel versprochen. Erich führte mich durch eine wurmstichige Holztür neben der Bühne in einen schäbigen Nebenraum. Ein einsamer, halbblinder Spiegel hing an der Wand, ein paar alte, grünliche Sessel gruppierten sich unordentlich um einen niedrigen Tisch, auf dem eine Platte mit belegten Brötchen vor sich hin vegetierte.

„Mit Vollpension", grinste Erich mit Blick auf die labberigen Brötchen und deutete dann auf eine Kommode an der Wand. „Und hier kannst du deine Schminksachen deponieren."

Ich räusperte mich. „Erich", setzte ich an, „hättest du mir nicht vorher sagen können, dass du mich zum Schminken dabei haben willst?" Er sah mich erstaunt an.

„Wollte ich doch gar nicht", antwortete er unschuldig und setzte sein entwaffnendes Lächeln auf, „aber ihr Ladies habt doch sowieso immer euren Kram dabei, da kannst du uns doch auch ein bisschen schön machen, Prinzessin, oder?"

Ich seufzte. Ob das nun eine Ausrede war oder ehrlich gemeint, konnte ich nicht unterscheiden, dazu kannte ich ihn einfach nicht gut genug. „Na gut", gab ich mich kampflos geschlagen, „dann hole ich mal die Hüte aus dem Bus."

Ich lief zurück zum Bulli, der schon fast leer geräumt war, und suchte nach den Hüten. Ich fand sie einzeln – zwei lagen auf dem hinteren Sitz, einer war einfach in eine Ecke des Laderaums geknautscht worden, der vierte schwitzte auf der Konsole in der Nachmittagssonne vor sich hin, und Erich hatte seinen anscheinend schon mit in die Kneipe genommen. Von wegen Markenzeichen, so wichtig schien den Musikern das Aussehen ihrer Hüte wohl doch nicht zu sein, oder sie wussten einfach nicht, wie man sie behandeln musste.

„So wird das nichts mit dem Erfolg, Jungs", sagte ich laut und sammelte die Hüte ein. Wenn die wüssten, wie viel Mühe es kostete, so ein Kunstwerk samt Hutblitz zu erschaffen, würden sie vielleicht besser darauf aufpassen. Glücklicherweise hatte ich eine Hutbürste in meiner Handtasche, und ein feuchtes Tuch würde sich bestimmt irgendwo auftreiben lassen. Vielleicht sogar ein kleines Bügelei-sen? Ich musste den Besitzer der Kneipe ausfindig machen, er konnte mir vielleicht weiterhelfen. Beim nächsten Mal, nahm ich mir vor, würde ich vor-sichthalber eine große Hutschachtel mitnehmen, und die passenden Utensilien. Hoppla, beim nächs-ten Mal? Ich musste in mich hineinlächeln. Schmink-Lady der Koma-Combo, das war wohl jetzt mein neuer Nebenberuf. Aber warum eigentlich nicht, mir fing der Ausflug an, Spaß zu machen. Das war auf jeden Fall besser, als allein zuhause zu bleiben. Ich klemmte mir die Hüte unter den Arm, schnappte meinen eigenen Hut und machte mich auf die Suche nach dem Besitzer des Königskellers.

Ich fand ihn hinter der Theke, Gläser abtrocknend und das Treiben der Band begutachtend, die dabei war, das wilde Sammelsurium aus Instrumenten, Boxen, Kabeln, Monitoren, Mikrofonen und Schein-werfern auf der Bühne zu einem sinnvollen Ganzen anzuordnen. Dahinter steckte eine unausgesproche-ne Logik, die nur die Band verstand, und die ich doch oder gerade deswegen bewunderte. Eben hat-ten die wilden Kerle sich noch gegenseitig ange-raunzt und versucht, sich vor der lästigen Schleppe-rei zu drücken. Jetzt arbeiteten sie konzentriert Hand in Hand und ohne Rempeleien nach einem geheimnisvollen Plan, den jeder im Kopf zu haben schien, denn momentan war der Austausch von Worten, Fragen oder Erklärungen offensichtlich überflüssig. Erich und Rich kümmerten sich um das Schlagzeug und die Percussion-Instrumente, Robert stellte seine Gitarren auf und begann, sie zu stimmen. Joseph hatte eine riesige Bassgitarre mit langem Griff ausgepackt und war dabei, verschiedene Kabel und Monitore daran anzuschließen. Wolle putzte sein Saxophon, so dass es im Halbdunkel der Kneipe blitzte und glänzte. Weiter hinten im Raum drehte eine merkwürdig grüne Gestalt an den Knöpfen einer Anlage. Sie hielt einen langen, knochigen Zeigefinger in die Luft. Erich nickte ihr zu.

„Jungs", gab er an die Band weiter, „wir können gleich den Soundcheck machen, wenn ihr soweit seid." Zustimmendes Gemurmel und Nicken kam von der Bühne.

„Alles klar, wir sind gleich fertig", sagte Rob in eines der Mikros, begleitet von einem hohen, durchdringenden Pfeifton. Ich wollte mir die Ohren zuhalten, hatte aber beide Hände voll mit Hüten, so dass mir nur eine schmerzverzerrte Grimasse gelang.

„Hoffentlich wird das noch besser heute Abend", sagte der Kneipenbesitzer hinter der Theke und lächelte mich an. Auch er hatte eine merkwürdig grüne Hautfarbe, allerdings nicht so intensiv wie die der Gestalt hinter der Anlage. Seine dicken, braunen Haare standen wie ein wildes Geäst vom Kopf ab. „Du gehörst zur Band?" fragte er.

Gehörte ich zur Band? Ja, zumindest momentan. Ich nickte.

„Ja", sagte ich, „ich mache die Jungs hübsch." Mit dem Kinn deutete ich auf die Hüte unter meinem Arm. „Hast du vielleicht zufällig ein Bügeleisen und ein Tuch, damit ich die hier wieder in Form bringen kann?"

„Hübsch machen ist aber auch wirklich nötig", grinste der Barbesitzer und blickte auf die Bühne, auf der sich so langsam etwas wie eine Konzertanordnung bildete, „so kann man die Jungs jedenfalls nicht auf das Publikum loslassen." Er musterte mich von oben bis unten. „Eigentlich bist du selbst viel zu hübsch für die", meinte er etwas anzüglich, „willst du nicht lieber für mich arbeiten?" Mir gelang ein Lächeln, denn schließlich war er ja der Chef hier.

„Muss ich leider dankend ablehnen", antwortete ich, „ich habe schon einen Job. Ich bin Hutmacherin." Ich sagte das mit echtem Stolz, und es war das erste Mal, dass ich es aussprach. Es tat erstaunlich gut.

„Oh, umso besser", gab er zurück, „die haben doch den Ruf, besonders verrückt zu sein."

Bevor ich darauf antworten konnte, kam Erich von der Bühne.

„Hey", sagte er kurz angebunden zum Kneipenboss, „das Mädchen gehört zu uns. Er packte meinen Arm und zog mich fort. „Vor dem musst du dich in Acht nehmen", zischte er mir ins Ohr, „das kann sonst böse enden."

„Ich wollte nur ein Bügeleisen", zischte ich zurück und entriss ihm meinen Arm, „und keine Angst, ich kann schon selbst auf mich aufpassen."

Der Kneipenboss zuckte nur mit den Schultern und wendete sich wieder seinen Gläsern zu. Ich ließ Erich links liegen. Dann würde ich die Hüte eben nur mit der Bürste bearbeiten. Aber die Jungs konnten sich beim Schminken auf eine Standpauke gefasst machen, nahm ich mir vor, die schönen Hüte so schlecht zu behandeln. Das kam überhaupt nicht in Frage, ab sofort würde ich höchstpersönlich darauf achten, dass die Hüte ordentlich transportiert würden. Schließlich hing der Erfolg der Band davon ab, davon war ich überzeugt. Entschlossen stampfte ich in die Garderobe.

Vorbereitungen für den großen Auftritt

Ein vergittertes Kellerfenster ging auf einen dunklen Schacht hinaus, und von oben drang das letzte Tageslicht in den schäbigen Raum, so dass ich den Staub auf den Hüten sehen konnte. Ich deponierte die Hüte nebeneinander auf der schmalen Fensterbank, zog mir einen Stuhl heran und begann, sie nacheinander über meinem Knie rundherum mit der Bürste zu bearbeiten. Dunkle Fusseln setzten sich auf meiner hellen Hose fest, aber das war mir egal, die konnte ich ja später wieder beseitigen. Joseph kam ins Zimmer gerannt, ein gefülltes Bierglas in der Hand.

„Hey", sagte er, als er mich sah, „na, wie gefällt dir das Bandleben? Glamourös, oder?" Er schnappte sich ein belegtes Brötchen, stopfte sich einen großen Bissen in den Mund und ließ sich in einen der abgewetzten Sessel fallen. „Na wenigstens gibt es Stoff umsonst." Er prostete mir mit dem Bierglas zu. „Soll ich dir auch eins holen?"

„Nein danke", antwortete ich, „später vielleicht. Ich muss erst eure Hüte wieder in Form bringen. Die habt ihr ja nicht gerade gut behandelt."

„Na, dafür haben wir jetzt ja dich, um uns in die richtige Form zu bringen." Er nahm noch einen riesigen Bissen vom Brötchen. „Nein, kleiner Scherz", sagte er mit vollem Mund, und Brötchenkrümel spritzten bei dem Wort ,Scherz' aus seinem Mund,

„keine Angst, wir tun dir nichts, du bist ja Erichs Mädchen." Seine dunklen Augen funkelten. „Obwohl…" Ich rollte die Augen. Konnte man hier denn mit niemandem auch nur ein vernünftiges Wort wechseln? Die Tür ging auf, und Richard kam herein.

„Joe, Soundcheck", forderte er den lässig im Sessel hängenden Joe auf, „besser jetzt, solange du noch einigermaßen nüchtern bist."

„Komme schon", sagte Joe, hievte sich aus dem Sessel, kippte das restliche Bier herunter und verschwand mit Richard in Richtung Bühne.

Ich bürstete weiter meine Hüte. Erfolg, dachte ich. Ihr sollt reich und berühmt werden, das wollt ihr doch. Ich stellte mir vor, wie die Band in ein paar Jahren mit einem Nightliner auf Tour gehen und ganze Stadien füllen würde. Gab es hier Nightliner? Wahrscheinlich welche mit tausend Füßen und Transportkisten auf dem Rücken. ‚Erich, Erich', würden die Fans rufen, damit die Show begann. In Gedanken sah ich, wie die Koma-Combo mit einem Donnerschlag und Lichtblitzen auf der Bühne erscheinen würde und zum ersten Song ansetzte, während die weiblichen Fans in der ersten Reihe kreischten und reihenweise in Ohnmacht fielen. Ich schaute durch das vergitterte Fenster in den dunklen Schacht, durch den jetzt kaum noch ein Lichtstrahl drang. Bis dahin war es noch ein sehr weiter Weg, dachte ich.

Aber das sollte sich bald als eine Fehleinschätzung herausstellen.

Von der Bühne her drangen unterdessen die Klänge des Soundchecks in den kleinen Raum. Die Instrumente wurden einzeln eingestellt, zuerst der Bass. Es folgten Schlagzeug, Gitarre, Saxophon und schließlich der Gesang. Dann spielte die Band gemeinsam den ersten Song an. „Ich höre mich nicht", hörte ich einen der Musiker rufen, konnte aber an der Stimme nicht erkennen, wer es war. „Gib mir ein bisschen mehr Saft auf meinen Monitor."

Es wurde wieder gespielt, und endlich schienen alle zufrieden. Stille legte sich über die Kneipe, nur das Fußgetrappel der Bandmitglieder über den Holzboden der Bühne war noch zu hören. Plötzlich wurde die Tür aufgerissen.

„Feuerwasser!" schrie Joe in den Raum. In beiden Händen hielt er eine Schnapsflasche. „Lass' die Party beginnen!"

Erich, der ihm durch die Tür gefolgt war, stellte sechs kleine Schnapsgläser auf den Tisch.

„Komm, Prinzessin", forderte er mich auf, „erstmal was gegen den Durst. Dann kannst du deine Verschönerungskünste an uns ausprobieren."

Na gut, dachte ich, und legte den Hut, den ich mir gerade vorgenommen hatte, auf die schmale Fensterbank zurück. Schließlich war ich hier, um Spaß zu haben. Also lassen wir die Party beginnen. Ich nahm dankend eine Zigarette aus der Packung, die Richard mir entgegenhielt, und setzte mich zu den Jungs an den Tisch.

Dreimal wurden die Schnapsgläser bis zum Rand gefüllt, bis die erste Schnapsflasche leer war. Schon beim zweiten Glas lehnte ich kopfschüttelnd ab, denn so trinkfest war ich nicht. An das Rauchen konnte ich mich aber durchaus gewöhnen, denn so waren meine Hände beschäftigt, und irgendwie fühlte ich mich mit der Zigarette in der Hand auch ganz wohl. Als jedoch der erste Joint die Runde machte, ‚gegen das Lampenfieber‘, wie Richard sich rechtfertigte, ließ ich ihn vorübergehen, ohne einen Zug zu nehmen. Alkohol und Drogen mochten für die Band ja nötig sein, um sich für einen Auftritt in Stimmung zu bringen, doch mir wurde schon vom Schnaps und dem Nikotin schwindelig. Ein Zug am Joint hätte mir den Rest gegeben. Die Jungs dagegen kamen langsam in Stimmung. Robert, als Gitarrist anscheinend der härteste Rocker von allen, zog seine Jeans aus und begann, sich in eine hautenge, schwarzglänzende Lederhose zu zwängen. Auch das Hemd musste einem schwarzen Achsel-Shirt weichen, so dass seine durchgängig tätowierten Arme zum Vorschein kamen.

„Schaut mal, Leute", forderte er die restlichen Musiker auf und ließ den linken Bizeps wackeln, auf dem eine barbusige Schönheit ihre vollen Brüste zur Schau stellte, „ich kann mit den Titten wackeln."

Tatsächlich sah es so aus, als ob das tätowierte Mädchen seine Brüste hüpfen ließ. Die Mannschaft kreischte vor Lachen.

„Auf den anderen Arm machst du dir eine Muschi", brüllte Wolle, „dann kannst du dich selbst…"

„Wir haben eine Lady an Bord", unterbrach ihn Erich, bevor er den Satz beenden konnte, und wischte sich eine Lachträne aus den Augenwinkeln. Er lächelte mich an und zwinkerte mir zu.

„Prinzessin, kannst du mit den Renovierungsmaßnahmen beginnen? In einer Stunde geht die Show los, bei den Gesichtern hier brauchst du sicherlich eine Weile."

„Ja, klar", antwortete ich und wandte mich an die Band. „Also, wer will zuerst?"

Richard sprang auf. „Ich, ich, ich", rief er, „ich liebe Schminke. Bitte ich zuerst." Der Rest der Mannschaft grinste und ließ nochmals die Flasche kreisen.

„Na, gerne doch", sagte ich und rückte einen Stuhl zurecht. „Komm' her, und schön still halten. Am besten, du ziehst zuerst das an, was du beim Auftritt tragen willst, dann sehen wir besser, wie das Gesamtwerk aussehen wird."

Richard zog sich schnell um und ließ sich dann mit genüßlich geschlossenen Augen auf den Stuhl falle. Ich machte mich an die Arbeit. Ein bisschen Makeup auf seine glatte Wangenhaut, aber nicht zu viel, damit er nicht bemalt wie ein Indianer aussah. Ein wenig brauner Lidschatten auf das Lid für den Smokey-Effekt. Ein dicker Lidstrich, viel Wimperntusche, und er sah zum Knutschen aus. Ich bürstete die blonden Locken, zupfte sie in Richtung Gesicht. Dann die Krönung – der schwarze Hut mit der Schlagzeugverzierung.

„So, fertig." Ich trat einen Schritt zurück und betrachtete mein Werk. „Ich finde dich zum Anbeißen."

„Oh, ich muss gucken", rief Richard aufgeregt und hüpfte wie ein kleines Kind durch den Raum. „Wo ist der nächste Spiegel?"

„Auf dem Scheißhaus", sagte Wolle, „aber pass auf, dass du unterwegs nicht vergewaltigt wirst!"

Alle brüllten vor Lachen.

„So, der nächste bitte." Ich ignorierte Wolles Bemerkungen und blickte in die Runde, die von Minute zu Minute aufgekratzter zu werden schien. Robert meldete sich als nächster. Er war ja auch schon umgezogen. Bei ihm ließ ich das Makeup weg, da seine Gesichtshaut zu stoppelig war, um die Creme gleichmäßig zu verteilen. Ein bisschen brauner Puder musste genügen, um die dunklen Augenringe zu kaschieren. Dunkler Lidschatten, Kajalstift, Wimperntusche, und es stand ein anderer Mann vor mir. Der etwas ungepflegte, raubeinige Rocker hatte etwas Zartes, Zerbrechliches bekommen, das seinem Image gut tat. Wenn es auch sein Wesen nicht veränderte, war der erste Eindruck doch jetzt viel mehr der eines zu tiefen Gefühlen fähigen Musikers. Raue Schale, weicher Kern. Ich setzte ihm noch seinen Hut mit der kleinen Gitarre auf die langen Strubbelhaare, und der Look war perfekt.

„Oh, ich könnte mich glatt in dich verlieben", schrie es von der Tür her, durch die Richard gerade wieder hereingestürmt kam. „Darf ich dir einen Kuss geben?"

„Bleib mir bloß von der Pelle, du durchgeknallter Schwuli", knurrte Robert, doch er konnte sich ein Lachen nicht verkneifen, als Richard ihm einen knallenden Kuss auf die Wange drückte und dabei ‚mein Liebster' flötete.

„Soll ich euch beiden Turteltäubchen einen blasen", sagte Wolle anzüglich und spielte auf den Tasten seiner Trompete herum, die er aus einem seiner Instrumentenkoffer hervorgeholt hatte und mit einem alten Tuch polierte.

„Oh ja, sehr gern", hauchte Richard aufgedreht. Er kam mit wiegenden Hüften auf Wolle zu. „Jetzt gleich hier?"

„Macht mal halblang, Jungs", griff Erich ein und deutete mit dem Kinn auf mich. Ich wollte ja nicht wissen, wie es unter den Musikern zuging, wenn ich nicht dabei war.

„Wer ist der nächste?"

Wolle legte seine Trompete beiseite. „Vielleicht ein anderes Mal, Schätzchen", sagte er beiläufig zu

Richard und gab ihm im Vorbeigehen einen Klaps auf den Po. „Knackiger Arsch – leider nicht groß genug für mich."

Ich beschloss, meine Ohren auf Durchzug zu stellen und mich auf meine Arbeit zu konzentrieren. Durch die geschlossene Tür zur Bühne hin konnte man hören, wie sich die Kneipe langsam zu füllen begann, und ein Blick auf die Uhr sagte mir, dass ich mich beeilen musste. Noch zwanzig Minuten bis zum Auftritt. Die Luft im Raum knisterte wie kurz vor einem Blitzeinschlag. Mit dieser Energie hätte ich ohne große Anstrengung hunderte von Hutblitzen formen können, schoss es mir durch den Kopf, und es hätte mich nicht gewundert, wenn sich plötzlich einer zwischen meinen Händen geformt hätte, auch ohne mein Zutun. Instinktiv vermied ich es, die Hände zu einer Schale zu formen.

Stattdessen schminkte ich noch schnell Joseph und Wolle. Erich kam als letzter an die Reihe, und meine Hände zitterten ein wenig, als ich sein Gesicht berührte.

„Ganz ruhig, Prinzessin", sagte er, und seine dunklen Augen schauten direkt in mein Gesicht, auf dem sich die Aufregung sicher deutlich spiegelte, „du machst das großartig. Wir werden einen perfekten Auftritt hinlegen. Und du bist dabei." Er lächelte mir aufmunternd zu, wobei sich seine Augen verengten und die Wimperntusche, die ich gerade auftragen wollte, auf dem Augenlid landete.

„Oh verdammt", fluchte ich, „du musst schon still halten, sonst siehst du aus wie ein Vampir."

„Dann habe ich wenigsten einen Vorwand, dich zu beißen", antwortete Erich, „vorausgesetzt, die Blutgruppe stimmt."

Ich musste lachen. „Null Rhesus negativ", sagte ich.

„Oh, wunderbar, meine Lieblingsblutgruppe. Wenn ich später auf das Angebot zurückkommen könnte…"

Ich sagte nichts, aber mein Herz machte einen kleinen Hopser extra.

Der Auftritt

Dann war es soweit. Der Lärm aus der Kneipe wurde immer lauter, man hörte Gläserklirren und Rockmusik im Hintergrund.

„Du solltest jetzt `rausgehen und dir einen schönen Stehplatz suchen", raunte Erich mir zu, „und lass` dich bloß nicht angrapschen. Wenn ich da etwas sehe, komme ich höchstpersönlich von der Bühne herunter, und es gibt Ärger." Er sah mich ernst an und nahm meinen Hut aus der Hutschachtel. „Aber den solltest du nicht vergessen, der zeigt, dass du zu uns gehörst." Damit drückte er mir den Hut auf den Kopf und strich meine Haare fürsorglich über meine Schulter nach hinten. „Also los, raus mit dir, und immer schön brav bleiben." Er schob mich zur Tür.

„Macht euch fertig, Jungs", rief er der Band zu, „ die Bühne ist angerichtet!"

Ich trat durch die Tür, und ein Geruch von heißem Schweiß, Rauch und Bier schlug mir entgegen. Vor der Bühne hatte sich eine wilde Meute von Arbeitern, Studenten, Matrosen und sonstigen feierwütigen Nachtschwärmern versammelt. Als sie sahen, dass die Tür aufging und jemand hindurch trat, fingen alle an zu johlen.

„Mach Schau", rief jemand, als ich mich durch die Menge zwängte. Rot im Gesicht, was man im Dunkeln ja zum Glück nicht so gut sehen konnte, steuerte ich auf die Bar zu. Ich brauchte erst einmal etwas zu trinken, denn der Schnaps brannte mir immer noch in der Kehle. Die Blicke der Menge folgten mir, und man machte Platz für mich. Einige Männer pfiffen oder riefen etwas Unanständiges, doch ich ignorierte die anzüglichen Rufe und blickte starr vor mich hin, während ich mir den Weg zur Theke bahnte. Am liebsten wäre ich im Boden versunken.

Dann wurde es endlich ganz dunkel. Die Hintergrundmusik verstummte, und für einen kurzen Augenblick herrschte gespannte Stille. Auf der Bühne raschelte es ein wenig, schattenhaft huschten die Musiker zu ihren Instrumenten. Plötzlich fiel sekundenlang gleißendes Scheinwerferlicht auf die Bühne, man hörte Erichs Schlagzeugstöcke dreimal gegeneinander klicken, und die Show begann.

Erleichtert atmete ich auf. Die Aufmerksamkeit des Publikums hatte sich komplett auf die Bühne verlagert, auf der die fünf Musiker nun ihr Bestes gaben und förmlich explodierten. Erich sang, was das Zeug hielt, während er gleichzeitig sein Schlagzeug bearbeitete. Richard unterstützte ihn mit Bongos, Joe mit dem Bass. Robert quälte seine Gitarre, und Wolle war mit dicken Backen in seine eigene Bläserwelt verschwunden.

Es wurde sehr laut, ohrenbetäubend laut, aber die Menge schien das überhaupt nicht zu stören. Schon nach dem ersten Song waren die Verstärker bis zum Anschlag aufgedreht, und der Sound verzerrte sich zu einem dreckigen Klangbrei, was die Stimmung aber nur noch weiter anheizte. Erich hatte seinen Platz am Schlagzeug verlassen, Richard übernahm die Trommelstöcke. Er schrie förmlich ins Mikrofon, angepeitscht von der energiegeladenen Stimmung der Zuhörer, die frenetisch johlten und klatschten. Ein paar anscheinend professionelle Mädchen begannen, ungezügelt zu tanzen. Sie schüttelten die Hüften und ließen ihre freizügigen Dekolletés hüpfen. „Mach' Schau, mach' Schau" gröhlte die Menge wieder und wieder und peitschte Erich und die Komas zu wilden Verrenkungen auf der Bühne an. Joe schnappte sich seine Gitarre und lieferte sich minutenlange Duelle mit Robert, bevor er wieder zum Bass wechselte und mit Erich, der den armen Richard immer wieder vom Schlagzeug vertrieb, zu einem Trommel-Bass-Solo ansetzte. In ihren engen Lederkombis schwitzten die Jungs schon nach kurzer Zeit so heftig, dass sie sich die Hemden vom Leib rissen und oberkörperfrei spielten. Nur die Hüte blieben eisern auf den Köpfen.

Als dann schließlich Wolles Solo kam, sprang er mit seinem Saxophon in die Menge, hüpfte wie ein wild gewordenes Rumpelstilzchen auf und ab, wälzte sich am Boden und züngelte die Mädchen an, die um ihn herumtanzten und kreischten.

Ich fühlte mich wie in einem brodelnden Kochtopf, der jeden Moment überzukochen drohte. Mit meinem Bier war ich an der Theke stehengeblieben. Durch die verrückte Menge hätte ich es sowieso nicht mehr vor die Bühne geschafft, und die wild tanzenden, schreienden Mädchen flößten mir Angst ein. Als Erich besonders laut ins Mikrophon schrie, hielt ich mir unwillkürlich die Ohren zu.

„Watte für die Ohren gefällig?" schrie mir jemand durch meine Hände ins Ohr. Es war der Barbesitzer mit der seltsam grünen Gesichtsfarbe, der hinter der Theke Getränke ausschenkte und ein zufriedenes Gesicht machte. „Gibt's bei der Toilettenfrau!"

Na danke, dachte ich, die Blöße würde ich mir bestimmt nicht geben, denn ich gehörte ja zur Band, und wenn es so laut würde, dass die Verstärker in Rauch und Asche aufgehen würden.

Die Band spielte fast vier Stunden lang, denn die wilde Zuschauermeute wollte sich auch nach drei Zugaben noch nicht von der Bühne lassen. Doch als die Fünf nach der vierten Zugabe im Nebenraum verschwanden, knipste der Kneipenbesitzer einfach das Licht und die Hintergrundmusik an, als Zeichen, dass das Konzert jetzt vorbei war.

„Ich will ja auch noch etwas Umsatz machen", sagte er zu mir, kam hinter der Theke hervor und stellte sich neben mich. „Hey, Tep", rief er einem seiner grünlichen Angestellten hinter der Theke zu, „mach' mal zwei Kurze klar, einen für mich, und einen für die Lady hier." Er wandte sich zu mir. „Du trinkst doch einen mit mir auf den Erfolg deiner Männer, oder?"

Eigentlich mochte ich nicht noch mehr Schnaps, aber nach diesem Auftritt hatte ich wirklich einen nötig.

Meine Ohren rauschten, meine Haare hingen strähnig vom Schweiß unter dem Hut hervor, und mein Kleid war völlig zerknittert. Ich fühlte mich wie durchgekautes Kaugummi. Ein Schnaps würde sicherlich gut tun, und anschließend ein starker Kaffee. Eigentlich war ich reif für die Heimfahrt, doch das würde sicherlich noch eine Weile dauern.

Ich blickte auf die Bühne. Die Band war wieder aus dem Nebenraum aufgetaucht und hatte sich unter das Volk gemischt. Erich stand, umringt von mindestens fünf weiblichen Fans, direkt vor der Bühne und schien sich köstlich zu amüsieren. Eine der Ladies hatte sich dicht an ihn gedrängt, wobei sie ziemlich auffällig ihr üppiges Dekolleté zu präsentieren verstand, aus dem zwei runde Brüste hervorleuchteten wie ein eingecremter Hintern an der falschen Stelle. Robert und Joseph hatten sich mit zwei Flaschen Schnaps bewaffnet und wanderten durch die Menge, um mit jedem, der dazu Lust hatte, anzustoßen. Richard war im Gespräch vertieft mit einem glutäugigen, langhaarigen Jüngling, dessen Haare er sich gerade um den Finger wickelte. Sicher würde es nicht lange dauern, bis er den ganzen Jüngling eingewickelt hatte. Wolle verschwand gerade mit einer hübschen Blondine in Richtung der Toiletten.

Ich wandte mich wieder dem Barbesitzer zu.

„Gern", sagte ich und nahm meinen Hut ab. „Ich bin Klara, wer bist du?"

Er lächelte, wobei kräftige, große Zähne zum Vorschein kamen, die mich an eine große Ziege erinnerten.

„Ohne Hut auch ganz hübsch", sagte er, „ ich bin Mike."

„Hallo Mike". Ich würde ihn in ein Gespräch verwickeln, nahm ich mir vor, damit ich nicht so allein herumstehen musste. Eigentlich sah er ja ganz passabel aus, mit seinen halblangen, zum Pferdeschwanz zusammengebundenen braunen Haaren, den dazu passenden braunen Augen und einem durchtrainierten Körper mit wirklich sehr kräftigen Oberschenkeln. Er war ziemlich groß, fast schien es, als ob er auf Zehenspitzen stände. So musste man hier in der Kneipenszene anscheinend aussehen, um Autorität zu haben. Der olivfarbene Teint gab ihm ein etwas exotisches Aussehen, und die wilden Tatoos auf seinen Oberarmen verstärkten dieses Image noch. Immerhin waren es bei Mike keine nackten Frauen, sondern Tiere und Pflanzen: links eine böse blickende Ziege, rechts ein riesiger Baum, dessen Äste sich um den ganzen Oberarm schlangen. Die Wurzeln reichten bis zum Unterarm.

Mike beobachtete die Menschenmenge in seiner Bar über meinen Kopf hinweg. Was er sah, schien ihn zufrieden zu stellen, denn er lächelte kurz, griff dann nach seinem Schnapsglas und prostete mir zu. „Hallo Klara. Auf deine Band!"

Unsere Gläser schepperten beim Anstoßen. Der Schnaps brannte scharf in meiner Kehle. Das war ganz bestimmt der letzte, den ich heute trinken würde. Ich begann, Mike auszufragen, über die Kneipe, seinen Job als Barbesitzer, sein Leben. Er erzählte langsam, als ob er sich die Einzelheiten erst Stück für Stück ins Gedächtnis rufen müsste, während seine Augen immer wieder wild umher flitzten. Zwischendurch unterbrach er seinen Redefluss immer wieder, um den Angestellten hinter der Theke in scharfem Ton Anweisungen zuzurufen. Irgendwie konnte er mir die ganze Zeit über nicht richtig in die Augen blicken, aber das war auch nicht so schlimm, denn sein Augenkontakt war Furcht einflößend. Die vielen Leute in der Kneipe, ihre nahen Blicke, machten mir zusätzlich Angst, und ich war froh, dass Mike so etwas wie eine Institution in dieser Unterwelt zu sein schien, die man respektierte und in Ruhe ließ.

Mike erzählte, dass er als Rekrut in die Stadt gekommen war und sich seinen Lebensunterhalt am Abend und in der Nacht in der Kneipeszene verdient hatte. Schließlich war er mit der Ausbildung fertig – was für eine Ausbildung es war, wollte er mir nicht sagen – und die Möglichkeit hatte sich aufgetan, den Königskeller zu pachten. Ohne groß zu überlegen, hatte er zugegriffen, und seitdem versuchte er, den Laden mit Live-Auftritten in Schwung zu bringen. Was ihm anscheinend auch ziemlich gut gelang.

Während Mike erzählte, schaute ich verstohlen auf meine Uhr. Es war bereits sehr spät geworden, aber die Jungs von der Band machten immer noch keine Anstalten, aufzubrechen. Robert und Joseph hatten es sich mit ein paar Fans an einem Tisch gemütlich gemacht, der sich mehr und mehr mit Gläsern und Flaschen füllte. Auf Roberts Schoß thronte eine langhaarige Schönheit mit grellbunter Bluse und war gerade dabei, ihm die Zunge ins Ohr zu stecken. Joe, der den beiden gegenüber saß, schwankte im Sitzen hin und her, kicherte grundlos und drohte jeden Moment vom Stuhl zu kippen. Erich, Richard und Wolle waren nirgends zu sehen.

Ich war müde. Ich wollte nach Hause. Aber zuhause war zwei Autostunden von hier entfernt, also blieb mir nichts weiter übrig, als zu warten, oder mir irgendwo einen Schlafplatz zu suchen, was um diese Uhrzeit aber sicher nicht so einfach war.

„Mike", sagte ich, „kann ich hier vielleicht irgendwo schlafen?"

Mike stoppte mitten im Satz, seine Augen fokussierten sich plötzlich auf mein Gesicht, und anscheinend verstand er mich völlig falsch.

„Aber gerne doch, meine Hübsche", sagte er, „ich schmeiße jetzt alle `raus, und dann gehen wir zu mir." Er bleckte seine großen Zähne, wobei sein Gesicht näher kam.

Plötzlich zog mich jemand sehr unsanft an der Schulter nach hinten. Es war Erich.

„Wir bauen jetzt ab", sagte er scharf und eine Spur zu laut. „Komm', du kannst uns helfen." Er bedachte Mike mit einem düsteren Blick, wobei er mich vom Barhocker zog. „Ist schon spät", fügte er etwas sanfter hinzu, „lass uns abhauen. Ich packe mit Rich und Wolle den Bulli. Du kannst Rob und Joe loseisen. Sieh zu, dass du sie in den Wagen bekommst. In einer halben Stunde fahren wir los." Damit ließ er meinen Arm, den er ziemlich unsanft gedrückt hatte, los und marschierte in Richtung Bühne, wo er anfing, Kabel auszustecken und zusammenzurollen. Richard gesellte sich aus einer dunklen Ecke der Bar, wo er mit seiner männlichen Errungenschaft herumgeknutscht hatte, wie auf ein geheimes Kommando hinzu, und auch Wolle tauchte aus Richtung der Toiletten auf, an seiner Hose nestelnd.

Auch gut, dachte ich, dann war ja wenigstens abzusehen, dass ich bald mein eigenes Bett erreichen würde. Ich steuerte auf den Tisch zu, an dem sich Robert und Joseph vergnügten.

„Joe", sagte ich, „komm', es ist Zeit, nachhause zu fahren!"

„Scheiße, bin ich blau", lallte Joe, und sein Kopf schwankte wie ein Wackeldackel bedenklich von links nach rechts auf seinem Hals herum, „ich glaub ich muss kotzen." Unvermittelt kippte sein Kopf zur Seite. Eine stinkende, bierbraune Brühe ergoss sich halb über den Tisch, halb über den Boden und tropfte auf das Bein von Roberts Schoßgefährtin.

„Ih, du Schwein", kreischte sie, sprang entsetzt von Roberts Schenkeln und verschwand in Richtung der Toiletten.

„Na vielen Dank", sagte Robert, „ich wusste sowieso gerade nicht, wie ich die Tussie loswerden sollte. Er stand auf und schaute mich auffordernd an. „Na komm', bringen wir ihn hoch."

Gemeinsam packten wir Joe links und rechts unter den Achseln und schleiften ihn in Richtung Treppe. Er roch wie eine Mischung aus Toilette, Schnapsladen und Turnhalle, nicht gerade angenehm. Mir wurde auch übel.

„Meine Güte, wie viel hast du denn getrunken", wollte ich eigentlich gar nicht so genau wissen, während ich mich abmühte ihn auf seinen immer wieder einknickenden Beinen zu halten.

„SSSuuhviiel", lallte er, und wurde weinerlich. „Ich will nachhaussse…" Tränen kullerten plötzlich über seine roten Wangen. „Bin sooo allein, keiner mag mich…"

„Beachte ihn gar nicht", knurrte Robert, „das macht er immer, wenn er betrunken ist. Dann kriegt er seinen Depressiven."

Mit Mühe bugsierten wir Joe die Treppe hoch und schoben ihn auf die Rückbank vom Bus, den Erich vor der Tür geparkt hatte. Joe kippte auf die Seite und blieb dort mit geschlossenen Augen liegen.

„Und wenn er jetzt wieder kotzen muss?" fragte ich besorgt, mir verstohlen die Hände an der Hose abwischend, denn sie rochen nicht gerade appetitlich.

„Keine Sorge", meinte Wolle, der gerade dabei war, ein paar Instrumentenkoffer im Kofferraum zu verstauen, „der ist Musiker. Wenn's sein muss, schläft der in seiner eigenen Kotze."

„Hast du noch eine Zigarette?" fragte ich entnervt.

„Klar doch, Prinzessin, hier. Gewöhn' dich dran!" Damit rannte er mit erstaunlicher Eleganz zurück in die Kneipe und verschwand im Dunkel des Treppenabgangs. Ich zündete die Zigarette an und wartete neben Bulli Blümchen. Plötzlich kam er mir gar nicht mehr vor wie eine sonnenbeschienene Blumenwiese, sondern eher wie ein abgewrackter Bauwagen. Keine zehn Pferde hätten mich jetzt wieder in dieses Höllenloch gebracht. Tief saugte ich die kühle Nachtluft ein, schloss die Augen und wünschte mich in meine Wohnung zurück.

Die Rückfahrt verlief schweigend. Sobald wir auf der Landstraße in Richtung Heimat waren, fiel die gesamte Koma-Combo ins Koma. Nur Erich, der den Wagen zurücksteuerte, hielt sich mit einem Kaffee aus einem hässlichen, weißen Pappbecher wach. Auch ich konnte die Augen nicht mehr aufhalten und nickte ein.

„Aufwachen, wir sind da!" Erich rüttelte meine Schulter. Verschlafen hob ich den Kopf, der auf Erichs Schulter gelandet war. Draußen war es hell geworden, die ersten Sonnenstrahlen strömten in die Welt und tauchten die Schafühnerstraße in ein fröhliches, erwartungsvolles Licht. Mir war aber gar nicht nach Tatendrang zumute. Ich wollte mich nur noch in meinem kuscheligen, weichen Bett ausstrecken und schlafen.

„Danke für alles", murmelte ich. Ich konnte die Augen kaum noch aufhalten. Erich kletterte aus dem Bulli, um mir den Weg freizumachen, denn auf der anderen Seite war Wolle gerade in der Tiefschlafphase, und Wecken wäre jetzt zwecklos, wie Erich bemerkte.

Vor dem Bulli setzte Erich mir meinen Hut auf den Kopf.

„Und jetzt ab ins Bett", befahl er, dann kletterte er wieder in den Bus und brauste ohne ein weiteres Wort des Abschieds davon. Ich zuckte die Schultern. Na gut, das war's dann wohl also mit meiner Karriere als Schmink-Lady der Koma-Combo. Aber so toll waren die Aussichten auf eine rosige Zukunft in der Branche auch gar nicht gewesen. Müde und ein bisschen enttäuscht kletterte ich die Stufen zur Haustür hoch, schloss auf, schleppte mich in den zweiten Stock und verschwand im Bett.

Gertruds Kummer

Ich erwachte vom Klingeln des Telefons. Es dauerte ein paar Sekunden, bis ich begriff, wo ich war und was das für ein Geräusch war. Es war der Moment, wenn man plötzlich aus den Tiefen eines Traumes gerissen wird, in dem man gerade noch die Hauptrolle gespielt hatte. Plötzlich wird man von einer riesigen Hand gegriffen, und man schießt wie ein Taucher, der versehentlich seine Weste tief unter Wasser mit Luft gefüllt hat, an die Oberfläche der Realität. Gerade noch hat man die gedämpfte, schwerelose, in blaue und grüne Farben getauchte Unterwasserlandschaft freischwebend bewundert, und im nächsten Moment stürzen Wasserschichten und Bilder vorbei wie bei einer wilden Aufwärtsfahrt in einem gläsernen Fahrstuhl. Man schnappt nach Luft, im Magen macht sich ein flaues Gefühl des Ekels breit, und plötzlich schießt der Kopf durch die Wasseroberfläche ins gleißende Licht des Tages. Die Geräusche werden unangenehm laut und schrill. Das Denken setzt ein. Willkommen zurück im Leben.

So ging es mir an diesem Sonntagnachmittag. Das Licht im Zimmer war grau und trübe, Regenwolken hingen tief am Himmel hinter meinem Schlafzimmerfenster, und Tropfen plätscherten gegen die Scheiben. Während ich geschlafen hatte, war es Herbst geworden. Der Wind klapperte an den Fensterrahmen. Dring, dring, machte das Telefon unermüdlich.

Ich rappelte mich hoch und tapste in den Flur. Es war ein für meine Begriffe uralter Apparat mit kurzem Kabel, einer Wählscheibe und einem dicken, runden Telefonhörer, der mit einer schwarzen Ringelschnur mit dem eckigen Apparat verbunden war. Unser neuestes Toppmodell, hatte der Techniker mir versichert, als er das Gerät während eines zweistündigen Installationstermins in meiner Wohnung angeschlossen hatte. Bisher hatte ich es allerdings fast gar nicht gebraucht. Eigentlich kannte nur Gertrud meine Nummer. Und sie war es auch, die an der anderen Seite der Leitung nun ein klägliches „Klara?" von sich gab, als ich es endlich geschafft hatte, den Hörer zu entwurschteln und an mein Ohr zu halten. Das grüne Plastik fühlte sich kalt und fremd an.

„Ja, hier, ich bin hier", brachte ich verschlafen und etwas orientierungslos heraus, „Gertrud, bist du es? Was ist denn los?"

Auf der anderen Seite brach ein Schniefen und Schnupfen los. „Klara, ich bin so froh, dass ich dich erreiche. Kannst du kommen, jetzt gleich?" Offensichtlich liefen Gertrud Tränen über das Gesicht, denn ihre Stimme versagte fast bei diesen Worten. Sofort war ich hellwach. Die immer fröhliche, optimistische, lächelnde, gut gelaunte Gertrud konnte ich mir in so einem Zustand gar nicht vorstellen.

Sämtliche Alarmglocken schrillten in meinem Kopf wie bei einem Bombenalarm.

„Gertrud, was ist los?" rief ich ins Telefon, „jetzt beruhige dich doch. Ich komme sofort. Bist du zuhause?"

„Ja", schluchzte es zurück, „ja, ich bin zuhause. Bitte komm'. Ich weiß nicht, was ich machen soll."

„Bin schon unterwegs!" Schnell legte ich auf und machte mich in Windeseile auf den Weg.

Gertrud saß mit einer großen Tasse Tee und einem riesigen Taschentuch, in das sie immer wieder hinein schniefte, in ihrem großen Sessel am Fenster mit Blick auf den verregneten Bauerngarten und weinte leise vor sich hin. Als ich kam, setzte ich mich auf die Sesselkante und nahm sie erst einmal in die Arme. Sie schluchzte laut auf und verbarg ihr Gesicht an meiner Schulter.

„Danke, dass du gleich gekommen bist", hörte ich ihre erstickte Stimme sagen, die ich kaum verstehen konnte, aber das machte erst einmal nichts. Sanft streichelte ich über ihre kurzen Haare.

„Alles ist gut", versuchte ich sie zu beruhigen, ohne selbst daran zu glauben, denn so aufgelöst hatte ich sie noch nie gesehen, und das machte mir Angst. „Jetzt erzähle doch, was überhaupt passiert ist."

„Louis hat mit mir Schluss gemacht", schluchzte Gertrud, „heute Morgen. Wir haben uns schrecklich gestritten, wegen dieser Plakataktion." Ihre Stimme stockte. Heiße Tränen durchweichten meinen Pullover. Ich drückte Gertrud noch fester und wiegte sie sanft hin und her.

„Gertrud", sagte ich tröstend, „das war bestimmt nicht das letzte Wort. Ihr habt euch doch schon öfter gestritten. Sicherlich ist das nur vorrübergehend." Ich streichelte ihren Rücken.

„Dieses Mal nicht", flüsterte sie. Sie hob den Kopf und schaute mich herzzerreißend mit ihrem tränenverschmierten, hübschen Gesicht an. Ein Kloß machte sich in meiner Kehle breit, und ich musste ein paar Mal schlucken, um nicht selbst in Tränen auszubrechen.

„Dieses Mal nicht", wiederholte sie, „dieses Mal ist es endgültig." Sie schneuzte sich wieder in ihr großes weißes Stofftaschentuch und nahm einen großen Schluck Tee aus der Tasse. Dann atmete sie tief durch und begann zu erzählen.

Am Samstagvormittag – das war ja erst gestern, dachte ich, eine Ewigkeit schien zwischen gestern und heute vergangen zu sein – war der Bosenboss-Chauffeur in den Laden gekommen und hatte, wie geplant, die Zylinder abgeholt. Die Hutwürmer hatten es sich mittlerweile in den Innenfuttern schön gemütlich gemacht und waren nicht mehr zu sehen. Gertrud hatte ein stolzes Sümmchen kassiert, Louis angerufen und ihn für den Abend zur Feier des Tages zum Essen eingeladen. Sie waren in ein nettes, kleines Restaurant ganz in der Nähe des Ladens gegangen, um auf das einträgliche Geschäft anzustoßen.

„Ich war so stolz", erzählte Gertrud betrübt, „ich wollte doch bloß, dass Louis auch ein bisschen stolz auf mich ist und sieht, dass ich ‚seine Sache' unterstütze. Auf meine Art eben."

Aber Louis war überhaupt nicht stolz. Für ihn waren die Hutwürmer nur eine kleine Mädchenspielerei.

„Wenn er wüsste, wie viel Arbeit die Dinger machen", seufzte Gertrud, „und wenn er wüsste, wie böse die Bosenbosse ohne die Viecher sind. Aber er kennt sie ja gar nicht persönlich. Das ist keine Spielerei. Das ist hartes Hutmachergeschäft." Sie schluchzte wieder. Ich klopfte ihr auf den Rücken.

„Weiß ich doch, Gertrud. Das weiß bestimmt niemand besser als ich. Wir sollten ihn mal mit ins Wurmhaus nehmen."

„Ach, das interessiert ihn doch gar nicht." Gertruds Stimme bebte beängstigend, aber dann riss sie sich wieder zusammen. Jedenfalls hatte Louis dann von seinem Plan angefangen, das Schweibeine-Hochhaus zu erklimmen und ein Riesenplakat zu befestigen, auf dem ein schreckliches missgestaltetes Schweibeineferkel mit mehreren Köpfen abgebildet war. Und was dann, hatte Gertrud wissen wollen, ihr kommt da doch gar nicht so schnell wieder herunter, wie die Bosenbosse auf dem Dach sind und euch schnappen. Sie werden sich einfach in einen Pelikopter setzen – was ein Pelikopter war, fragte ich erst gar nicht, aber ich konnte es mir so einigermaßen ausmalen in dieser Welt der Wundertiere – und euch noch auf dem Dach Handschellen anlegen. Und was dann?

Du glaubst überhaupt nicht an meine Sache, hatte Louis wütend geschrien, war aufgesprungen und hatte mit beiden Fäusten auf den Tisch gehauen. Du solltest mich unterstützen, und nicht dauernd mit diesen Wenns und Abers herumnörgeln.

Gertrud hatte es geschafft, Louis wieder zu beruhigen, damit sie das Abendessen fortsetzen konnte. Doch die Atmosphäre blieb den ganzen Abend über angespannt. Nach einer Weile war Louis in dumpfes Grübeln verfallen. Sie waren freud- und sprachlos zu Gertrud nach Hause und ohne ein weiteres Wort der Zärtlichkeit ins Bett gegangen, wo jeder auf seiner eigenen Bettseite einschlief. Beim Frühstück am nächsten Morgen hatte Louis sie vor die Wahl gestellt.

„Entweder, du unterstützt mich", hatte er kühl gesagt, „oder es ist aus." Vor lauter Schreck war Gertrud die Kaffeetasse aus der Hand gerutscht, und der heiße Kaffee hatte eine dicke Brandblase auf ihrem Handrücken hinterlassen.

Was dann kam, war für sie indiskutabel. Louis forderte sie auf, einen schwarzen Hutblitz für die Zylinder der Bosenbosse zu erzeugen.

„Aber ich habe nicht die geringste Ahnung, was dann mit ihnen passiert", hatte sie protestiert, „ich habe es noch nie gemacht und kenne die Folgen nur aus Überlieferungen. Ich weiß auch gar nicht, wie das geht."

„Dann kümmere dich", hatte Louis kalt gefordert. „Beweise mir, dass du mich liebst und dich für meine Sache einsetzt." Als sie nur stumm den Kopf geschüttelt hatte, hatte er wortlos das Haus verlassen.

„Du musst mir helfen", sagte Gertrud. „Wir müssen herausfinden, was es mit schwarzen Blitzen auf sich hat. Vielleicht hat er ja Recht, und ich kann ihm damit helfen." Sie schneuzte sich wieder geräuschvoll in ihr Taschentuch. Es hörte sich an wie das Schnauben eines Wales, der aus den Tiefen des Meeres auftaucht und erst einmal das überflüssige Wasser aus dem Atemloch herauspusten muss, bevor er einen neuen Atemzug nehmen kann. Entschlossen sah sie mich mit ihren verquollenen Augen an. „Ich muss es herausfinden, wenn ich diese Beziehung retten will. Kannst du mich dabei unterstützen?"

Was hätte ich antworten sollen? Nein? Wie kam dieser Mann eigentlich auf schwarze Blitze, woher wusste er überhaupt davon, und wieso hatte ich das dumpfe Gefühl, dass man davon lieber die Finger lassen sollte? Schwarze Blitze, das klang unheimlich und gefährlich, und instinktiv begriff ich, dass man Menschen, so böse und verachtend sie auch sein mochten, lieber nicht mit irgendwelchen fragwürdigen magischen Methoden zu Leibe rücken sollte, von denen man selbst nichts verstand. Es könnte unüberschaubare Folgen haben, die wir uns jetzt noch überhaupt nicht vorstellen konnten. Es war verrückt und gefährlich. Tausend Argumente sprachen dagegen. Ich hätte Nein sagen sollen. Tat ich aber nicht. Stattdessen nickte ich.

„Na klar helfe ich dir." Was sonst hätte ich meiner mittlerweile besten Freundin, Mentorin und Zaubermeisterin sagen sollen?

Also machten wir uns an diesem grauen Frühherbstnachmittag an die Forschungsarbeit und stürzten uns tief in die unglaubliche Materie der schwarzen Magie.

Schwarzmagische Forschungen

In meiner alten Welt wäre es ein Leichtes gewesen, an Informationen zu diesem Thema zu kommen. Ich hätte einfach meinen Computer eingeschaltet und mich auf die Reise durch die dunklen Ecken des Internets begeben. Sicherlich wäre ich nach kürzester Zeit auf Webseiten gestoßen, die ich lieber nicht betreten hätte und deren pure Existenz mir allein schon Furcht einflößte. Aber ich lebte nicht mehr in jener Welt, und diese hier kannte außer alten Telefonen, Röhrenradios und hier und da ein paar Fernsehern, die ich in den Auslagen von Haushaltsgeschäften entdeckt hatte, keine weiteren modernen Kommunikationsmethoden. Also blieb uns nur der Weg zur öffentlichen Bibliothek, der Griff in Gertruds eigene Büchersammlung oder ein Anruf bei einer von Gertruds Meisterinnen, die sie während ihrer eigenen Ausbildung kennengelernt hatte.

Wir teilten die Arbeit auf. Ich sollte am nächsten Tag in der Bibliothek recherchieren, während Gertrud eine ihrer alten Meisterinnen kontaktieren würde. Gemeinsam wollten wir sofort Gertruds Bücherwand nach brauchbarem Wissen über dunkle Hutblitze durchforsten. Als wir diesen Plan gefasst hatten, ging es Gertrud besser. Ihr alter Optimismus kehrte zurück, und entschlossen holte sie eine Trittleiter aus der Küche, mit deren Hilfe wir die oberen Bücherreihen erreichten.

„Wir nehmen uns eines nach dem anderen vor", schlug Gertrud vor, stieg auf die Leiter und zog das erste Buch aus dem Regal. „Hier, schau ins Inhaltsverzeichnis und dann unter den Stichworten nach. Vielleicht findest du etwas zu dunklen oder schwarzen Blitzen, oder gleich zu schwarzer Magie."

Oh Gott, dachte ich, menschlich googeln, auf die harte Tour.

Hans und Louis trafen sich am Sonntag im Café Oktober. Das Café Oktober befand sich in einem schönen Jugendstilgebäude am Ende der Hauptstraße. Um diese Uhrzeit, noch dazu an einem Sonntag, herrschte reger Kaffee- und Kuchenbetrieb, obwohl das Publikum eher zum linken Spektrum der Bevölkerung zu gehören schien und man eigentlich davon ausgegangen wäre, dass so etwas Konservatives wie ein sonntäglicher Kaffeeklatsch nicht zum ursprünglichen Repertoire von Revoluzzern und Rebellen gehörte. Louis bestellte sich Apfelkuchen mit Sahne. Hans, der gerade erst opulent mit Karin gefrühstückt hatte, begnügte sich mit einem Kännchen Kaffee.

„Merci mon ami, dass du gekommen bist", begann Louis das Gespräch, nachdem sie die Bestellung bei der hübschen Bedienung mit dunklem Pagenkopf, olivfarbenem Teint und schwarzem, enganliegenden Kleid aufgegeben hatten. „Ohne Unterstützung der Gruppe werde ich mein Vorhaben nicht realisieren könne. Bist du ganz sicher, dass du dabei sein willst?" Hans nickte ernst. Gerade hatte er ausgiebig darüber mit Karin diskutiert, die sein Vorhaben ganz und gar nicht unterstützte. „Auf gar keinen Fall machst du da mit", hatte sie protestiert und ihn durchdringend mit ihren grünen Augen angefunkelt.

„Doch, mache ich", hatte Hans zurückgegeben, „und zwar jetzt gleich. Bis später Schatz." Damit hatte er Karin einen schmatzenden Kuss auf die Wange gedrückt und war durch die Haustür verschwunden.

„Ich bin dabei", bestätigte er, heftig mit dem Kopf nickend. „So kann es nicht weitergehen. Wir können das Treiben der Bosenbosse nicht länger tatenlos mit ansehen. Die Tiere haben keine Stimme, sie leiden stumm und qualvoll. Wir müssen ihnen diese Stimme geben. Nicht nur zu ihrem Schutz, sondern zum Schutz der ganzen Menschheit. Dem unmenschlichen Treiben muss ein Ende gesetzt werden."

Den Rest des Nachmittages hatten sie damit verbracht, Planungen für das Vorhaben zu machen. Sie wollten möglichst viel Aufsehen erregen. Louis würde seine guten Kontakte zur Presse nutzen, um sie von dem Vorhaben vorab zu unterrichten und die nötige Aufmerksamkeit zu erzeugen. Hans schlug vor, das Ganze mit einer Flugzettelaktion zu begleiten. Um die Texte würde er sich kümmern, das war sein Spezialgebiet. Sie überlegten eine Weile, wann die Aktion am besten stattfinden sollte. Schließlich hatten sie den bestmöglichen Zeitpunkt gefunden. Das bevorstehende Schatzenfest. Das ganze Städtchen wäre auf dem Festplatz versammelt, und jeder würde ein Flugblatt erhalten und von der Plakataktion auf dem Schweibeine-Hochaus erfahren. Das Vorhaben war also beschlossene Sache. Nun galt es, die willigen AntiBB-Mitglieder zu mobilisieren und sie mit der Durchführung zu betrauen.

Karin in Sorge

Gertrud und ich verbrachten die nächsten Tage damit, den dunklen Hutblitzen auf die Spur zu kommen. Während ich es von der wissenschaftlichen Seite her anging, zog Gertrud ihre Erkundigungen mit Hilfe ihrer Meisterin und anderen Hutmacherinnen ein, die in der Lage waren, Hutblitze zu erzeugen, und näherte sich dem Thema somit eher von der mystischen Seite. Ich studierte weiter die Werke in Gertruds Bibliothek und wurde in einem Buch über Kugelblitze fündig, was die Farbe und Wirkung dieser Licht- und Energiephänomene betraf. Dunkel Blitze, so das Werk, seien sehr selten, und im Gegensatz zu den hellen oder rötlichen eher gefährlich. Sie hinterließen großen Schaden, wenn sie auf ihrem Weg mit Gegenständen in Berührung kamen, und wenn sie schließlich verschwanden, taten sie es mit einem lauten Knall, wobei sie riesige Löcher oder Krater hinterließen. Je dunkler die Farbe, desto gefährlicher der Blitz, so das Buch.

Was würde wohl passieren, wenn zwei ziemlich dunkle Kugelblitze aufeinander träfen? Würde sich die Wirkung verstärken? Ob man es überhaupt schaffen könnte, sie zu vereinen? In dem Buch fand ich dazu keine Antworten. Anscheinend hatte das bisher noch niemand beobachtet, oder es kam schlichtweg nicht vor. Die Berichte über Kugelblitze, die irgendwo auf etwas anderes trafen, was Elektrizität leitete, ließen jedoch nichts Gutes vermuten.

Von Kratern, Brandspuren und tot umfallenden Menschen war die Rede. Allerdings gab es keine wirklich wissenschaftlichen Forschungen dazu, nur viele Einzelberichte, die sich teilweise widersprachen. Mal hatten die umherwandernden Kugeln gar keine schädliche Wirkung mal hinterließen sie eine Bahn der Zerstörung auf ihrem Weg.

Ich seufzte und stellte das Buch wieder ins Regal. So kamen wir nicht besonders gut voran. Ich war gespannt, was Gertrud berichten würde, die sich persönlich auf den Weg gemacht hatte, um ihre Meisterin zu besuchen und mir das Geschäft überlassen hatte.

Am Mittwochnachmittag bimmelte die Ladenglocke besorgt, und Karin stürmte in den Laden.

„Hallo Klara, meine Liebe", rief sie, als sie mich sah und schloss mich in ihre Arme, „ist Gertrud nicht da? Ich muss unbedingt mit ihr reden!"

Mein Herz hatte einen kleinen Hüpfer gemacht, als die Ladenglocke klingelte, denn insgeheim hoffte ich die ganze Zeit schon darauf, dass Erich im Laden erscheinen würde. Seit unserem etwas unterkühlten Abschied am Sonntagmorgen hatte ich nichts mehr von ihm gehört, und Handies mit Kurznachrichten gab es hier ja leider nicht.

Ich wand mich aus Karins Umarmung und schüttelte den Kopf.

„Nein, sie ist bei ihrer Hutmeisterin, um sich ein paar Ratschläge zu holen." Das war ja auch nicht gelogen, wenn auch nur die halbe Wahrheit.

„Oh, das ist schlecht." Karin machte ein verzweifeltes Gesicht. „Weißt du, wann sie zurückkommt?"

„Da war sie sich nicht ganz sicher, aber spätestens am Freitag wollte sie wieder hier sein."

„Dann sag' ihr bitte, dass sie mich unbedingt anrufen soll. Es geht um unsere beiden Männer."

„Ja, das mache ich. Willst du mir sagen, was passiert ist?"

„Sie stecken die ganze Zeit zusammen und hecken diesen Plan für das Schweibeine-Hochaus aus." Karins Augen füllten sich plötzlich mit Tränen. So kannte ich sie gar nicht, eigentlich war sie doch immer so beherrscht und robust.

„Wir müssen sie aufhalten", schluchzte sie, „Erst dachte ich, das Ganze sei nur ein dummer Jungenstreich, aber jetzt scheint es wirklich so, als ob die beiden ernst machen. Und sie haben auch noch ein paar andere aus dem Verein überzeugt, mitzumachen." Sie zog ein Taschentuch aus dem Mantel und wischte über ihre Augen. „Wir müssen etwas tun, Klara. Das wird gefährlich. Mit den Bosenbossen spaßt man nicht."

„Sobald sich Gertrud meldet, sage ich ihr Bescheid", versicherte ich Karin. Diese Bosenbosse wurden mir langsam wirklich immer unheimlicher. Warum nur hatten alle so viel Angst vor ihnen? War das nicht einfach nur eine Firma? Ich nahm mir vor, auch dazu ein paar Erkundigungen einzuholen. Das wäre bestimmt auch viel leichter als die Sache mit den dunklen Hutblitzen. Und überhaupt, wäre das nicht auch ein guter Vorwand, um mich mit Erich zu treffen? Er wusste ja, dass ich mich in dieser Welt nicht besonders gut auskannte, da konnte ich ihm ungeniert Fragen stellen. Und ich würde ihn wiedersehen. Schon war mir leichter ums Herz. Ich drückte Karin.

„Mach' dir nicht so viele Sorgen", versuchte ich sie zu trösten, „wir finden schon einen Weg, um mit diesen Kerlen fertig zu werden."

„Aber da ist noch etwas", schluchzte Karin, „Hans weiß es noch nicht. Ich bin schwanger."

Aufklärung über Bosenboss

Ich wusste nicht so recht, ob ich mich für Karin freuen oder mit ihr in Sorge sein sollte. Auf jeden Fall erklärte die Schwangerschaft ihren labilen Zustand, und ich war froh, dass sie sich mir anvertraut hatte. Ich kochte ihr eine Tasse Tee und tröstete sie noch ein bisschen, mit dem Versprechen, mich sofort bei ihr zu melden, sobald Gertrud auftauchte.

Als sie den Laden wieder etwas gefestigt verlassen hatte, machte ich mich auf die Suche nach einem Telefonbuch. Irgendwo im Geschäft musste eines herumliegen. Diese großen, gelben Wälzer kannte ich noch aus meiner Kindheit. Sie enthielten sämtliche Telefonnummern der Personen, die einen Telefonanschluss in einem Ort hatten, in alphabetischer Reihenfolge. Dort konnte ich nach Erichs Nachnamen suchen und würde so hoffentlich fündig. Das dicke gelbe Buch befand sich unter dem Kassentresen. Gertrud war doch eine ordentliche Person. Der Name ,Arosa' kam glücklicherweise nur zweimal vor, wobei sogar der Vorname mit aufgeführt war und es somit ganz leicht war, Erichs Telefonnummer herauszubekommen. Hatten diese Leute denn noch nie etwas von Datenschutz gehört? Ich beschloss, Erich sofort anzurufen, bevor mein Mut wieder sinken würde.

Das Telefon klingelte viermal, und ich wollte gerade schon wieder auflegen, da meldete sich eine verschlafene Stimme.

„Ja hallo, wer stört meinen wohlverdienten Schönheitsschlaf?"

Ich musste lachen. Sofort war mir leichter ums Herz. Erich hatte einfach so etwas Unbeschwertes, Leichtes an sich, irgendwie unwiderstehlich, und alle Sorgen dieser Welt lösten sich in Luft auf.

„Ich bin's, die Schmink-Lady", antwortete ich, „besteht Bedarf nach Faltenglättung?"

„Aber ganz bestimmt", kam es vom anderen Ende der Leitung zurück, „Moment, ich schaue in den Spiegel. Oh, der ist gerade vor lauter Schönheit zersprungen, hat mein Gesicht wohl nicht ausgehalten. Aber ich schätze, so ein, zwei kleine Zornesfalten benötigen Glättung."

Ich stutzte. Wieso Zornesfalten? Ich war mir keiner Schuld bewusst, aber möglicherweise war das ja ein weiterer guter Grund, sich zu treffen.

„Da habe ich etwas für Sie", antwortete ich entschlossen, „frische Zornesfaltencreme, gerade aus Erdöl und Maiglöckchenelexier gemixt, das glättet alle Wogen und Falten und riecht auch noch gut."

„Eine wahre Hexenmischung", bestätigte Erich, „die muss ich unbedingt ausprobieren."

„Stets zu Diensten", sagte ich, „macht drei fünfzig pro Packung. Übergabe im Bootshaus heute Abend?"

„Sie gehen aber ran, Madame", lachte Erich ins Telefon. „Das kann man sich ja nicht entgehen lassen. Bin um sieben da, mit frischen, ungeglätteten Zornesfalten. Freue mich", fügte er nach einer kurzen Pause noch hinzu.

Ich legte den Hörer auf und freute mich auch. Mehr, als ich wahrhaben wollte.

Im Bootshaus war nicht viel los an diesem Abend. An der Theke saßen ein paar verlorene Seelen und brüteten trübselige Gedanken über einem Glas Bier aus, das daraufhin den Schaum verlor und schal im Glas vor sich hindümpelte. Zwei Tische waren mit Gästegrüppchen belegt, und in einer Ecke lümmelte Erich auf einem Stuhl vor einem Glas Rotwein herum. Als er mich sah, tippte er an seinen großen, schwarzen Hut und verzog das Gesicht so, dass zwei Falten zwischen seinen Augenbrauen auftauchten.

„Na endlich", sagte er gespielt unfreundlich, als ich mich dem Tisch näherte, „schauen Sie mal, Lady, die beiden hier -" er tippte auf die beiden Falten „- werden immer tiefer. Was soll ich bloß machen?"

Ich griff ihm mit beiden Händen an die Wangen und zog sie nach außen und oben. Sein Gesicht straffte sich zu einem etwas künstlichen Maskenlächeln, aber die Falten verschwanden.

„Ganz einfach lächeln", sagte ich „und schon sieht die Welt wieder rosa aus. Und wenn das nicht hilft", ich nahm meinen Rosenhut vom Kopf, den ich extra für diesen Abend ausgewählt hatte, „…dann einfach ein paar Rosen auf den Kopf. Schon sind alle dunklen Zorneswolken verflogen." Damit setzte ich ihm seinen schwarzen Hut ab und meinen Rosenhut auf.

Erichs Miene veränderte sich augenblicklich. So etwas wie Zuversicht und Freude machten sich auf seinem Gesicht breit, fast so, als ob ein Engelchen um seinen Kopf herumschwirrte.

„Hey, hey, hey, was ist das", machte er erstaunt, „aller Kummer über mein missratenes Wochenende fällt von mir ab. Ist da ein Zaubertrank im Hut versteckt, der mir gerade eine Gehirnwäsche verpasst?" Er nahm den Hut ab und drehte ihn suchend in seinen Händen. Wenn er wüsste, wie nahe er der Wahrheit war. „Nö, alles trocken", stellte er fest, dann sah er mich ernsthaft an. „Tut mir Leid, Prinzessin, dass ich etwas unleidlich war am Samstag. Dieser Typ vom Königskeller, dieser Besitzer, hat mich einfach genervt. Und als du dann auch noch mit ihm herumgeflirtet hast, war meine Laune endgültig im Keller." Er sah mich treuherzig an. „Du sahst so hübsch aus. Hat dieser Schnöselomat gar nicht verdient."

Mir plumpste ein dicker Stein vom Herzen, wie dem Froschkönig.

„Mensch, Erich", sagte ich, „von dem wollte ich nun wirklich nichts. Wir haben uns doch einfach nur unterhalten." Irgendwie fühlte ich mich verpflichtet, mich zu verteidigen, obwohl ich mir gar keiner Schuld bewusst war. Aber mein Herz fühlte sich wieder viel leichter an.

„Dafür habt ihr aber echt lange gequatscht", beschwerte sich Erich mit vorwurfsvoller Miene. „Ich dachte schon, du würdest jeden Moment mit dem Typ abhauen."

Na ja, da hatte er ja Recht, ich war vor lauter Müdigkeit kurz davor gewesen, ins nächste Bett zu fallen.

„Zum Glück hast du mich ja davor bewahrt", sagte ich lächelnd, „das wäre bestimmt keine so gute Idee gewesen."

„Nein, garantiert nicht. Der Typ ist ein berüchtigter Schürzenjäger."

„Ach, und Herr Arosa und die Koma-Combos vielleicht nicht?"

„Wir sind Musiker. Das ist etwas anderes. Musiker müssen das tun, sonst verlieren sie ihren guten Ruf."

„So, so, dann weiß ich ja, warum du heute Abend so bereitwillig gekommen bist."

Erich zwinkerte mir zu und setzte sein unschuldigstes Jungsgesicht auf. „Na klar, wegen deiner hübschen Schürze. Das ist der einzige Grund."

Ein Kellner kam an unseren Tisch.

„Was trinken, Lady?" nuschelte er, während er mit einer fahrigen Geste und einem dreckigen Lappen über den Tisch wischte. Ich bestellte ein Glas Rotwein. Es fiel mir schwer, Erich böse zu sein. „Entschuldigung", sagte ich, „die Schürze habe ich im Laden vergessen. Aber beim nächsten Mal bringe ich sie mit."

Erich zog die Augenbrauen hoch. „Oh, es gibt ein nächstes Mal? Oh Prinzessin", er nahm über den Tisch hinweg meine Hände, „da bin ich aber sehr beruhigt. Siehst du", und er führte meinen Zeigefinger an seine Stirn, „da glätten sich die Zornesfalten ganz automatisch." Er strich mit meinem Zeigefinger ein paar Mal über die Stelle zwischen seinen erstaunlich elegant geschwungenen Augenbrauen. Sie fühlte sich ganz zart und warm an, ganz im Gegensatz zum Rest seines Gesichts, auf dem sich die Stoppeln eines Dreitagebarts ausgebreitet hatten. Er hielt meine Hand an seine kratzige Wange. „Alles wieder gut?" wollte er wissen.

„Alles wieder gut", bestätigte ich und zog meine Hand zurück an mein Ende des Tisches. Es war mir plötzlich unangenehm, Erichs Gesicht zu berühren. Schließlich waren wir kein Paar, und überhaupt, warum musste ich mich hier vor ihm eigentlich rechtfertigen? Ich war ein freier Mensch und konnte tun und lassen, was ich wollte. Einschließlich in fremde Betten hüpfen, falls mir danach war. Was ging ihn das eigentlich an?

„Was ich dich noch fragen wollte", lenkte ich ab und setzte eine sachliche Miene auf, wie ich hoffte.

„Ja?" fragte Erich hoffnungsvoll.

„Also kannst du mir sagen, was es mit dieser Bosenboss-Firma auf sich hat?" Ich nippte an meinem Rotwein, den der Kellner zwischenzeitlich gebracht hatte. Er schmeckte sauer und bitter zugleich.

„Oh, die", antwortete Erich, wobei er seine Enttäuschung nicht ganz verbergen konnte. Er lehnte sich auf seinem Stuhl zurück und verschränkte die Arme. „Wie kommst du denn darauf?"

„Sie kaufen bei uns ihre Zylinder, aber vor allen Dingen sind sie Staatsfeind Nummer eins für Gertruds Freund Louis. Und nun hat Louis beschlossen, ihnen den Krieg zu erklären und der Menschheit mit einer großen Protestaktion zu demonstrieren, was der Konzern für schlimme Dinge macht."

„Zum Beispiel?"

„Louis vermutet, dass sie dort Zuchtexperimente mit Tieren machen, um den Profit zu steigern, also zum Beispiel Schweibeinen zusätzliche Beine angezüchtet haben und Multikühe mit unnatürlich vielen Eutern."

Erich runzelte die Stirn. „Glaubst du das?" fragte er mich.

„Ja", antwortete ich, „in meiner Welt gab es keine Schweibeine, dort hießen sie Schweine und hatten nur vier Beine. Und Kühe hatten auch nur einen Euter."

„Also jetzt, wo du es erwähnst – ich erinnere mich dunkel an ähnliche Erzählungen von meiner Oma. Aber da war ich noch ein kleines Kind." Erich drehte gedankenverloren sein Rotweinglas. „Möglich wäre es. Was hat Louis denn vor?"

Ich erzählte ihm von Louis' Plakataktion auf dem Schweibeine-Hochaus und von dem daraus folgenden Streit mit Gertrud, wobei ich aber den eigentlichen Grund, die schwarzen Hutblitze, nicht erwähnte.

„Was meinst du", fragte ich, „wie gefährlich ist die Aktion?"

„Sehr gefährlich", sagte Erich. Er blickte besorgt über den Tisch hinweg. „Wir sollten ihn mit allen Mitteln davon abhalten." Dann erzählte er mir, was er über die Bosenbosse wusste. Er konnte sich nicht an die Gründung der Firma erinnern, also musste es die schon lange geben. Was er wusste, beschränkte sich auf das, was man von außen sehen konnte. Der Hauptsitz befand sich etwas außerhalb der Stadt, mitten auf dem platten Land. Das Firmengelände war von Zäunen und hohen Hecken umgeben und wurde von Wachpersonal mit großen, schwarzen, langzähnigen Schäferhunden beschützt. Soweit man es durch die hohen Hecken von der anderen Seite der Zäune aus sehen konnte, war das Firmengebäude von einem künstlichen Park umgeben, in dem Wohneinrichtungen für die Bosse und leitenden Angestellten gebaut worden waren. Den Eingang zu dem Gelände bildete ein großes Tor, auf dem Suchscheinwerfer und riesige Kameras wie große, schwarze Augen platziert waren. Die massiven Sicherheitsvorkehrungen rund um das Gelände konnten nur die Mitarbeiter passieren, die einen Firmenausweis hatten, oder Lieferanten und Handwerker mit Sondergenehmigungen. Erich hatte das Gelände nie betreten. Er war zwar einmal mit der Koma-Combo zu einem Auftritt bei einer der diversen Firmenfeiern angefragt worden, hatte aber – mehr aus einem Bauchgefühl heraus als aus guten Gründen – abgelehnt. Für ihn waren das alles arrogante Schnösel, die sich für etwas Besseres hielten, nur weil sie einen Haufen Geld verdienten und in ihren schicken Büros und Laboratorien herumsaßen. Sie waren seiner Anwesenheit nicht würdig.

„Laboratorien?" fragte ich, „ich dachte, das sind Schweibeine-Mastbetriebe?"

„Nicht nur", bemerkte Erich, „ die kümmern sich um alles, was vier bis sechs Beine hat und irgendwie zu Menschenfutter verarbeitet werden kann. Ihnen gehören auch viele Schafühnerherden und die meisten Multikühe hier in der Gegend."

„Kennst du Leute, die dort arbeiten?" wollte ich wissen.

„Nur flüchtig, aus dem weiteren Fan-Umfeld. Das sind meistens in sich gekehrte Streber, die beim Konzert ganz hinten stehen und ein bisschen mit dem Kopf wippen – meistens nicht im Takt – wobei sie sich an ihrem Pappbecher mit Bier festhalten. Wissenschaftler eben."

„Wissenschaftler?" Ich war stutzig geworden. „Du meinst, Biologen, Tiermediziner, Agrarier?"

„Ja, so ähnlich. So genau weiß ich es auch nicht. Die sind sowieso nicht meine Welt. Ich glaube, auch Ärzte und Techniker. Naja, eben alles, was einen Doktortitel hat. Zahlenmenschen. Kein Gefühl."

Vielleicht hatte Louis ja doch recht mit seinen Vermutungen über Bosenboss. Was Erich da erzählte, hörte sich nicht gerade nach einem Viehzuchtbetrieb an, der seine Tiere nur nicht artgerecht hielt, sondern vielmehr nach einem Konzern, der großflächig Forschung betrieb und sich dabei akribisch vor Einsichten in seine Machenschaften schützen wollte. Zuchtmanipulation – war diese Welt hier überhaupt schon so weit? Deprimiert drehte ich mein Glas in den Händen, wobei sich die rote Flüssigkeit in Bewegung setzte und einen Krater in der Mitte bildete. Eigentlich hatte ich das alles doch hinter mir lassen wollen.

„Das klingt gar nicht gut", sagte ich betrübt, „überhaupt nicht gut für Louis. Wir müssen etwas unternehmen."

Erich kramte in seiner Jackentasche.

„Ich habe da so einen Song geschrieben", sagte er, „willst du ihn mal hören?" Er fischte einen zerknitterten Zettel aus den Tiefen seiner Jacke und legte ihn vor sich auf den Tisch.

„Ja, sehr gern."

„Okay, dann lass uns zahlen und zu mir gehen. Dazu brauche ich meine Gitarre."

Ich stutze. War das ein unmoralisches Angebot? Erich schaute mich treuherzig an. Er hatte gemerkt, dass ich zögerte.

„Na komm' schon", forderte er mich auf, „ich fresse dich schon nicht. Es geht hier doch um deine Freunde, denen du helfen willst. Vielleicht kann ich etwas dazu beitragen."

Na gut, dachte ich, eigentlich war mir gerade jeder Vorschlag recht, denn ich hatte wirklich keine Idee, wie man Louis und Gertrud helfen konnte. Alle Vorhaben schienen irgendwie dumm und gefährlich, und je mehr ich über diese Bosenbosse erfuhr, umso dümmer und gefährlicher wurde es.

„Na gut", sagte ich deshalb laut und leerte mein Glas. „Aber ich muss dich vorher nicht schminken, oder?"

Erich lachte, winkte den Kellner heran, bezahlte, und wir machten uns auf den Weg zu seiner Wohnung.

Besuch bei Erich

Erich wohnte im Dachgeschoss eines Zweifamilien-
hauses, das an den Hang gebaut war, so dass man es
durch den Keller betrat. Vom kleinen Flur hinter der
Eingangstür führte eine knarzende Holztreppe nach
oben. Der Zugang zu den Kellerräumen weiter hinten im Haus war durch einen schweren, dunkelbraunen Vorhang aus dickem Stoff abgetrennt. Wir
stiegen die Treppe hoch, vorbei an einer Wohnungstür mit Milchglasscheiben, hinter der Erichs Vermieterin, eine schwerhörige alte Dame, wohnte.

„Habe ich mir extra so ausgesucht", erklärte Erich,
„damit ich Musik machen kann, wann immer mir
danach ist."

Wir waren vor seiner Wohnungstür am Ende der
Treppe angekommen. Erich schloss auf und ging
voran ins Wohnzimmer. Zumindest wäre es ein
Wohnzimmer gewesen, hätten hier ganz normale
Menschen gewohnt. Erichs Wohnzimmer dagegen
sah eher aus wie ein Tonstudio. An den Wänden
hingen diverse Instrumente – Gitarren, Flöten,
Rhythmusinstrumente. In der Ecke stand ein Cello
neben einem kompletten Schlagzeug-Set. An der
gegenüberliegenden Wand entdeckte ich ein altes
Klavier. Mitten im Raum waren die unterschiedlichsten Aufnahmegeräte aufgebaut, Mikrofone,
Tonbänder, ein Rekorder. Alles war mit einem Ge-
wirr aus Kabeln verbunden, und ich musste aufpas-

sen, wohin ich trat. Etwas Wohnliches gab es allerdings auch: einen Holztisch mit Bank unter einem breiten Fenster, das einen grandiosen Ausblick auf das Städtchen bot, das jetzt in der Dunkelheit mit hunderten Lichtern glitzerte wie ein auf die Erde gefallener Sternenhimmel.

„Nimm' Platz, Prinzessin", sagte Erich und deutete auf die Bank, „willkommen in meinem Reich. Ein Glas Wein?"

Ich kämpfte mich zum Tisch durch und ließ mich auf ein Kissen auf der Holzbank sinken.

„Gern, rot, wenn's geht", antwortete ich. „Was für ein großartiger Ausblick!"

„Ja, ich bin der Fürst der Stadt", bemerkte Erich, riss das Fenster auf und breitete die Arme aus. „Mein Volk", rief er in die Nacht hinaus, „sehet her – hier ist meine Prinzessin, die ich heute Abend mit einem Liedvortrag beglücken darf!" Er verbeugte sich vor seinem imaginären Publikum und streckte seinen Arm in meine Richtung aus. „Wollt ihr gemeinsam mit mir vor mein Volk treten, werte Prinzessin?"

Ich musste lachen. „Aber gern doch", sagte ich, stand auf, stellte mich neben Erich und winkte huldvoll in die Dunkelheit. „Muss ich auch etwas sagen?" zischte ich zwischen den Zähnen hindurch.

„Nein", zischte Erich zurück, „die erwarten nur, dass du schön bist und ansonsten die Klappe hältst."

„Soll ich wenigstens mein Haar herunterlassen?" flüsterte ich.

„Bloß nicht, nachher kommt noch ein Prinz hochgeklettert, das wollen wir auf jeden Fall vermeiden."

„Na gut, dann mach jetzt wieder zu, mir frieren schon die Mundwinkel ein."

Erich kicherte und klappte das Fenster wieder zu. „Perfekter Auftritt, Prinzessin", lobte er, „das Volk wird dich lieben. Hör nur, wie es jubelt."

Er ging zu einem der riesigen Tonbänder und drückte einen Knopf. Man hörte eine jubelnde Menschenmenge.

„Das haben wir bei unserem letzten Konzert im Bootshaus aufgenommen", sagte Erich stolz, „super Qualität, was?"

Die Menschenmenge wurde ruhig, dann ertönte das typische Klicken der Schlagzeugstöcke, und die Gitarre setzte ein. Sofort fühlte ich mich zurückversetzt ins Bootshaus.

„Komm', lass uns tanzen", rief ich Erich zu, schmiss die Arme nach oben und fing an, mit den Hüften zu wackeln.

„Heyhey, Prinzessin", lachte Erich, „du bist ja das reinste Gogogirl." Er schnappte sich ein Mikrofon und sang den Text des Songs mit, während ich durch das Zimmer tanzte, immer auf der Hut vor am Boden liegenden Stolperfallen. Ich fühlte mich ausgelassen wie ein Stück weiche Butter. Alle Sorgen schmolzen für einen Moment dahin. Dann war der Song zu Ende, und Erich schaltete das Tonband ab.

„Jetzt kommt mein neues Lied", kündigte er an. Er nahm eine der Gitarren von der Wand, stimmte sie kurz und legte los.

Die Gitarrenriffs waren hart, schnell und ziemlich laut. Ich hatte Mühe, den Text zu verstehen, aber soweit ich es beim ersten Hören mitbekam, war es das Lied ein leidenschaftlicher Aufruf, den Ungerechten, den Lügnern und Scheinheiligen dieser Welt die Stirn zu bieten. Die harte Musik zog mich augenblicklich in ihren Bann. Als Erich fertig war und die letzten Töne der Gitarre zitternd in der Dunkelheit verklangen, hatte ich einen Kloß im Hals.

„Erich", sagte ich, „das ist Louis' Lied. Es ist wie für ihn und sein Sache gemacht. Wahrscheinlich erreichst du damit viel mehr Menschen, als er mit seiner Wahnsinns-Aktion jemals erreichen kann. Wir sollten es ihm vorspielen und versuchen, ihn davon zu überzeugen, seinen Protest im Konzertsaal kundzutun statt auf dem Schweibeine-Hochaus."

„Können wir versuchen", antwortete Erich, „aber ich bezweifele, dass er sich davon abbringen lassen wird. Außerdem bin ich mir gar nicht so sicher, ob ich seinen Kampf für die Tiere dieser Welt unterstützen will. Ich finde das ziemlich abgedreht. Versuch' das mal, einem Hungernden klar zu machen.

Sag' ihm, nein, das Stück Fleisch hier darfst du nicht essen, das hat schlechte Energie. Glaubst du, das zieht? Gibt es nicht andere Kämpfe, die wichtiger sind? Hunger, Elend, Krieg, Ungerechtigkeit, Unterdrückung, Gewalt – das ist doch kein Tierproblem." Nachdenklich drehte Erich den Griff der Gitarre in seiner Hand. „Außerdem", fuhr er fort, „ist Louis kein Musiker. Er wird seinen Kampf nicht mit Musik führen wollen." Er stöpselte die Gitarre aus und hängte sie zurück an die Wand. Dann griff er zu einer anderen Gitarre.

„Apropos", sagte er, „ich habe da noch ein Lied, das ich dir gern vorspielen möchte. Hör mal zu."

Seine Finger glitten sanft über die Saiten der Gitarre. Die Melodie kam mir bekannt vor, und plötzlich erinnerte ich mich. Es war der Song, den er der Band im Bulli auf dem Weg zum Auftritt vorgespielt hatte.

„Deine blauen Augen", sang Erich mit seiner rauen Stimme und schaute mich an, „bringen mich um den Verstand."

Mein Herz fing an, unkontrollierbar zu schlagen, und in meinem Bauch flatterte ein Schafuhn herum. Gleichzeitig schien

ein großer Omnipedes von links nach rechts über meine Eingeweide zu traben. Ich schnappte ein wenig nach Luft. Als der Song vorbei war, herrschte Stille im Raum. In meinem Kopf begannen die Gedanken Amok zu laufen. Einige stürzten sich Hals über Kopf direkt aus dem Fenster meiner Seele, andere verzogen sich in die tiefsten, dunklen Ecken oder sprangen auf Tische und Bänke, um dort laut durcheinander zu schreien. Nein, ja, so ein Glück, hau ab, nie wieder, jetzt aber ran dröhnte es in meinem Kopf, ohne dass ich in der Lage war, Ordnung in das innere Chaos zu bringen. Währenddessen hatte Erich die Gitarre zur Seite gelegt und sich zu mir auf die Bank gesetzt.

„Prinzessin", sagte er. Seine Hand lag hinter mir auf der Armlehne der Bank. „Ich glaube, ich habe mich ganz schrecklich in dich verliebt."

So eine Masche, rief einer der Gedanken, falle bloß nicht darauf ein. Wie süß, schrie der nächste, jetzt küsse ihn schon. Renn' bloß schnell weg, schnaubte der übernächste, das willst du dir nicht antun. Der ist doch sowieso nie da, nimmt Drogen, trinkt und raucht. Schnapp' ihn dir, jetzt oder nie, rief einer aus der hinteren Ecke, Ruhm und Reichtum winken.

„Schsch", machte ich unwillkürlich, und Erich schaute mich verdutzt an. Dann übernahm mein Herz, es wurde ganz still in meinem Kopf, und ich sank in Erichs Arme wie eine Sternschnuppe zur Erde.

Blitzerkenntnisse

Am nächsten Morgen war ich schon früh im Laden. Ich hatte die Nacht bei Erich verbracht, mich dann aber im Morgengrauen aus dem Haus gestohlen, während Erich noch wohlig und mit tiefen Atemzügen in seinen Träumen herumwandelte. Auf einem abgerissenen Blatt mit einem angefangenen Songtext hatte ich ihm eine Nachricht hinterlassen und ihn gebeten, später im Laden vorbeizuschauen. Darunter hatte ich nach einigem Zögern ein Herzchen gemalt.

Der Tag erwachte rosarot am Horizont, aber ich musste erst einmal meine Gedanken ordnen, die sich, kaum dass ich aufgewacht war, wieder lautstark bemerkbar machten. Was für ein Liebesgeständnis war es gewesen, das Erich mir vorgetragen hatte? War es ehrlich gemeint? Oder sollte man einem Musiker besser nicht über den Weg trauen? Bekam er so alle seine Liebschaften herum? Aber er hatte mir ins Ohr geflüstert, wie schön es war, eng umschlungen zusammen einzuschlafen, wie sehr er die gegenseitige Wärme genoss. Konnte das gelogen sein? Ja, es konnte natürlich gelogen sein, und ich würde keine Antwort finden, wenn ich auch noch so viel darüber nachdachte. Mein Herz würde über kurz oder lang entscheiden müssen. Nun war es passiert, und ich würde sehen, was daraus entstand. Damit befahl ich meinen sich überschlagenden Gedanken, die Klappe zu halten und alles weitere ans

Herz zu übergeben. Wenn sie nur auch mich hören würden.

Ich machte mich an die Arbeit im Laden.

Am Nachmittag klingelte die Ladenglocke verheißungsvoll, und Gertrud kam zurück.

„Klara", rief sie, noch in der Tür, „ich habe so viele Neuigkeiten!" Sie nahm ihren Hut vom Kopf, einen schwarzen, breitkrempigen Cloche mit blauweißrotem Schachbrettmuster an der rechten Seite, und umarmte mich heftig. „Schließ die Ladentür ab, wir machen zu für heute. Ich muss dir unbedingt erzählen, was ich herausgefunden habe. Und setze heißes Wasser auf, ich sterbe für eine schöne, heiße Tasse Tee. Bin gleich zurück!" Damit verschwand sie wieder in Richtung Garten und Haus, einen feinen Duft nach Maiglöckchen und Zitrone hinterlassend.

Ich ging in die Küche und setzte den Wasserkessel auf den Herd. Mittlerweile fühlte ich mich hier richtig zuhause. Ich zog einen Stuhl an den kleinen Tisch heran und schaute mich in der Küche um. War ich tatsächlich angekommen? Das war zu schön, um wahr zu sein. Obwohl ich mich erst seit knapp einem Monat an dieser seltsam altmodischen und geheimnisvollen Welt befand, fühlte ich mich so sehr zuhause wie nie zuvor in meinem Leben. Ich hatte eine Arbeit, die mein Herz berührte, neue Freunde, die mich anscheinend grundlos mochten, möglicherweise einen ziemlich verrückten Freund, eine gemütliche Wohnung – praktisch alles Glück der Erde. Mehr konnte und wollte ich mir gar nicht wünschen, Das Loch in der Wand hinter mir war geschlossen, und das blieb es hoffentlich auch. Nichts zog mich zurück in mein altes Leben.

Ich seufzte tief, woraufhin der Kessel auf dem Herd zu pfeifen anfing und mich aus meinen glücklichen Tagträumen riss. „Ist ja schon gut", sagte ich zu ihm, „ich werde schon nicht allzu selbstgefällig werden. Es gibt ja noch genug Probleme zu lösen. Ich verspreche, ich bleibe auf der Hut."

Hut, das schien nun mein Lebensmotto zu sein, in jeder möglichen Wortbedeutung. Ich goss das heiße Wasser in zwei große, bauchige Teetassen.

Die Ladenglocke klingelte stürmisch, und ich hörte Gertruds leichtfüßiges Getrappel, wie ein kleines Pferd, das ungeduldig auf der Stallgasse hin- und herläuft. Anscheinend verriegelte sie gerade die Ladentür und ließ das Rollo herunter. Es gab wohl einiges zu erzählen, denn es war ja erst kurz vor fünf Uhr, viel zu früh, um jetzt schon zu schließen, und überhaupt nicht Gertruds Art. Normalerweise hatte sie immer ein offenes Ohr für ihre Kundschaft, auch wenn diese erst um kurz nach halb sieben noch den Laden betrat und eine ausführliche Beratung verlangte. Ich war gespannt, was sie zu erzählen hatte, und gleichzeitig hatte ich ein schlechtes Gewissen, denn meine eigenen Forschungen in Sachen dunkler Materie waren in Erichs Armen verendet. Eigentlich hatte ich ja mit ihm noch weiter über Louis Probleme und seinen Kampf gegen die Schweibeinezüchter sprechen wollen. Das war dann aber kläglich im Strudel der Gefühle in Vergessenheit geraten, und nun plagten mich die Gewissensbisse. Na, immerhin hatte ich mir ein wenig Wissen über Kugelblitze angeeignet, zumindest genug, um Gertrud warnen zu können. Ihre Trippelschritte auf der Treppe zur Küche unterbrachen meine Gedanken.

„Klara, meine Liebe", sagte sie aufgekratzt, „du glaubst nicht, was ich erfahren habe." Dann sprudelte alles aus ihr heraus wie heiße Lava aus einem Vulkan.

Gertrud hatte zunächst ihre Meisterin besucht, bei der sie selbst die Hutmacherei und ihre tieferen Geheimnisse erlernt hatte. Allerdings wusste diese auch nicht sehr viel über die dunkle Seite der Hutblitze und hatte ihr die Adresse einer alten Dame gegeben, die schon lange nicht mehr praktizierte, aber als die Ur-Mutter aller Hutmacherinnen galt. Ihr Name war Selma.

„Ich habe sie besucht", erzählte Gertrud, „ich fand sie in einer Holzhandlung. Die hatte mal ihrem Mann gehört, wird aber jetzt von ihrem Sohn weitergeführt. Ihre Wohnung grenzt direkt an das Lager, ein sehr merkwürdiger Ort. Stell' dir vor, du gehst durch diese Halle voller Holzbretter, es riecht nach Harz und Tannenzweigen, dann biegst du links ab und stehst in einem kleinen, orientalischen

Garten mit Springbrunnen und Miniaturbäumchen. Da ist eine verglaste Tür mit verschnörkelten Ornamenten, unverschlossen, und du betrittst einen langen, dunklen Flur, der in ein großes Wohnzimmer mit vielen dunkelroten und goldenen Kissen mündet. Die Fenster sind von schweren Brokatvorhängen verdeckt, aber wenn man zwischen den Schlitzen der Vorhänge hindurch schaut, blickt man auf eine herrliche Gartenanlage mit Teichen, kleinen Holzbrücken und exotische Buddha-Skulpturen. Fast schon ein heiliger Ort." Sie nahm einen großen Schluck aus ihrer Teetasse, ihre Augen glänzten sehnsüchtig. „Am Anfang dachte ich, ich wäre gern länger dort geblieben. Es war alles so friedlich." Sie schwieg eine Weile gedankenverloren.

„Ja und dann", drängte ich, als es nach ein paar Minuten immer noch nicht weiterging, „Gertrud, was passierte dann?"

„Oh, ja. Entschuldige. Ja, was passierte dann. Selma saß inmitten ihrer Kissen auf dem Sofa, als hätte sie mich erwartet. Sie bot mir einen Platz in einem der großen Sessel und Tee an, dann wollte sie wissen, was ich auf dem Herzen hätte. Ich fragte sie nach rundheraus nach dem Geheimnis der dunklen Hutblitze, denn ich wollte ihre Zeit nicht verschwenden. Zuerst schien sie nicht so recht mit der Sprache herausrücken zu wollen, und sie quetschte mich nach meiner Ausbildung und Herkunft aus, und wollte wissen, wie lange ich schon arbeite und wie viele Hutblitze von welcher Farbe ich schon erzeugt hätte.

Anscheinend beantwortete ich alle ihre Fragen zu ihrer Zufriedenheit, denn schließlich fiel sie in so eine Art Trance, aus der sie jedoch recht schnell wieder zurückkam und mir verkündete, ich hätte das Wohlwollen ihrer Seelenführer, und sie würde mich jetzt einweihen. Dann legte sie los. Ich hatte Mühe, mir alles zu merken, deswegen habe ich mir gleich nach dem Besuch Notizen gemacht. Warte mal…"

Sie zog ein kleines Notizbuch aus ihrer Jackentasche.

„Also. Laut Selma gibt es drei Arten von dunklen Hutblitzen, und sie sind sehr gefährlich und machtvoll. Blitz Nummer eins ist braun. Er führt dazu, dass der Träger des Hutes, in den er eingegangen ist, willenlos wird und deine Befehle ausführt, ohne sie auch nur irgendwie zu hinterfragen. Blitz Nummer zwei ist dunkelgrau. Er fügt dem Hutträger in dem Moment, in dem er den Hut aufsetzt, heftige Nervenschmerzen zu, und er ist nicht mehr in der Lage, den Hut selbst abzusetzen. Und jetzt kommt's. Blitz Nummer drei ist schwarz. Er ist tödlich." Sie klappte energisch ihr Büchlein zu und schaute mich erwartungsvoll an. „Was sagst du jetzt?"

Ich verschluckte mich an dem Tee, den ich gerade im Mund hatte.

„Gertrud", sagte ich, „in welchem Jahrhundert leben wir hier eigentlich? Das hört sich ja an wie der dunkelste Voodoo-Zauber."

„Ja, weiß ich", sagte Gertrud, „ich war auch mehr als erschrocken, als ich das hörte. Es war richtig unheimlich. Noch dazu bekam diese Selma in dem Moment so einen wilden Blick. Ich habe sie schnell noch gefragt, wie man denn solche Blitze erzeugt, aber das wollte sie mir dann nicht mehr sagen. Sie meinte, das Wissen darüber wäre schon genug des Zumutbaren, ich müsse mich jetzt erstmal beweisen. Keine Ahnung, was sie damit meinte. Ich bin dann aufgestanden und habe mich schnellst möglich aus dem Staub gemacht. Auf einmal war es dort gar nicht mehr so gemütlich und friedlich. Und hier bin ich wieder."

„Das klingt ja ziemlich finster."

„Das mit den Schmerzen und dem Tod schon", stimmte Gertrud zu, „aber das mit der Willenlosigkeit…" Sei holte tief Luft. „Das wäre doch etwas, was ich Louis anbieten könnte. Ich könnte einen Bosenboss-Zylinder mit diesem Blitz erzeugen und ihn den Bosenbossen verkaufen. Dann würde Louis sich vielleicht wieder mit mir vertragen." Ihre Stimme klang ganz kläglich, wie ein kleines Mädchen, das für etwas um Verzeihung bittet, das es gar nicht getan hatte.

„Und wie sollen wir das anstellen, wenn wir gar nicht wissen, wie man diese dunklen Blitze erzeugt?"

„Ja, darüber habe ich mir auch schon den Kopf zerbrochen. Aber weißt du, ich glaube, das ist gar nicht so schwierig. Wir könnten doch versuchen, es gemeinsam zu tun."

„Was meinst du damit?"

„Also vielleicht ist es ja mit den Hutblitzen wie mit allen anderen Farben auch. Man kann sie mischen, und es kommen neue Farben dabei heraus. Aus gelb und rot wird orange. Aus weiß und rot wird pink. Und aus gelb und grün wird…"

„…braun", ergänzte ich ihren Satz. Das Wort hing wie eine dunkle Wolke im Raum. „Ich weiß nicht, Gertrud", wandte ich zweifelnd ein, „die Wirkung der Blitze scheint doch eher darauf zu beruhen, dass man sich auf die Gefühle und Energien konzentriert, die man damit erzeugen will, und diese sich dann irgendwie zu dieser Energiekugel formen, die in den Hut einzieht. Wenn man jetzt zwei gute Gefühle miteinander verbindet, also gelb und grün, wieso sollte das ein schlechtes Energiefeld erzeugen?"

Ich merkte, dass Gertrud sofort den Mut verlor, als sie meine Argumentation hörte. Verzweifelt schaute sie in ihre Teetasse und schien schon wieder den Tränen nahe. Alle Zuversicht war verflogen.

„Ich weiß, du hast ja Recht", sagte sie leise, „aber was soll ich denn machen? Bitte lass' es uns wenigstens einmal ausprobieren. Plus und plus ergibt doch auch minus. Ich weiß doch nicht, was ich sonst machen soll. Ist es nicht einen Versuch wert?" Eine dicke Träne kullerte in ihre Tasse.

Ehrlich gesagt hielt ich das Ganze für ziemlichen Blödsinn, und gefährlichen noch dazu. Wenn zwei Hutblitze aufeinander trafen, würde sich ihre Energie nicht verdoppeln, vielleicht sogar potenzieren? Ich konnte mir nicht vorstellen, dass sich nur die Farben mischten. Meine Physikkenntnisse waren zwar begrenzt, aber sicherlich gehorchte etwas, das aus purer Energie bestand, nicht unbedingt den Gesetzen der Farblehre. Ich würde noch weitere Forschungen anstellen müssen.

„Gertrud", sagte ich, um Trost bemüht, „nicht weinen. Ich helfe dir, aber ich muss vorher noch ein bisschen recherchieren. Wir finden eine Lösung, ganz bestimmt. Aber wir sollten uns nicht unnötig in Gefahr begeben. Lass mich erst versuchen herauszufinden, was theoretisch passieren könnte, wenn man zwei Hutblitze vereint.

Das junge Paar

Jemand rüttelte am Rollladen. Wir schauten uns erschrocken an, doch dann fiel mir ein, dass ich Erich ja heute Morgen einen Zettel hinterlassen hatte. Sicherlich war er es, der nun versuchte, in den vorzeitig geschlossenen Laden zu kommen.

„Ich geh' schon", sagte ich zu Gertrud, die sich schnell die Tränen mit ihrem Taschentuch trocknete, wobei ihr die verschmierte Wimpertusche schwarze Ringe unter die Augen malte. Ich lief die Treppe zum Geschäft hinunter. Vor der Tür konnte ich zwei Personen ausmachten, eine große mit schwarzem, breitkrempigen Hut – das war Erich. Daneben stand eine kleinere Gestalt mit rotem Männerhut. Als ich öffnete, fiel Karin mir um den Hals.

„Du wolltest dich doch melden, wenn Gertrud wieder da ist", sagte sie vorwurfsvoll und schaute mich durch große Brillengläser mit vorwurfsvollen Augen an.

„Hallo Prinzessin", sagte Erich, schob sich an Karin vorbei und drückte mir einen Kuss auf den Mund. „Schön, dich zu sehen. Ich habe dich vermisst."

„Oh", sagten Karin und Gertrud gleichzeitig, Gertrud von der Treppe aus, die sie gerade herunterklettern wollte, um unsere Überraschungsgäste zu begrüßen. Erich legte besitzergreifend den Arm um meine Schultern.

„Ladies", sagte er aufgeräumt, „darf ich euch meine neue Freundin vorstellen – Prinzessin Klara aus Neutopia." Er machte eine theatralische Verbeugung in meine Richtung. „Bitte, Prinzessin, begrüßt euer Volk." Ich rammte ihm meinen Ellenbogen in die Seite und konnte nicht verhindern, dass ich ein wenig errötete. Karin und Gertrud starrten uns verwundert an. Karin fand als erste die Sprache wieder.

„Mensch, Klara", sagte sie erfreut, „herzlichen Glückwunsch! Da hast du dir ja einen prachtvollen Prinzen geangelt."

Gertrud kam die Treppe heruntergetrippelt und umarmte mich.

„Freud und Leid liegen doch nah beieinander", flüsterte sie mir ins Ohr. „Wie schön für dich! Ich freue mich!"

„Ihr macht sie ja ganz verlegen", sagte Erich, der mein rotes Gesicht bemerkt hatte. Er zog eine Flasche Sekt aus der Tasche. „Lasst uns lieber anstoßen auf einen der schönsten Tage meines Lebens." Damit schob er mich in den Laden und winkte Gertrud und Karin, ihm zu folgen. „Wo habt ihr denn die Sektgläser versteckt, Mädels?"

Während Gertrud sich auf die Suche nach Gläsern machte und Erich damit beschäftigt war, den Sekt von seinem Korken zu befreien, zog Karin mich auf die Seite.

„Wir müssen unbedingt über die Männer und ihre Plakataktion sprechen", raunte sie mir zu, „jetzt gleich. Die Zeit drängt. Sie wollen am nächsten Wochenende loslegen, um die Schweibeinetransporte zu verhindern, die Sonntag nachts losgehen. Außerdem wollen sie am Montagmorgen in den Schlagzeilen stehen. Sie haben schon Journalisten von der Lokalredaktion ins Boot geholt."

„Keine Angst", raunte ich zurück, „Erich ist schon informiert. Wir können ungehindert reden." Ich blickte zur Treppe, wo Gertrud gerade vier Sektgläser auf einem silbernen Tablett in den Laden hinunter balancierte. „Nur bitte geh' schonend mit Gertrud um, sie ist jetzt schon ziemlich am Ende mit den Nerven. Am besten trinken wir erst einmal einen Schluck, dann kannst du uns alles erzählen. Wir haben sowieso schon den ganzen Nachmittag darüber geredet, deswegen war der Laden geschlossen."

„Ui", machte Karin und sollte die Augen hinter ihren riesigen Brillengläsern, „ja dann muss es ja wirklich schlecht um Gertruds Nerven bestellt sein. Das hat sie ja noch nie gemacht."

Es gab einen lauten Knall. Der Sektkorken schoss durch das Geschäft, krachte gegen die Decke und landete auf dem Einschlag eines hellgrauen Borsolinos.

„Tadaa", rief Erich erfreut, „Zeit zum Feiern, meine Damen!" Karin und ich schauten uns zweifelnd an, aber Erichs gute Laune war ansteckend.

Ich musste zugeben, dass ich mich riesig freute, dass er gekommen war, obwohl mein inneres Gedanken-Komitee schon wieder Bedenken hervorbrachte. Du willst dich doch nicht schon wieder fest binden, sagte eine der Stimmen laut und deutlich, der wird dich nur wieder enttäuschen, wie alle diese Dreckskerle. Oh nein, der nicht, entgegnete eine andere, schau, wie romantisch er ist, mit einer Flasche Sekt auf sein neues Glück anstoßen zu wollen. Wenn das kein gutes Zeichen ist. Ach was, hörte ich eine dritte Stimme, gutes Zeichen – er ist doch sowieso dem Alkohol verfallen. Kein Wunder, dass er jede Gelegenheit nutzt, einen zu kippen…

„Seid still", sagte ich laut, und Erich, Karin und Gertrud schauten mich erstaunt an. „Äh, also, seid mal kurz still", wiederholte ich, als ich merkte, dass ich laut gesprochen hatte. „Ich wollte nämlich etwas sagen. Ich möchte mich bei euch bedanken", improvisierte ich, „dafür, dass ihr mich so herzlich in eurer Mitte aufgenommen habt. Das ist ja gar nicht selbstverständlich, und das wollte ich euch einfach mal sagen. Vielen Dank!" Ich wurde wieder rot und schnappte mir schnell ein Glas. „Auf euch!" fügte ich noch hinzu, ob das Glas und prostete den anderen zu.

„Auf meine Prinzessin Klara", stimmte Erich fröhlich ein, verteilte die restlichen Gläser und stieß mit mir an. „Auf die Liebe, die Musik und den Suff", fügte Erich noch hinzu und blinzelte mich an, „und auf immer!" Mein Herz machte wieder einen kleinen Hüpfer, den nur Erich auszulösen schien. Wir tranken, nur Karin nippte lediglich an ihrem Glas.

„So", sagte sie schließlich, „genug gefeiert, so schön es auch ist, wenn zwei junge Herzen sich finden. Wir müssen reden. Ich habe euch etwas Wichtiges zu sagen."

Planungen für das Schatzenfest

Karin berichtete, was sie wusste. Louis hatte mit seinem einzigartigen Überzeugungstalent und seiner ungebrochenen Leidenschaft Himmel und Hölle in Bewegung gesetzt, um die Plakataktion in die Wege zu leiten. Er hatte ein Bild entworfen, auf dem ein gequältes Schweibeineferkel mit mehreren Köpfen gezeigt wurde, die jedoch keine Schweibeineköpfe, sondern die der drei Hauptvorstände des Bosenboss-Konzerns waren. ,Alle lieben Schweibeine', sollte dort stehen, ,wir quälen sie zu Tode. Verantwortlich für den qualvollen Tod von tausend Schweibeinen pro Tag:' - Das Plakat sollte die Namen der Bosenbosse und die Anschrift der Pressestelle mit Telefonnummer in Großbuchstaben enthalten, einschließlich eines Aufrufs, dort anzurufen oder Briefe zu schreiben, um der Tierquälerei im Schweibeine-Hochhaus ein Ende zu setzen. Aus dem Bild wollte Louis tausende von Flugblättern und ein riesiges Plakat machen lassen. Das Plakat sollte in einer groß angelegten am Samstag auf dem Schweibeine-Hochhaus von vier Mitgliedern der AntiBBs, die mit Klettergurten und Seilen ausgerüstet werden sollten und keine Höhenangst hatten, entrollt werden. Gleichzeitig sollte ein Pelikopter aufsteigen und die Flugblätter über der Stadt verteilen. Der Zeitpunkt war genial gewählt, denn am kommenden Wochenende würde das Schatzenfest mit der Schatzenversteigerung stattfinden.

„Was ist das Schatzenfest?" fragte ich, aber Gertrud winkte ab. „Erkläre ich dir später. Erzähle weiter, Karin." Sie hing an Karins Lippen wie eine Ertrinkende am Bootsrand.

So würden viele Menschen erreicht, fuhr Karin fort, so Louis' Plan. Zu der Plakataktion wollte er Zeitungs- und Radioreporter einladen, möglichst auch das Fernsehen, um sich die komplette Aufmerksamkeit zu sichern. Eine perfekt geplante Aktion, die einerseits den Wegtransport der schlachtreifen Schweibeine verhindern würde, andererseits für viel Aufsehen sorgen würde. Nach Louis' Plan ein Schlag ins Gesicht der Bosenbosse.

Eine Weile herrschte betretendes Schweigen, als Karin fertig war. Erich fand als erster die Sprache wieder.

„Oh, das wird lustig", sagte er, „wir treten nämlich beim Schatzenfest auf, direkt nach der Schatzenversteigerung."

„Was ist denn nun das Schatzenfest", fragte ich nochmals.

Das Schatzenfest, erklärte Erich, sei eines der wichtigsten Volksfeste im Ort. In der ganzen Stadt würden Buden aufgebaut, und auf dem Festplatz gäbe es Karussells und eine große Bühne, auf der es verschiedene Aktionen gäbe und Musik gespielt würde. Es sei eine Ehre, dort auftreten zu dürfen.

„Und warum heißt es Schatzenfest", fragte ich.

„Weil am Samstag die Schatzen versteigert werden", antwortete Erich.

„Und was sind Schatzen?"

Alle drei schauten mich ungläubig an.

„Du weiß nicht, was Schatzen sind?" fragte Karin etwas unbehaglich.

„Nein", sagte ich, „sollte ich?"

„Das erkläre ich dir später", sagte diese Mal Erich. Anscheinend war es ein heikles Thema, mit dem keiner der drei herausrücken wollte. „Jetzt lasst uns erst einmal beschließen, was wir tun wollen."

Gertrud, die die ganze Zeit über mit versteinerter Miene zugehört hatte, knallte ihr Glas auf den Arbeitstisch.

„Wir können nichts tun", sagte sie ungewöhnlich laut. „Wir sollten auch nichts tun." Ihre Stimme hatte einen harten, entschlossenen Klang, als hätte sie gerade eine unwiderrufliche Entscheidung getroffen. „Lasst sie tun, was sie tun müssen. Wir mischen uns nicht ein. Es wäre sowieso vergebliche Liebesmühe, Louis würde sich nicht umstimmen lassen. Ich habe es oft genug versucht."

Schlagartig wusste ich, was in ihr vorging. Sie gab sich selbst die Schuld, sich und ihrer Baskenmütze, die sie für Louis gemacht hatte. Und vielleicht hatte sie damit sogar ein bisschen Recht.

„Aber Gertrud", warf Karin ein, „hier geht es doch nicht nur um Louis. Hans hängt doch genauso damit drin, und die ganzen AntiBBs. Meinst du nicht, wir sollten nochmal mit ihnen reden? Außerdem…" sie hielt unbewusst ihre Hand vor den Bauch, vervollständigte den Satz aber nicht, da Gertrud sie unwirsch unterbrach.

„Hast du es nicht selbst schon oft genug versucht", sagte Gertrud hart, „er ist doch dein Mann. Habt ihr nicht schon endlos darüber diskutiert? Und was hat es gebracht?" Gertrud war sichtlich aufgebracht, ihre Wangen röteten sich. So hatte ich sie noch nicht erlebt.

„Nichts", antwortete Karin kleinlaut, „du hast Recht. Wie werden sich nicht umstimmen lassen."

„Na, Ladies", mischte Erich sich ein, „dann sollten wir die Flucht nach vorne antreten. Ich schlage vor, wir unterstützen die AntiBBs mit einem Song, wenn das Spektakel am Samstag losgeht. Kannst du herausfinden, wann die Flugblätter herunterfliegen sollen, Karin?"

Karin nickte. „Ja, das kann ich", sagte sie geknickt, „aber meinst du, das ist eine gute Idee?"

„Na, sie werden uns kaum vor allen Leuten festnehmen", sagte Erich, „Taktik Nummer eins: den Gegner vom Kriegsziel ablenken und an mehreren Fronten beschäftigen. Außerdem: immerhin herrscht hier immer noch künstlerische Freiheit. Wenn wir die Aktion unterstützen, lenken wir die Aufmerk-

samkeit auf uns, und die Wut der Bosenbosse ent-
leert sich nicht nur auf diejenigen, die die Plakataktion durchführen."

„Es ist einen Versuch wert", stimmte ich ein, und
Karin und Gertrud nickten.

„Wirst du deine Jungs dazu überreden können?"
fragte Karin.

„Das lass' mal meine Sorge sein", antwortete Erich,
„ihr habt schließlich genug eigene."

Die Schatzen

„Und was sind nun die Schatzen?" wollte ich wissen, nachdem Erich und ich uns von Karin und Gertrud verabschiedet hatten, die noch ein wenig im Laden bleiben wollten, um ihr Vorgehen während der Aktion am Schatzenfest zu besprechen. Wir hatten beschlossen, noch ins Bootshaus zu gehen, um dort etwas zu essen und ein Glas Wein zu trinken. So langsam schien sich die Kneipe zu meinem Stammlokal zu entwickeln, und ich hatte absolut nichts dagegen. Bisher verband ich mit dem Ort nur schöne Gedanken. Mir fiel das Bild wieder ein, das ich am ersten Tag in Gertruds Küche bewundert hatte – die lebensfrohen jungen Leute mit Hüten auf der Veranda eines Hauses am Fluss. Wer hätte gedacht, dass so ein Bild lebendig würde? Magie passierte anscheinend doch öfter, als man zugeben wollte. Hoffentlich war es eine gute Magie.

„Was sind Schatzen?" wiederholte ich meine Frage nun schon zum dritten Mal an diesem Abend, eine Frage, auf die mir anscheinend niemand so wirklich eine Antwort geben wollte, denn Erich hatte mir immer noch keine Erklärung gegeben.

„Du hast sie schon gesehen", sagte er nun. Er hatte wie selbstverständlich meine Hand genommen, und wir schlenderten durch das abendliche Städtchen in Richtung Fluss wie ein frisch verliebtes Paar. Wenn ich ehrlich zu mir war, waren wir das ja auch. Ich zumindest. Trotz der Schwere der Diskussionen im Laden und der drohenden Gefahr für Louis, Hans und die AntiBBs war mein Herz leicht wie ein frisch geschlüpfter Schmetterling, der gerade das erdgebundene Raupen-Dasein hinter sich gelassen hatte, um die Freuden des Flügelschlagens im Sonnenschein zu genießen. Nichts schien mich schrecken zu können. Was machte schon ein blödes Plakat, und was sollten schon ein paar Flugblätter bewirken. Erich hatte doch Recht. Wenn das hier ein freies, demokratisches Land war, und davon ging ich bisher aus, wenn auch in vielerlei Hinsicht etwas rückständig – so würde eine solche Demonstration gegen unhaltbare Zustände doch nicht wirklich in eine gefährliche Lage für die Demonstranten münden. Wahrscheinlich waren Gertruds und Karins Sorgen vollkommen übertrieben. Wer hat Angst vor Bosenboss? Wir jedenfalls nicht. Ich spürte, wie Erichs große Hand die meine ganz warm umschloss, und die Wärme machte sich in meiner unterkühlten Seele breit. So konnte mir doch nichts geschehen.

„Wo habe ich sie schon gesehen?" wollte ich wissen. Ich konnte mich nicht erinnern, dass mir jemand so etwas wie einen Schatzen vorgestellt hatte. Bärentiere, Multikühe, Omnipedesse – ja, alles das, und Schnaxis, Schafühner und zumindest vom Hörensagen Pelikopter. Aber Schatzen? Nein. Nicht, dass ich wüsste.

„Doch, auf der Party nach deinem ersten Konzert, das du von uns gesehen hast. Die grünhäutigen Gestalten mit den Haaren aus Ästen und Zweigen." Erich machte eine kurze Pause, als ob er noch weitere Details erläutern wollte. Dann sagte er aber nur, „das sind die Schatzen. Sie haben die Getränke herumgetragen, mit dem Feuer jongliert und diese sphärischen Klänge auf den Flöten erzeugt. Und übrigens waren auch ein paar in der Kneipe, in der wir letztes Wochenende aufgetreten sind. Hinter dem Mischpult, und hinter der Theke."

„Oh", antwortete ich, „natürlich erinnere ich mich. Sie waren wunderschön anzusehen. Aber warum habe ich sie dann nicht wieder gesehen? Und warum werden sie versteigert?"

„Die Schatzen sind ein eigenes Volk, das zurückgezogen in den Wäldern lebt. Aber das ist eine lange Geschichte für ein Mädchen aus Neutopia." Erich blieb stehen und wandte sich zu mir. „Willst du sie wirklich hören?"

„Ja", antwortete ich, „natürlich will ich das hören. Das ist doch schließlich Teil meiner neuen Heimat hier."

Erich grinste erfreut. „Das Wort Heimat hast du bisher noch gar nicht in den Mund genommen", sagte er, „das hört sich ja so an, als ob das hier ein Dauergastspiel wird mit dir, und nicht nur ein kurzer Auftritt und schwupps, bist du wieder von der Bühne verschwunden. Würde mich übrigens sehr freuen, wenn die Prinzessin sich noch viel länger die Ehre geben würde."

„Ich wüsste nicht, wo ich momentan lieber wäre",
antwortete ich wahrheitsgemäß. Bei all ihrer
Fremdheit war diese neue Welt für mich in der kurzen Zeit, in der ich sie nun bewohnte, mehr Heimat
geworden, als es je zuvor ein anderer Ort geschafft
hatte. Egal, welche Schwächen sie noch offenbaren
würde, momentan konnte ich mir nicht vorstellen,
sie wieder zu verlassen. Außerdem hätte ich auch
gar nicht gewusst wie, denn das Loch in Gertruds
Laden war ja längst verschwunden.

„Also los", sagte ich, „nun erzähl' mir schon von
den Schatzen."

Beim Essen erfuhr ich dann, was es mit den Schatzen auf sich hatte, und ich konnte nicht verhindern,
dass sich ein unangenehmes Gefühl in mir ausbreitete wie eine Schlechtwetterfront. Angeblich, so
Erich, der es aber anscheinend auch nicht so genau
wusste oder zumindest vorgab, es nicht so genau zu
wissen, kamen die Schatzen aus dem Wald. Zwischen ihren normalerweise dunkelgrünen Haaren
wuchsen kleine Äste mit winzigen Blättern, und ihre
Hautfarbe ähnelte der eines frischen Olivenblatts.
Mit dieser Behaarung und über die Haut konnten
sie wie Pflanzen ihre Nahrung aus der Luft aufneh-
men. Alles, was sie zusätzlich benötigten, waren
Wasser und ein paar Mineral-Knabbersticks, die
man beim Bäcker als Schatzennahrung kaufen konnte. Lebensnotwenig waren Licht und Sonne, weswegen die Schatzen in der Mittagszeit einen Platz

draußen benötigten, so sie ruhen und auftanken konnten. Ansonsten brauchten sie wenig Schlaf, waren stark, bodenständig, genügsam und sehr schweigsam. Sie liebten das Flötenspiel und seltsamerweise Feuer. All diese Eigenschaften machten sie zu den perfekten Helfern im Haushalt, in Kneipen, Restaurants, auf Parties und eigentlich überall dort, wo man Unterstützung gebrauchen konnte. Allerdings waren sie, so Erich, auch ein sehr stolzes Volk, das nicht bereit war, sein ganzes Leben als Diener zu verbringen. Daher schickten die Altschatzen ihre Heranwachsenden nur im Herbst zu den Schatzenversteigerungen, die im ganzen Land stattfanden. Dabei konnte man sich einen Schatzen für den Winter ersteigern. Den Winter verbrachten die jungen Schatzen lieber in Häusern in der Stadt, da ihnen, wenn sie im Winter draußen blieben, die Äste und Zweige vom Kopf fielen und die Haut fahl wurde, wodurch sie gezwungen waren, eine Art Winterschlaf zu halten. Den älteren Schatzen machte das nicht viel aus, sie ertrugen es klaglos und blieben im Wald. Die jüngeren stellten sich zur Versteigerung zur Verfügung und überwinterten bei den Leuten, die sie ersteigert hatten. Im Gegenzug für Kost – die ja nicht gerade aufwändig war, ein paar Knabbersticks am Tag vom Bäcker, Wasser und ein großes Fenster reichten aus – und Logis, wozu nicht mal unbedingt ein Bett notwendig war, da die Schatzen auch im Stehen schlafen konnten, halfen die Schatzen bei allem, was an Haus, Hof und sonst wo getan werden musste.

„Und wieso habe ich bisher so wenige gesehen?" wollte ich wissen.

„Die meisten gehen am Johannistag zurück in die Wälder, bis auf wenige Ausnahmen. Ein paar davon bleiben, zum Beispiel die bei meiner Party. Extra für Besucher aus Neutopia." Erich klimperte mit seinen ungewöhnlich langen Wimpern. „Ja", sagte er dann nachdenklich, „es gibt noch Vieles, was du nicht weißt."

Schatzenhüte

Am nächsten Donnerstag begann das Städtchen, sich für das bevorstehende Schatzenfest herauszuputzen. Über den Straßen wurden grün-weiße Fähnchen aufgehängt, überall auf den Gehsteigen wurden kleine und große Holzbuden für Getränke, Essen und allerlei Krimskrams aufgebaut, und auf den Festplatz rollten Pritschenwagen mit geheimnisvollen Aufbauten, bunten Fahrgondeln und merkwürdigen Zahnrädern, Antriebsmotoren und ölverschmierten Ketten. Daraus entstanden nach und nach bunte Karussells, die nach einem ausgeklügelten Plan wie eine kleine Stadt in der Stadt so auf dem Festplatz angesiedelt wurden, dass sich für die Besucher ein Rundgang durch das bunte Geschehen ergab. In der Mitte prangte ein riesiges, weiß-grün gestreiftes Festzelt, in dem gehämmert und genagelt wurde. Dort sollte die Versteigerung stattfinden.

„Wir sollten noch einen Schatzenhut für dich machen", sagte Gertrud, als ich am Anfang der Schatzenwoche in den Laden kam. Anscheinend hatte sie sich in ihr Schicksal gefügt, nachdem sie mit Karin geredet hatte. Sie schien nun ganz ruhig und merkwürdig aufgeräumt, als hätten sich ihre Sorgen um Louis plötzlich in Luft aufgelöst.

„Jeder wird beim Fest einen Hut tragen, das ist so Tradition", erklärte sie. „Ich dachte mir, wir könnten doch zwei gleiche machen, einen für dich und einen für mich, und dann laufen wir ein bisschen Reklame für unseren Hutladen? Wenn wir uns beeilen und den Trockenschrank benutzen, sind wir morgen Abend schon so weit, dass wir die Hutblitze machen können. Ich dachte da an einen Mut-Blitz? Könnte ich jedenfalls gebrauchen." Plötzlich wirkte sie gar nicht mehr so aufgeräumt, und ich merkte, dass alles nur Fassade war. Wenn sie Mut brauchte, hatte sie wohl doch ziemliche Angst. Ich ging zu ihr und nahm sie in die Arme.

„Gertrud", sagte ich, „das wird schon nicht so schlimm werden. Ich kenne Louis zwar nicht besonders gut, aber er wird schon nichts tun, was sein Leben in Gefahr bringt. Wenn die ganze Aktion vorbei ist, solltest du zu ihm gehen und ihm erzählen, wie es dir dabei ergangen ist. Vielleicht versteht er es ja und macht so etwas nicht mehr. Sicherlich gibt es auch andere Möglichkeiten, die Bosenbosse zu bekämpfen."

„Ja, sicherlich", murmelte Gertrud, und jetzt war sie wieder den Tränen nahe. „Und er wird von mir verlangen, dass ich ihm helfe."

„Jetzt warte doch erst einmal ab. Vielleicht hat er nach der Aktion ja auch genug vom großen Auftritt. Wir sind doch alle im AntiBB-Verein. Lass' uns beim nächsten Mal einfach unser Veto einlegen."

Gertrud wandte sich aus meiner Umarmung und straffte die Schultern. „Das machen wir", sagte sie, aber es klang nicht überzeugt, „und jetzt machen wir unsere Hüte. Komm' mir schwebt da schon so etwas vor…" Damit steuerte sie auf das Stumpenregal zu und begann, in den Kisten zu kramen. „Ich habe da etwas in Grün und Weiß…"

Wir entschieden uns für eine Wagenrad-Hutform. Passend zum Fest, dessen Farben Grün und Weiß waren, entschied sich Getrud für einen hellgrünen und einen weißen Hutstumpen aus weichem Haarfilz. In einer anderen Kiste fanden sich ein paar riesige Straußenfedern.

„Straußenfedern", dozierte Gertrud, nun wieder ganz in ihrem Element als Hutmachermeisterin, „sind die schönsten und edelsten Schmuckfedern. Es gibt keinen größeren Vogel als den Strauß. Die Federn werden aus Südafrika importiert. Es sind Federn aus den Flügeln oder Schwanzfedern der männlichen Tiere, denn die sind ganz weiß, im Gegensatz zu den Federn der Straußenhennen, die nämlich nicht so schön und auch meist schwarz oder braun sind. Die weißen Federn werden unseren beiden Hüten das mondäne Aussehen verpassen, um auf dem Fest so richtig aufzufallen", schmunzelte sie. „Damit können wir schön Reklame für unser Geschäft laufen."

Sie nahm eine der Federn aus der Kiste und strich sanft mit dem Zeigefinger daran entlang. Die einzelnen Strahlen der Feder tanzten in dem Luftzug, den Getrud mit ihrer Bewegung erzeugte, wie kleine Elfenwesen im Wind.

„Die Federn werden den Vögeln mit einer Schere an der Spule hier (sie zeigte auf den Federansatz) aus dem Gefieder geschnitten und wachsen den Tieren dann nach. Sie müssen also gar nicht darunter leiden, dass wir uns mit ihren Federn schmücken."

„Louis würde das bestimmt begrüßen", warf ich ein und biss mir sofort auf die Zunge, als der Satz heraus war, denn Getrud warf mir einen traurigen Blick zu.

„Das hört sich ja so an, als ob er schon tot sei", sagte sie betrübt.

„So habe ich es nicht gemeint", entschuldigte ich mich, „ich wollte nur sagen, dass er es bestimmt gut findet, wenn den Tieren kein Leid zugefügt wird." Ich nahm eine der Federn in die Hand. „Sie sind wunderschön", sagte ich und schwenkte die Feder sachte hin und her. Die einzelnen Haare der Feder bewegten sich im Luftzug.

„Nein", wird es nicht", sagte Gertrud. „Wir bereichern uns nicht auf Kosten eines anderen Lebewesens. Eigentlich leihen wir uns nur seine Schönheit, um uns selbst so schön und majestätisch wie ein Strauß zu machen." Sie hielt die Feder an den Kopf und setzte den stolzen Blick einer Königin auf, wobei sie huldvoll in eine imaginäre Menge blickte und winkte.

„Vielleicht sollten wir einen Stolz-Blitz erzeugen", schlug sie vor, „das gibt bestimmt auch Mut und könnte sogar noch eine größere Wirkung haben. Welche Farbe wird ein Stolz-Blitz wohl haben?"

„Dunkelblau", sagte ich spontan, „königliches Dunkelblau. Das könnten wir ausprobieren."

„Ja, genau. Versuche wir es. Und jetzt an die Arbeit, sonst wird es nichts mehr mit unseren Wagenrädern bis zum Fest."

Neben einer Kappenform benötigte man für ein Wagenrad auch noch jede Menge Peddigrohr, um die Einkerbung am Oberkopf zu fixieren. Das Peddigrohr wurde in Wasser eingeweicht, während wir die Filzstumpen dämpften und schließlich schnell über die Kappenformen zogen. Anschließend hämmerten wir das Peddigrohr in den Einkerbungen mit ein paar Nadeln fest, fixierten die Bandlinie mit Ripsband und machten uns an das Dehnen der Krempen.

„Die Krempe kann ruhig zehn Zentimeter breit sein, und am besten gibst du noch mindestens zwei Zentimeter für den Umschlag hinzu", riet Gertrud, während sie ihren weißen Filzstumpfen kräftig dehnte und streckte. „Dann nähen wir später noch einen Hutdraht ein, damit die Krempe den richtigen Schwung behält."

Wir arbeiteten eine Weile schweigend und einträchtig nebeneinander an unseren Hüten. Gertrud hatte den weißen, ich den grünen Stumpen gewählt. Unsere Bügeleisen zischten beruhigend in die Stille hinein, und ein angenehmer Duft von frisch gewaschener Wäsche und feuchtem Fell breitete sich aus. Gertrud war natürlich als erste fertig. Ihre geübten Hutmacherinnenhände hatten eine wunderbar gleichmäßig gerundete Hutkrempe geschaffen, die in elegantem Schwung den Hutkopf umspielte, ohne Beulen, Dellen oder Verschiebungen. Ich bewunderte ihr perfektes Werk und bemühte mich, meinen grünen Hut in eine ebensolche Form zu dämpfen. Gertrud half mir mit ein paar schnellen Handgriffen, und schließlich konnten wir die beiden Hüte in den Trockenofen stellen.

Es war Mittagszeit, und ich wollte den Laden für die Mittagspause schließen.

„Nein, lass' bitte offen", sagte Gertrud, „in den Tagen vor dem Schatzenfest mache ich mittags nicht zu, denn meist kommen noch Kunden, besonders aus den umliegenden Geschäften, die noch schnell einen neuen Hut brauchen oder einen alten aufbereitet haben wollen."

Tatsächlich gaben sich schon bald die Kunden die Türklinke in die Hand. Die Ladenglocke läutete geschäftig im Minutentakt, im Geschäft drängten sich die Kunden, als ob es am nächsten Tag nichts mehr gäbe. Um Punkt drei Uhr war der Spuk wieder vorbei, die Regale leer geräumt und auf dem Arbeitstresen stapelten sich gebrauchte Hüte mit kleinen

Zettelchen, auf denen festgehalten war, was bis zum Wochenende noch geändert werden musste. Der Ausnahmezustand hatte begonnen.

„Ich fürchte, wir müssen heute Überstunden machen", sagte Gertrud mit Blick auf den Haufen Hüte auf dem Tresen. „Die Festeröffnung ist am Samstag um zehn Uhr, bis dahin muss alles fertig sein. Aber dafür können wir das Geschäft dann auch schließen, bis das Fest vorüber ist." Sie nahm einen der Hüte, einen unscheinbaren, dunkelroten Cloche mit kurzer Krempe.

„Hier könnte ich mir ein schönes Chenille-Schmuckband vorstellen", sagte sie nachdenklich, „die Besitzerin möchte etwas Besonderes, was meinst du?"

Ich nickte. „In Dunkelrot, Ton-in-Ton, oder in Schwarz", schlug ich vor. Wir machten uns an die Arbeit.

Missglückter Stolz-Blitz

Bis zum Abend hatten wir einiges geschafft. Gertrud hatte mir gezeigt, wie man den Hüten durch vorsichtiges neues Dämpfen und kräftiges Bürsten neuen Glanz verleihen konnte. Einige der Hüte hatten Flecken.

„Versuche es erst mit einem trockenen Stück Brot", riet sie mir, „einfach damit abreiben. Wenn das nicht funktioniert, nimm' die Fleckenpaste." Sie warf mir eine Tube zu, die sie aus der Schublade am Arbeitstresen fischte. „Diese hier hat eine ziemlich gute Saugkraft, einfach auf den Fleck auftragen, eine halbe Stunde einwirken lassen, dann ausbürsten."

Offensichtlich gab es auch einige Kunden, die ihre Hüte regelmäßig umdekorieren ließen.

„Hallo, mein Schatz", sagte Gertrud zu einem mit großen roten und gelben Blumen dekorierten Florentiner, „schön, dich wiederzusehen! Dieses Mal ein paar bunte Bänder mit Kokarde gefällig?" Sie kramte in einer ihrer Kisten und zog ein leuchtend gelbes Ripsband hervor. „Dieser Hut kommt alle Jahre wieder", sagte sie zu mir, „und will neuen Putz. Seine Trägerin überlässt es immer mir, das gute Stück neu herauszuputzen. Das macht mich schon ein bisschen stolz." Sie lächelte. „Apropos stolz. Wir sollten hier Schluss machen und unsere Wagenräder fertigstellen. Die sind sicherlich trocken. Lass uns erst die Randeinfassung und dann die Blitze machen. Putzen können wir die Hüte auch noch morgen."

Ich schaltete mein Bügeleisen aus und erhob mich von meinem Hocker. Den ganzen Tag über hatte ich mir schon Gedanken zum Thema Stolz gemacht, während ich in meiner Arbeit an den Hüten versunken war. Der Begriff behagte mir nicht. Klar, es gab eine gute Seite des Stolzes, den Stolz auf etwas, das man geschafft oder geschaffen hatte, auf eine Leistung, eine gute Tat, etwas, worüber man sich freuen und noch lange davon zehren konnte. Aber überwogen nicht die negativen Aspekte des Stolzes? Des unbegründeten Stolzes, der nicht auf etwas Gutem basierte, sondern auf einer Überheblichkeit, deiner Unangemessenheit, da ihm keine eigenen Leistungen gegenüberstanden? Stolz konnte doch auch etwas sein, das die Sinne verschloss, einen künstlichen Abstand erzeugte, ja sogar Feindseligkeit und Hass. Blinder Stolz, der eine Mauer errichtet zwischen einem selbst und den Menschen, eine künstliche Erhöhung, die nicht gerechtfertigt war. Diesen Stolz wollte ich nicht in meinem Hut haben. Wenn überhaupt, dann den Stolz auf etwas, das mir im Leben gelungen war. Aber was konnte das sein? Dass ich ein Loch entdeckt und hindurchgeklettert war? Das war doch keine besondere Leistung. Darauf konnte ich nicht stolz sein.

„Gertrud", sagte ich resigniert, „ich weiß zwar, wie ich meinen Hut herausputzen will, aber ich weiß nicht, worauf ich stolz sein soll. Ein Hutblitz wird mir nicht gelingen."

Gertrud stoppte ihre Aufräumarbeiten.

„Aber liebe Klara", sagte sie, „genau darauf kannst du doch stolz sein. Du bist seit einem Monat hier, und du weißt, wie man einen Hut staffiert. Das ist außergewöhnlich! Sei einfach stolz auf dein Talent als Hutmacherin. Andere brauchen dazu Jahre und bringen es nicht so weit. Mal ganz abgesehen von der Wurmpflege und den Hutblitzen." Sie zwinkerte mir zu. „Darauf kannst du wirklich stolz sein!"

Aber ich war nicht überzeugt, und das war wahrscheinlich auch der Grund, warum mir an diesem Abend nur ein kleiner, zaghafter hellblauer Hutblitz für mein Wagenrad gelang. Ich konnte die Enttäuschung in Gertruds Augen sehen, die eine wundervolle, dunkelbaue Kugel zustande brachte. Vielleicht hatte sie heimlich gehofft, unsere beiden Hutblitze probehalber zu vereinen, um eine noch dunklere Farbe zu erzeugen, aber meine klägliche Minikugel hätte eher zum Gegenteil geführt und die Farbe ihres Stolz-Blitzes verwässert. So beließen wir es an diesem Abend bei unseren unterschiedlichen Hutblitzen und verabschiedeten uns bis zum nächsten Tag, dem Tag vor dem Schatzenfest, der – so Gertrud – höchstwahrscheinlich noch einmal ziemlich anstrengend würde, bevor das große Spektakel dann am Samstag losgehen sollte.

Markerschütterndes Quieken

Ich nahm den Omnipedes, denn ich war totmüde und schlief in seinem sanften Geschaukel ein. Erst an der Endstation wachte ich auf, als mich der Schaffner mit einem sanften Ruckeln an der Schulter weckte. Verdutzt schaute ich mich um, kletterte die Treppe zur Haltestelle herunter und ging in Richtung des nächsten wartenden Omnipedes, mit dem ich den Rückweg antreten würde. Als ich schlaftrunken an der Haltestelle vor den noch geschlossenen Wagontüren stand, hörte ich plötzlich ein markerschütterndes Quieken. Es schien aus tiefster Tierseele zu kommen, ein Hilfeschrei ohne Worte, schrill und durchdringend wie eine Sirene, die bevorstehendes Unheil ankündigt. Unwillkürlich hielt ich mir die Ohren zu, bis der Schrei verstummte. Ich drehte mich um, konnte jedoch in der Dunkelheit nichts erkennen. Eine Gänsehaut kribbelte über meinen Körper, und ich wünschte, ich hätte ein Handy, um Erich anzurufen, der mir diesen Schrei sicherlich erklärt hätte. Wie so vieles andere in dieser neuen Welt, das ich nicht verstand. Stattdessen öffneten sich die Türen des Omnipedes-Wagons, der mir plötzlich wie ein Ort der Zuflucht erschien. Schleunigst kletterte ich hinein, und bald setzte sich das riesige Tier in Gang und schaukelte mich nach Hause.

„Erich", sagte ich in mein Telefon, denn das Quieken hatte mir an diesem Abend keine Ruhe gelassen und hallte in meinen Kopf nach, „was kann das für ein Geräusch gewesen sein?" Kaum dass ich nach Hause gekommen war, hatte ich Erichs Nummer gewählt.

„Habe ich noch nie gehört", antwortete Erich, „bisher habe ich immer nur stumme Omnipedesse erlebt. Soweit ich weiß, werden sie abends, wenn der öffentliche Verkehr eingestellt wird, auf eine große Wiese neben einem Waldstück gebracht, wo sie im hohen Gras nach Futter suchen können."

„Und was fressen die?" wollte ich wissen, schon etwas beruhigter.

„Du stellst Fragen – Laub und Holz, soweit ich weiß, und Obst. Manchmal gibt es Aufrufe in der Zeitung, dass die Gemüsebauern der Umgegend ihr Streuobst beim Verkehrsbetrieb für die Omnipedesse spenden sollen. Aber warum willst du das eigentlich wissen?"

„Na, ich dachte, vielleicht war es ein Revierkampf. Oder einer ums Futter, aber eigentlich kämpfen Insekten doch nicht um Reviere. Oder sind das gar keine Insekten?" Ich versuchte, mich an meine Biologiekenntnisse aus der Schule zu erinnern. Verflucht, wenn ich nur googeln könnte. Ich erinnerte mich nur dunkel daran, dass es eine Erklärung dafür gab, warum Insekten nicht so groß wie Säugetiere werden konnten, nämlich wegen der Schwerkraft und ihre fehlenden Innenskeletts. Aber hier herrschte doch dieselbe Schwerkraft? Wie konnten diese

Riesen-Tausendfüßler überhaupt überleben? Eigentlich müsste ihr Gewicht sie selbst erdrücken. Oder sie hatten Knochen? Dann waren es keine Insekten.

„Keine Ahnung", sagte Erich, „da muss ich wohl in der Schule gefehlt haben. Was zugegebenermaßen nicht gerade sehr unwahrscheinlich ist. Jetzt vergiss das doch einfach und schlaf dich erstmal aus. Morgen solltest du besser ausgeruht sein, es könnte ein langer Tag werden."

Wir verabredeten uns noch für den Samstag zur Schatzenversteigerung im Festzelt. Erich und die Komas würden schon früh dort sein, um die Musikanlage aufzubauen und ihren Soundcheck zu machen. Um elf Uhr sollte das Fest offiziell eröffnet werden, und die Schatzenversteigerung startete um zwölf Uhr. Sie würde eine Weile dauern, sagte Erich, der Beginn des Konzerts war auf ungefähr zwei Uhr gelegt worden.

Wann Louis seine Plakat- und Flugzettelaktion starte würde, wussten wir beide nicht, aber vielleicht würden wir es vorher noch von Karin erfahren.

Das Schatzenfest

Als ich am Samstag erwachte, war ich aufgeregt. Der Freitag war erwartungsgemäß sehr anstrengend gewesen, Gertrud und ich hatten nicht nur die vorbeigebrachten Hüte restauriert, sondern auch noch unsere Wagenräder fertig gestellt. Zusätzlich kam zwischendurch noch weitere Kundschaft in den Laden, die sich noch schnell einen neuen Hut zum Fest zulegen wollte. Der Tag war zwar wie ein Wimpernschlag vergangen, aber abends spürte ich meine Füße nicht mehr, und mein Rücken schmerzte wie der eines ausgedienten Ackerpferdes. Ich war am Abend ins Bett gesunken, konnte jedoch lange nicht einschlafen. Tausend Gedanken flogen durch meinen Kopf wie ein Schwarm aufgeregter Spatzen, und keinen davon konnte ich richtig fassen und zu Ende denken. Ich hatte mir einen kalten Lappen auf die Stirn gelegt und schlief erst ein, als der Morgen schon wieder graute.

Als ich wieder aufwachte, stand die Sonne an einem klaren, wolkenlosen Himmel. Ich hatte mit Gertrud verabredet, dass ich vor dem Festbeginn bei ihr vorbei kommen sollte, damit wir unsere Hüte aufsetzen und dann gemeinsam aufbrechen konnten. Ein Blick auf die Uhr sagte mir, dass ich mich beeilen musste, wenn wir es noch rechtzeitig bis zum Beginn der Schatzenversteigerung schaffen sollten.

Gertrud war damit beschäftigt, unsere beiden Hüte auf Hochglanz zu bürsten.

„Heinz und Hilde kommen auch gleich", verkündete sie aufgeräumt, „und Karin wird sich uns auch anschließen."

„Hast du Neuigkeiten von Louis?" wollte ich wissen, aber Gertrud schüttelte den Kopf.

„Nein, Karin wusste auch nichts Genaues, nur, dass Hans schon früh das Haus verlassen wollte, um die Aktion zu unterstützen. Mehr wollte er ihr nicht sagen." Sie zog einen letzten Bürstenstrich, um ihr Glanzwerk zu vollenden. Entschlossen setzte sie ihren neuen Hut auf den Kopf.

„Wird schon schief gehen", sagte sie. Dabei richtete sie sich auf und straffte die schmalen Schultern. Der Hut thronte auf ihrem Kopf wie eine Krone und ließ ihr Gesucht königinnenhaft in der Morgensonne leuchten.

„Sieht fantastisch aus", bewunderte ich sie, ohne dass ich mich ihrer würdevollen Ausstrahlung entziehen konnte. Jeder würde sich heute nach ihr umdrehen, das war jetzt schon sicher, und es würde dem Geschäft sicherlich sehr gut tun.

„Jetzt du", forderte mich Gertrud auf und hielt mir meinen Hut hin. Ich setzte ihn aus und fühlte mich sofort besser. Die Gedanken der unruhigen Nacht verschwanden. Ein Gefühl von Stolz auf meine Arbeit machte sich breit. Ich war glücklich, dass ich dieses schöne Stück mit meinen eigenen Händen gemacht hatte.

Es klopfte, und wir konnten schon die aufgeregten Stimmen von Karin und Hilde hören.

„Wir kommen!" rief Gertrud. Sie schob mich zur Tür. „Auf geht's", sagte sie, „wir wollen doch die Auktion nicht verpassen."

Das kleine Städtchen hatte sich herausgeputzt wir Aschenputtel auf dem Weg zum Ball. Über den Straßen flatterten die an dünnen Seilen aufgehängten grün-weißen Fähnchen im Frühherbstwind. Sämtliche Laternenpfähle waren ebenfalls mit grün-weißen Fahnen verziert worden, und auch aus den Häusern, die die Hauptstraße säumten, hatten die Bewohner Stoffbahnen in Weiß und grün gehängt. Überall standen Holzbuden, in denen Süßigkeiten, Würstchen und große Fleischstücke vom Grill oder kühle Getränke in grün-weißen Pappbechern angeboten wurden. In anderen Buden wiederum hatten geschäftstüchtige Verkäufer bunten Schmuck, Kopftücher und Schals im Angebot. Auf der Straße herrschte ein reges Treiben, die Menschen verließen ihre Häuser und bewegten sich in Richtung Festplatz, alle herausgeputzt mit flatternden Kleidern, prachtvollen Hüten und Sonntagsanzügen.

Die Menge strömte in das Festzelt auf dem Festplatz. Schon von weitem konnte man die Eröffnungsansprache des Bürgermeisters hören, der gerade dabei war, das Fest offiziell zu eröffnen. Wir hatten Glück, noch ein paar Sitzplätze auf einer der hinteren Bänke zu ergattern. Erich war nirgends zu sehen.

„Hast du etwas von der Plakataktion gehört?" fragte ich Karin, aber sie schüttelte den Kopf.

„Nein, Hans wollte mir keine Details erzählen. Er meinte, es wäre besser, wenn ich nichts davon wüsste." Sie machte ein betrübtes Gesicht. „Hoffentlich geht alles gut. Ich habe kein gutes Gefühl. Den Bosenbossen ist alles zuzutrauen. Schau mal, da vorne sitzt eine ganze Reihe von ihnen, die mit den schwarzen Zylindern."

Tatsächlich hatte sich direkt vor der Bühne ein Meer von schwarzen Zylindern versammelt. Offensichtlich genossen die leitenden Angestellten das Privileg der ersten Reihen im Festzelt. Die hohen Zylinder versperrten den weiter hinten sitzenden Festbesuchern die Sicht, aber das schien die Riege der Manager nicht zu stören, und es beschwerte sich auch niemand. Sie machten jedenfalls keinerlei Anstalten, ihre Zylinder abzunehmen.

„Sind die alle von dir?" wollte ich von Gertrud wissen, aber sie schüttelte den Kopf. „Nein, so viele würde ich gar nicht schaffen", antwortete sie schmallippig. „Schön wär's, dann könnten wir überall unsere Hutwürmer zum Einsatz bringen, und die würden ihre Tiere vielleicht ein bisschen besser behandeln."

„Vielleicht solltet ihr hingehen und mit euren Hüten ein bisschen Schaulaufen", schlug Hilde vor, sie sich neben mich gesetzt hatte und nun schon mehrmals mit meinem Wagenrad zusammengestoßen war, „die fallen wirklich auf. Alle drehen sich schon nach euch um. Ist mir schon richtig peinlich. Nächstes Jahr möchte ich auch so ein Ding."

Sie zupfte an ihrem eigenen Hut, einem hellen Strohhut mit weiß-grünem Band und kurzer Krempe, der eigentlich sehr hübsch war, aber zugegebenermaßen neben unseren Riesenhüten ziemlich verblasste.

„Aber dann kann ich dich ja gar nicht mehr küssen", beschwerte sich Heinz, „ist so schon schwierig genug." Er spitzte die Lippen in Richtung Hilde und kniff die Augen zu. Hilde drückte ihm einen schmatzenden Kuss auf die Lippen, wobei ihr Hut nach hinten rutschte.

„Na gut", sagte sie, „um der Liebe willen kein Wagenrad. Lieber Mann als Hut."

Gertrud senkte betroffen den Kopf.

„Oh, entschuldige, meine Liebe", sagte Hilde schnell, die gerade erst das Fettnäpfchen bemerkte, in das sie getreten war. „So war das nicht gemeint." Sie streichelte Gertruds Arm über mich hinweg, wobei sie wieder mit meinem Hut zusammenstieß. „Das wird schon wieder mit dir und Louis, ganz bestimmt. Er liebt dich doch."

Gertrud antwortete nicht und blickte starr geradeaus. Glücklicherweise beendete der Bürgermeister in diesem Moment seine Rede und kündigte die bevorstehende Schatzenversteigerung an. Im Zelt, in dem bisher ein aufgeregtes Durcheinander und Gemurmel geherrscht hatte, machte sich ein vielstimmiges „Schsch, schsch!" breit, was augenblicklich zu einer spannungsgeladenen Stille führte.

„Und jetzt, meine sehr verehrten Damen und Herren, liebe Gäste", verkündete der Bürgermeister, „darf ich unseren vielgeschätzten Auktionator auf die Bühne bitten. Bühne frei für Retep, den Pan-Lord!"

Ein Raunen ging durch die Menge, und ich schnappte nach Luft, als das Wesen, das als Auktionator angekündigt war, die Bühne betrat. Eine große Gestalt, bestimmt um die 2,50 Meter hoch, halb Mensch, halb Tier, trat ins Rampenlicht. Bis zur Hüfte schimmerte ihr freier Oberkörper in einem dunklen Grün, während sie aber der Hüfte abwärts mit einem zotteligen, braunweiß geflecktem Fell ausgestattet war. Aus der Stirn wuchsen zwei sich nach hinten krümmende, spitz zulaufende Hörner unter einem buschigen Haaransatz. Die Haare, ebenso zottelig und braunweiß wie das Unterkörperfell, waren notdürftig im Nacken zu einem kurzen Schwänzchen gebändigt worden. Kleine Augen schauten listig unter weit hervorstehenden Stirnknochen hervor, und die hervortretenden, spitzen Wangenknochen sowie das fliehende Kinn mit braunweißem Spitzbart gaben dem Gesicht ein grimmiges Aussehen. Der dunkelgrüne Oberkörper war mit Muskeln wie die eines Bodybuilders bepackt, an den Ellenbogen wuchsen weiße Haarbüschel. Am auffälligsten waren jedoch die massiven Oberschenkel. Wie weit ausgestellte Hosen schmiegten sich die Muskeln unter dem Zottelfell um die sicherlich baumstammdicken Knochen. Füße hatte das Wesen nicht, eher Klauen, oder Hufe, so genau konnte ich es durch das Meer der schwarzen Zylinder nicht erkennen. Aber sicherlich etwas, was der Pan-Lord hervorragend als Waffe einsetzen konnte.

Die Luft im Zelt wurde plötzlich stickig und dünn. Es roch nach Ziege, und mir wurde schwindelig.

Eine warme Hand legte sich auf meine Schulter. Eine kratzige Stimme raunte in mein Ohr.

„Ganz schön gruselig, Prinzessin, wenn man den Anblick eines Pans nicht gewohnt ist, stimmt's?" Erich hatte sich ins Zelt geschlichen und auf die Bank hinter uns gesetzt. Ich drehte mich um, und gleich ging es mir schon wieder viel besser. Erichs Geruch nach Rasierwasser, Tabak und einem entfernten Hauch von Whiskey übertünchten den scharfen Ziegengeruch. Seine Stimme klang beruhigend. Erich war für mich der Erklärer dieser merkwürdigen Welt geworden, und er würde mir auch erklären, was es mit diesem unheimlichen Wesen auf der Bühne auf sich hatte.

„Gruselig ist gar kein Ausdruck", raunte ich zurück. „Laufen die draußen frei herum?"

„Nur im Wald", versicherte Erich, aber das beruhigte mich nicht, „erkläre ich dir später". Er drückte meine Schulter und lehnte sich zurück. „Jetzt schauen wir erstmal, was die Versteigerung bringt."

Ich konnte nicht erkennen, welchen Ausdruck seine Augen hatten, denn er hatte seinen Hut tief in die Stirn gezogen und eine dunkle Sonnenbrille aufgesetzt, obwohl es im Zelt nicht sonderlich hell war. Irgendwie hatte ich jedoch den Eindruck, dass er nicht ganz so entspannt war, wie er zu sein vorgab. Vielleicht lag es aber auch an der insgesamt spannungsgeladenen Stimmung, die ihm Festzelt herrschte. Alle Blicke waren wie gebannt auf die Bühne gerichtet, auf der Retep, der die Menge nur kurz mit einem Nicken begrüßt hatte, nun eine riesige Querflöte an die wulstigen Lippen setzte und zu spielen begann.

Sphärische Laute erklangen, während sich behutsam und leise etwas hinter der Bühne zu regen begann. Dann tauchten sie auf: wunderschöne, immergrüne Wesen, die mit tanzender Anmut, ernsten Gesichtern und Zweigen in den Haaren einen bezaubernden Charme verbreiteten. Hintereinander schwebten sie leichtfüßig ins Rampenlicht, jedes einzelne dieser Wesen ein Kunstwerk, samtgrün schimmernd, mit ebenmäßigen Gesichtszügen, in langen, seidenen Gewändern, die mit bunten Blättern bedeckt waren.

Außer dem irritierenden Flötenspiel des Pan-Lords war kein Laut zu vernehmen. Die Schatzen versammelten sich geräuschlos, bis kein Platz auf der Bühne mehr frei war. Sie strahlten eine Atmosphäre der sanften Ruhe aus und verdrängten den scharfen Ziegengeruch mit ihrem Duft nach Laub, Zweigen, Moos und Erde.

Von der Panflöte wie von dem Lied eines Rattenfängers hypnotisiert, konnte ich meinen Blick nicht von diesen wunderbaren Wesen abwenden. Kein Wunder, dass die Schatzenversteigerung der Höhepunkt des Jahres war. Allein ihr Anblick ließ mein Herz höher schlagen. So ein Wesen hätte ich auch gern eine Weile in meiner Nähe, nur, damit es mich täglich an die vollkommene Schönheit der Natur erinnerte und damit die großen und kleinen Sorgen relativierte, die der Alltag bescherte. Wahrscheinlich würde ich gar nicht wagen, es darum zu bitten, etwas für mich zu tun. Doch offensichtlich stand ich mit dieser Einstellung alleine da, denn das Heer der Schwarzzylinder fing an, sich aufgeregt hin- und herzubewegen, um einen besseren Blick auf die einzelnen Schatzen zu erhaschen. Die Fleischschau hatte begonnen.

Retep beendete sein Flötenspiel mit einer schrillen, hohen Note. Mit einer herrischen Handbewegung winkte er eines der Schatzenwesen zu sich heran und ließ es sich einmal um die eigene Achse drehen, was es auch mit größter Anmut tat. Das laubbedeckte Gewand raschelte, und als es wieder ganz still war, blickte Retep auffordernd ins Publikum. Der erste Zylinderkopf hatte schon die Hand gehoben, weitere Hände flogen in kurzen Abständen in die Höhe.

„Sie bieten in fünfziger Schritten", flüsterte Erich mir von hinten erklärend ins Ohr, „Retep zählt im Kopf mit. Hinter den dicken Hörnern steckt das Gehirn eines gierigen Geschäftsmanns, glaub' mir, der übersieht keine einzige Hand mit seinen trüben Ziegenaugen. Besser behältst du deine Hände jetzt unten, wenn du nicht ein paar Tausend für einen Schatzen übrig hast."

Erschrocken faltete ich meine Hände fest in meinem Schoß zusammen. Ich wäre zwar gern in der Nähe eines solchen Wesens gewesen, aber nicht für einen so hohen Preis.

Nach ein paar Minuten erhob sich keine Hand mehr aus der Menge. Retep zückte eine schwarze Tafel aus einer fellbesetzten Beintasche und schrieb eine Zahl darauf, die er in die Menge hielt. Soweit ich es sehen konnte, war sie fünfstellig.

„Die ersten sind immer die teuersten", raunte Hilde, die gehört hatte, dass ich scharf die Luft eingezogen hatte, „und auch die schönsten. Später werden sie billiger."

„Und älter und auch nicht mehr so hübsch", fügte Heinz hinzu. „Wenn ich Geld hätte…" er seufzte tief und ließ den Satz unbeendet. Hilde knuffte ihn in die Seite.

„Auf keinen Fall kommt mir ein Schatzen ins Haus", zischte sie, „das ist doch moderne Sklaverei." Sie wandte sich wieder mir zu. „Wusstest du, dass die Schatzen keinerlei Rechte habe?" flüsterte sie aufgebracht, „Sie stehen unter der kompletten Verfügungsgewalt der Person, die sie ersteigert. Ein halbes Jahr lang werden sie praktisch eingesperrt und müssen alles tun, was ihre Dienstherren und – damen ihnen sagen." Sie senkte die Stimme noch etwas, denn vor uns drehten sich schon die ersten Festbesucher um und schauten uns grimmig an. „Ich habe von Fällen gehört, da werden die weiblichen Schatzen missbraucht, manchmal sogar gezwungen, den Dienstherren und ihren sogenannten Freunden gefügig zu sein. Und die männlichen dienen als Arbeitssklaven für alle erdenklichen Arbeiten, die sonst keiner tun will."

„Wirklich?" flüsterte ich entsetzt zurück, „Das ist ja noch schlimmer als die Geschichte mit den Schweibeinen. Warum lassen sie es sich denn gefallen?"

„Ich vermute, dass sie einfach dazu erzogen werden, sich nicht zu wehren. Sie sind fast schon unerträglich friedfertig. Und sie sprechen ja auch kaum. Aber manchmal denke ich, dass sie vielleicht unter Drogen stehen. Oder das Ganze nur unter Gewaltandrohung tun, um ihre Familien zu schützen.

Schau doch diesen Retep an, der ist doch zum Fürchten."

In der Tat machte Retep nicht gerade den Eindruck, als ginge er zimperlich mit seiner Schatzengruppe um. Kaum war die erste Schatzen verkauft, gab er ihr einen Stoß, so dass sie fast von der Bühne zu fallen drohte. Sie fing den Stoß jedoch elfenhaft ab und nutzte den Schwung, um vom Podest zu gleiten und das Geld bei ihrem Ersteigerer mit beiden Händen in Empfang zu nehmen, das sie dann sogleich zurück zur Bühne brachte und dem Pan-Lord mit gesenktem Kopf aushändigte. Dann stellte sie sich hinter den Stuhl ihres neuen Herren und blieb dort bewegungslos stehen, ihr grünes Gesicht zu einem freundlichen Lächeln erstarrt. Nur die Zweige auf ihrem Kopf zitterten leicht, als ob ein feiner Windstoß durch das Zelt zöge.

Flugblätter vom Himmel

Ich stand auf, bevor Retep das nächste Schatzenwesen nach vorne zog.

„Das kann ich nicht mit ansehen", sagte ich laut und entschlossen zu Hilde, Heinz, Karin und Gertrud, die mich erschrocken anstarrten. Hilde zog an meinem Kleid.

„Setz' dich wieder", zischte sie, „wir wollen kein Aufsehen erregen!" Aber es war zu spät, einige Köpfe hatten sich schon zu mir umgedreht. Das Getuschel drang bis in die vordersten Reihen zu den Zylinderköpfen vor. Ich rückte mein Wagenrad zurecht und verließ erhobenen Hauptes das Zelt, unter den missbilligenden Blicken der Zylinderkopfgesellschaft. Hatte mein mickriger Stolz-Blitz doch noch etwas Gutes? Draußen angekommen, fühlte ich mich gleich besser.

Erich war mir gefolgt, was ich ihm hoch anrechnete.

„Alle Achtung, Prinzessin", lobte er mich, als er mich eingeholt hatte, „ganz schön mutig, vor dieser Zylinderbande das gesellschaftliche Ereignis des Jahres zu boykottieren."

„Warum sollte ich mich denn vor ihnen fürchten?" fragte ich und nahm meinen Hut vom Kopf, denn plötzlich war mir ziemlich heiß geworden. Schweißperlen bedeckten meine Stirn wie kleine Kohlensäurekugeln. Der Hut hatte meinen Ärger mit Stolz überdeckt, aber jetzt machte er sich schäumend Luft.

„Wie könnt ihr das dulden", schnaubte ich und zeigte mit dem Finger auf das Zelt, „und das soll das schönste Ereignis im ganzen Jahr sein? Das ist doch Menschenhandel, Sklaverei, Freiheitsberaubung. Habt ihr denn gar keine Skrupel?"

„Langsam, langsam", versuchte Erich meinen ersten Wutanfall in dieser schönen neuen Welt zu bremsen, „schließlich haben die Schatzen ja auch etwas davon. Sie brauchen ein Dach über dem Kopf im Winter und werden verpflegt."

„So", schnaubte ich, noch lange nicht beruhigt, „und was müssen sie dafür tun? Die Drecksarbeit wegmachen, und womöglich auch noch für andere Dienste zur Verfügung stehen?"

Erich schaute mich durch seine Sonnenbrille undurchdringlich an. Ich konnte nicht erkennen, was sich hinter den Gläsern in seinen Augen und schon gar nicht in seinem Kopf abspielte. Er sagte nichts.

Gerade wollte ich auf dem Absatz kehrt machen und nach Hause gehen, da flog mir ein Zettel an den Kopf. Er flatterte lässig zu Boden. Ich hob ihn auf, doch während ich mich bückte, flatterten schon weitere Zettel durch die Luft. Überall gingen sie jetzt zu Boden, fielen auf das Zelt und die kleinen Holzbuden rund um den Festplatz, das Kettenkarussell und auf die Straßen. Es regnete Flugblätter. Ich blickte nach oben und konnte über den sanft im Wind schaukelnden Kastanienbäumen, die den Festplatz von der Straße trennten, am Himmel gerade noch ein merkwürdiges Fluggerät entschwinden sehen, aus dem es diese Flugblätter regnete. Es hatte große, weiße Vogelflügel und einen gefächerten Vogelschwanz, und somit sicherlich auch einen Vogelkopf, den ich aber schon nicht mehr erkennen konnte, da sich das Flugwesen bereits mit bedächtigen Flügelschlägen aus meinem Blickfeld zu entfernen begann. Das musste ein Pelikopter sein, gehört hatte ich ja davon. Unter seinem Bauch befand sich ein riesiger Korb, indem ich eine winzige Gestalt ausmachen konnte. Ich kniff die Augen zusammen. War das Hans, der da mit vollen Händen die Flugblätter aus dem Korb herauswarf und über der Stadt verteilte? Ich konnte es aus dieser Entfernung nicht mit Gewissheit sagen, aber möglich war es. Ich blickte auf das Flugblatt. Drei Bilder, nebeneinander angeordnet, prangten mir entgegen. Sie zeigten die zylinderbesetzten Köpfe der drei Vorstände von Bosenboss. Über den Fotos stand: „Alle lieben Schweibeine", und dann darunter „Wir quälen sie zu Tode. Verantwortlich für den qualvollen Tod von tausenden von Schweibeinen pro Tag. Gezeichnet, die Bosenbosse. Rufen Sie uns an." Dann folgte eine Telefonnummer sowie der Hinweis, dass für diese Information der Verein AntiBB verantwortlich war.

Das war mutig. Anerkennend nickte ich mit dem Kopf. Erich, der ebenfalls ein Flugblatt aufgehoben hatte, nahm seine Sonnenbrille ab.

„Alle Achtung", sagte er, „das nenne ich mal eine Aussage." Dann runzelte er die Stirn. „Könnte allerdings böse Folgen für den Verein haben." Er schaute mich an. „Bist du Mitglied?"

Trotzig blickte ich zurück. „Ja, bin ich", antwortete ich und setzte meinen Hut wieder auf. „Und ich bin stolz darauf. Beim nächsten Treffen werde ich beantragen, dass wir auch gegen die Versklavung eurer Schatzen etwas tun und diese menschenverachtenden Versteigerungen ein Ende haben. Man kann die Leute doch auch einfach ganz normal als Angestellte behandeln und ihnen einen ordentlichen Lohn zahlen. Was ist denn das bloß für eine Gesellschaft, in die ich hier geraten bin?"

„Schschsch", versuchte Erich mich zum Schweigen zu bringen und hielt mir den Finger auf den Mund, „nicht so laut, Prinzessin." Er war jetzt ganz ernst und blickte sich argwöhnisch um. Ein Stück entfernt standen am Eingang des Festzeltes ein paar grimmig aussehende Sicherheitskräfte. Die hatte ich beim Betreten des Zeltes gar nicht bemerkt. Genau wie Retep hatten sie massige, menschliche Oberkörper auf fellbehaarten muskulösen Beinen, die in hufartige, scharfkantigen Klauen endeten.

„Komm' mal bitte mit", raunte Erich und zog mich davon, „ich glaube, ich sollte dir etwas Nachhilfe in Sachen Gesellschaftskunde geben, bevor du hier einen Aufstand machst."

Klaras Heimweh

Wir setzten uns auf eine Bank unter den Kastanienbäumen, abseits des Festzeltes. Um uns herum lagen die Flugblätter zwischen offenen Kastanienschalen und Blättern wie frische Herbstfrüchte. Erich nahm eines in die Hand, faltete es zum Papierflieger und ließ es durch die Mittagssonne gleiten, die den Tag aufgewärmt hatte. Doch der Herbst lag schon in der Luft, man konnte den kühlen Nebel schon riechen, der sich abends und in der Nacht über die Felder und Wälder legen würde.

„Siehst du", sagte Erich und schaute dem Flugblatt nach, das ein Stückchen weiter elegant zu Boden ging, „wir sollten diese Aktion nicht allzu ernst nehmen. Tu so, als ob du nicht ernsthaft daran geglaubt hast, dass sie umgesetzt wird. Sag' auf jeden Fall, dass du mit der Umsetzung nichts zu tun hattest." Er schaute mich eindringlich an. „Hast du das verstanden, Prinzessin?"

Nein. Hatte ich nicht. Warum war er nur plötzlich so anders? Sollte ich denn meine neu gewonnenen Freunde verraten?

„Und wenn ich das nicht will?" antwortete ich trotzig, „weil ich nicht auf Verrat stehe?"

Erich seufzte. „Es nützt niemandem, wenn sie dich einsperren", sagte er. „Es ist klüger, frei zu bleiben und denen zu helfen, die es bald nötig haben werden."

„Was meinst du damit?" wollte ich wissen. Bisher hatte ich die Ängste von Gertrud und Hilde zwar wahrgenommen, aber dann doch irgendwie wieder im Hinterstübchen verstaut und darauf gebaut, dass die Protestaktion schon keine schlimmen Folgen haben würde. Erich hatte mich darin ja auch sogar noch bestätigt. Nun hörte sich das ganz anders an. Hatte er mich belogen? Das Schlimmste, was ich mir ausmalen konnte, war eine Nacht in einer Arrestzelle irgendwo im Kleinstadtgefängnis, und hinterher eine Anzeige wegen Persönlichkeitsrechtsverletzung, vielleicht verbunden mit einer Geldstrafe. Erichs Ernsthaftigkeit versetzte mir jetzt allerdings einen gehörigen Schrecken.

„Ich weiß ja nicht, wie das bei dir in Neutopia war", sagte er, „aber hier wird nicht lange gefackelt, wenn eines der großen Tiere angegriffen wird. Du hast ja den Pan-Lord gesehen, er taucht zwar nicht oft auf, hat aber eine schlagkräftige Truppe unter sich, die versteht, Ordnung zu halten. Und schlagkräftig ist dabei durchaus wörtlich zu verstehen. Die sind nicht zimperlich, auch nicht gegen hübsche Prinzessinnen wie dich."

„Und warum hast du mir das nicht gleich gesagt?" Ich war ehrlich entrüstet. Es sah ja fast so aus, als würden diese Bosenbosse alles in der Hand haben.

„Ich wollte dich nicht erschrecken", antwortete Erich kleinlaut, „ich glaube zwar nicht, dass sie alle Mitglieder von AntiBB gleich einsperren werden. Aber Louis – sollte er jetzt wirklich auf dem Dach des Schweibeine-Hochhauses vor der Presse stehen – wird nichts zu lachen haben. Daher kann ich dir nur raten, von jetzt an die Unwissende zu spielen." Er zögerte etwas, bevor er noch hinzufügte: „zumal deine Herkunft ja alles andere als klar ist."

„Was soll das jetzt wieder heißen?" Langsam wurde ich richtig wütend. Was hatte denn meine Herkunft mit der Protestaktion zu tun?

„Nun ja", druckste Erich herum, als ob er nach den richtigen Worten suchte, „es ist so – oder zumindest gibt es das Gerücht – dass Personen, die nicht einwandfrei nachweisen können, dass sie nichts mit den Schatzen zu tun haben, manchmal verschwinden."

Der Satz hing in der Luft wie eine Gewitterwolke.

„Du meinst, Personen, die keinen Stammbaum haben." Das war eher eine Feststellung als eine Frage.

„Ja, so ähnlich könnte man es ausdrücken", antwortete Erich unbehaglich. Das Thema war ihm sichtbar peinlich. Offensichtlich war ich hier auf ein unangenehmes Kapitel gestoßen, das Erich lieber nicht vertiefen wollte. Er nahm meine Hand.

„Schau, Prinzessin, ich mache mir doch nur Sorgen um dich. Ich will nicht, dass du Ärger bekommst.

Wenn die dich erstmal in die Hände bekommen…"
Er ließ den Satz unvollendet.

Im Hintergrund hörte man jetzt anhaltendes Klatschen im Zelt. Offensichtlich war die Versteigerung beendet. Erich schaute auf seine Uhr.

„Ich muss jetzt los", sagte er und drückte mir einen Kuss auf die Wange, „die Show beginnt." Plötzlich war er wieder Erich Arosa, der große Künstler und Band-Leader der Koma-Combo. Er setzte seine Sonnenbrille auf, rückte den schwarzen Hut zurecht und erhob sich lässig von der Bank.

„Let's party, schöne Frau", sagte er, „wir sehen uns im Zelt!" Damit verschwand er, die Daumen lässig in den Hosengürtel geklemmt, mit Hüftschwung in Richtung Bühne.

Ich blieb einfach sitzen. Eine Welle von Heimweh wogte über mich hinweg. Da saß ich nun auf dieser fremden Bank, inmitten einer fremden Welt, die mir anfangs so freundlich und willkommen heißend erschienen war. Ich sehnte mich plötzlich in mein altes Leben zurück, in dem es keine merkwürdigen Tiere oder Halbwesen zwischen Mensch, Tier und Pflanzen gab, in dem man sämtliche Fragen, die man an und über das Leben hatte, googeln konnte und in Bruchteilen von Sekunden eine Antwort erhielt. Ich sehnte mich nach meiner Familie, die nicht mehr vorhanden war, nach der Wärme und dem Frieden im Haus, wenn es Nacht wurde. Nach meinem Hund, der jetzt sicher in den ewigen Jagdgründen nach Hasen und Katzen jagte, bis ihm die Puste ausging. Nach der Gewissheit, was am nächsten Tag passieren würde, nach der Freiheit, meine Meinung zu sagen, auch wenn sie nicht immer ins Bild passte. Ich fühlte mich klein und ängstlich, gelähmt und schutzlos, mit einem dumpfen Schmerz in der Brust, gegen den mein Herz erfolglos anzuklopfen versuchte. Diese Fremde, in der ich mich befand, fühlte sich plötzlich gar nicht mehr so an wie das große neue Abenteuer, in dem ein Wunder nach dem anderen geschah, sondern wie ein Traum, der schön begonnen hatte und nun immer schlechter wurde. Gab es denn überhaupt noch ein Zurück? Wenn ich es schaffte, das Loch, durch das ich geklettert war, noch einmal zum Vorschein zu bringen, was würde mich auf der anderen Seite erwarten? War die Zeit in meiner Welt so schnell vergangen wie die hier? Hatte man mich vermisst? Gesucht? Gebraucht? Wo würde ich dort neu beginnen können? War es ein Fehler gewesen, hier zu bleiben? War ich vor der Vergangenheit geflohen, hatte die Fäden meines Lebens durchgerissen und würde sie jetzt nicht mehr wieder zusammenknoten können? War ich jetzt umso mehr ausgeliefert?

Aus dem Festzelt strömten jetzt die Besucher auf den Festplatz. Die ersten blieben verdutzt stehen, als sie den mit Flugblättern übersäten Boden sahen. Sie bückten sich, um ein Blatt aufzuheben, und verursachten damit einen Rückstau und Unmut bei den Personen, die noch im Zelt weilten und nach draußen strebten. Unruhe machte sich breit, empörte Rufe schallten aus dem Zelt nach draußen.

Ich sah, wie Retep durch einen Nebeneingang aus dem Zelt stürmte, ein Flugblatt aufhob und dann im Gallop – oder wie sollte man die merkwürdige Art, mit der er seine zwei behuften Beine unglaublich schnell voreinander setzte, bezeichnen – wieder im Zelt verschwand. Nur wenige Sekunden später eilte ein ganzer Trupp von Panen auf den Festplatz und versperrte der unruhigen Menschenmenge den Weg, die daraufhin zum Stillstand kam und unruhig hin- und herwogte wie ein aufgebrachtes Meer kurz vor dem Sturm. Plötzlich tauchten Schatzen auf. Ich konnte nicht genau erkennen, woher sie kamen, vermutete aber, dass es die waren, die man gerade versteigert hatte. Anmutig bewegten sie sich über den Festplatz und fingen an, die Flugzettel einzusammeln. Sie waren dabei so flink, dass es nur wenige Minuten dauerte, bis der Platz von sämtlichen Papieren befreit war. Dann strömten sie ins Dorf, um ihre Einsammelaktion dort fortzusetzen. Innerhalb kürzester Zeit sah alles wieder so aus wie vor der Flugblattaktion. Die Pane traten zur Seite und verschwanden im Zelt, die Festmenge konnte sich nun unbehelligt und ohne weitere Störungen über den Festplatz ergießen. Der ein oder andere schüttelte zwar noch unmutig den Kopf, aber der Spuk war so schnell vorbei, wie er begonnen hatte. Alles war wieder so gewohnt beschaulich wie zuvor.

Ein Entschluss

Ich suchte mit den Augen in der Menge nach meinen Freunden, konnte sie aber nirgends entdecken. Irgendwo musste doch Gertruds prächtiger Hut aus der Masse stechen? Aus dem Festzelt erklangen jetzt ein paar Gitarrenakkorde und Trommelschläge. „Eins zwei drei Test", hörte ich eine dunkle Stimme ins Mikrofon sagen. Offensichtlich machte sich die Band bereit für ihren Auftritt, der in wenigen Minuten beginnen sollte. Ob sie noch den Mut hätten, das Protestlied zu singen? Wohl kaum, nach dem, was Erich mir eröffnet hatte. Während sich die Festgäste an den Ess- und Trinkbuden verteilten, um die nach der langen Versteigerung knurrenden Mägen und durstigen Kehlen zu versorgen, nahm die Koma-Combo jetzt sicherlich so langsam Aufstellung auf der Bühne und ging ein letztes Mal die Set-Liste durch.

Ich fasste einen Entschluss. Das Konzert würde ich mir noch anhören, darauf hatte ich mich ja auch riesig gefreut, und es würde mir den Abschied erleichtern. Danach würde ich mit Gertrud sprechen und sie bitten, mir alles über das Erscheinen und Verschwinden ihrer Lehrlinge zu erzählen. Wenn es wirklich stimmte, dass alle ihre Lehrlinge so wie ich plötzlich im Laden erschienen waren, dann war das Loch, durch das ich geklettert war, kein einmaliges Ereignis, sondern konnte vielleicht herbeigerufen werden, ähnlich wie die Hutblitze.

Möglicherweise hatte Gertrud es ja sogar verursacht?

Sie schien mir plötzlich wie ein Mensch voller ungeklärter Geheimnisse, fremd und entrückt in ihrer Art. Was mochte sich noch hinter ihren treuen braunen Augen verbergen? Ich musste es herausfinden. Sie war der Schlüssel.

Erleichtert erhob ich mich von meiner Bank und machte mich auf die Suche nach meinen neuen Freunden. Es tat gut, einen Entschluss gefasst zu haben. Man wusste ja eigentlich nie so richtig, was die Zukunft bringen würde. An einem Tag sah noch alles rosig aus, und dann, schwupps, passierte irgendetwas, und von Jetzt auf Gleich nahm das Leben eine völlig neue Wendung. Innerhalb von Sekunden konnte man komplett aus der Lebensbahn geschleudert werden wie eine falsch geworfene Roulettekugel. Da war es doch beruhigend, wenn man wenigstens ab und zu die Illusion der Macht über das eigene Leben aufrecht erhalten konnte. Ich rückte meinen Hut zurecht und lief in Richtung Festplatz.

Die letzte Party

Vor einem der Getränkestände traf ich auf Heinz und Hilde, die jeder ein großes Bierglas in den Händen hielten und fröhlich miteinander herumschäkerten.

„Hallo, hallo, hallo, da kommt ja unsere Prinzessin", rief Heinz erfreut, als er mich sah, und winkte mich an den Getränkestand. „Komm, stoß mit uns an! Wir wissen zwar nicht, was passiert ist, aber bestimmt gibt es irgendeinen Grund zum Feiern." Er wandte sich an die geschäftige Bedienung, die hinter ihm am Zapfhahn stand. „Für die Lady mit Riesenhut ein Glas Bier, bitte", rief er überschwänglich und schwenkte sein eigenes Glas, so dass der Schaum oben herausspritzte. „Und für mich gleich eins mit! Wir wollen feiern!"

Hilde knuffte ihn in die Rippen. „Mach mal langsam, du Säufer", versuchte sie ihn zu stoppen, „das ist schon dein drittes. Der Tag ist noch lang."

„Och Hildchen, jetzt sei doch nicht so streng", erwiderte Heinz gespielt betrübt, „sind doch nur ganz kleine Gläser." Er kippte den Inhalt seines Glases in einem Rutsch in sich hinein und nahm die zwei frischen Biere erfreut entgegen. „Also, Prost Prinzessin!"

Dankbar nahm ich einen großen Schluck. Erst jetzt merkte ich, wie durstig ich war. „Was ist denn mit

Gertrud und Karin?" fragte ich, denn ich konnte die beiden weiterhin nirgends entdecken. Die Menge auf dem Festplatz wogte zwischen den Ständen hin und her, aber Gertruds schöner weißer Hut oder Karins Kurzhaarschopf waren nicht dabei.

„Wissen wir auch nicht so genau", antwortete Hilde. „Kurz vor Ende der Versteigerung, du warst schon eine Weile weg", sie warf mir einen vorwurfsvollen Blick zu, „kam jemand von diesen AntiBBs ins Zelt gelaufen und flüsterte Gertrud etwas ins Ohr. Ich konnte leider nicht verstehen, was es war. Aber sie schien ziemlich entsetzt, denn sie sprang sofort auf, bedeutete Karin, ihr zu folgen, und seitdem haben wir die beiden nicht mehr gesehen."

„Ja, auf und davon, wie zwei kleine Vögelchen", fügte Heinz freudig hinzu, „weggeflogen, ohne ein Wort." Er klimperte mit den Augen, spitzte den Mund zu ein paar Pfiffen und wackelte mit den Armen. „Flieg, Vöglein, flieg!" flötete er.

„So lustig ist das nicht", zischte Hilde böse und kniff Heinz in den Arm. „Wer weiß, was da passiert ist. Ich habe schon ein ganz schlechtes Gewissen, weil wir einfach so hier herumstehen. Vielleicht sollten wir sie suchen gehen."

„Ach komm, Liebling", flötete Heinz, der sich von Hilde anscheinend nicht die Laune verderben lassen wollte, „das wird schon nicht so schlimm sein. Ein paar Flugzettelchen, ein blödes Plakat – was soll da schon passieren. Die werden schon wieder auftauchen."

„Na, wollen wir es hoffen. Den Bosenbossen ist alles zuzutrauen. Und wenn die dann noch gemeinsame Sache mit den Panen machen..." Sie sprach den Satz nicht zu Ende, denn aus dem Zelt erklang nun ein lautes Knacksen und Rauschen, dann ertönte eine Stimme: „Ladies und Gentlemen, liebe Festgemeinde", sagte ein Sprecher, „es ist soweit – die Party beginnt! Darf ich vorstellen: The one and only – Erich Arosa und seine Koma-Combo!" Gleich darauf erklangen die ersten Rock-Riffs, und in die Festgemeinde kam Bewegung. Alles strömte in Richtung Festzelt, Biergläser und Bratwürstchen in den Händen.

„Na los", sagte Heinz erfreut, „endlich ein bisschen Schwung in der Bude! Worauf wartet ihr?" Er hakte uns unter und zog uns in Richtung Festzelt.

Pelikopterflug

Hans hatte die Aussicht genossen. Über ihm schlugen gleichmäßig die Flügel des Pelikopters, ein beruhigendes, fast einschläferndes Geräusch, wie kleine Wellen am Strand. Das Städtchen glitt unter ihm dahin, er konnte sein Haus am Rand der Schnaxiwiese sehen, die Hauptstraße, auf der ein paar Omnipedesse dahinglitten und die Festgäste zum Festplatz transportierten.

Er saß auf einem dicken Stapel Flugblätter. In wenigen Minuten würde er über das Festgelände schweben und die Blätter auf die Erde flattern lassen. Genugtuung machte sich in seiner Brust breit. Endlich konnte er etwas Sinnvolles gegen diesen Wahnsinn tun. Zusammen mit Louis hatte er vor ein paar Tagen heimlich noch einige Stunden im Schweibeine-Hochhaus verbracht und zusehen müssen, wie sich die Tiere dort in ihren engen Verschlägen quälen mussten. Manche schafften es schon gar nicht mehr, aufzustehen und quiekten vor Schmerzen, wenn ein anderes Tier auf ihre wunden Hinter- und Mittelläufe trampelte. Die Bilder hatten sich tief in seine Seele eingegraben. Was waren das für Menschen, die so etwas zuließen? Louis und er hatten versucht, genauere Informationen über den Bosenboss-Konzern zu bekommen, doch eine Mauer des Schweigens schien das Unternehmen vor Neugierigen zu schützen. Egal, wo sie ansetzten – Zeitungen, Mitarbeiter, Bücher – nirgends gab es etwas Greifbares. Also hatten sie versucht, in einer Nacht- und Nebelaktion auf das Firmengelände zu kommen und waren ziemlich schnell kläglich gescheitert. Hundepatrouillen bewachten die Zäune Tag und Nacht, ein unbemerktes Eindringen war nicht möglich. Schließlich waren sie auf die Idee gekommen, das Firmengelände mit einem Pelikopter zu überfliegen.

Auf das, was sie von oben gesehen hatten, konnte Hans sich immer noch nicht so richtig einen Reim machen. Sie hatten einen weitläufigen Komplex entdeckt, der sich hinter einem mehrstöckigen Haupthaus erstreckte. Offensichtlich gab es mehrere Stallanlagen, aber auch einen riesigen Garten und eine große Glaskuppel, in der ein dämmriges Licht leuchtete. Ein langgezogener, niedriger Bau zog sich im rechten Winkel zum Haupthaus durch den Garten. Offensichtlich herrschte dort lebhaftes Treiben, denn aus den Lüftungsklappen des Flachdaches drang an verschiedenen Stellen Rauch, und man konnte weißbekittelte Menschen durch schleusenähnliche Gänge laufen sehen, die die Gebäude mit der Kuppel und den Stallungen verbanden.

Rings um den Gebäudekomplex war eine Art Sperrmauer errichtet, auf der Patrouillen langsam ihre Bahnen zogen, zum Teil mit Hunden, und sicherlich auch bewaffnet. Waren es Pane? Hans hatte es nicht genau erkennen können. Als der Pelikopter über das Firmengelände hinwegschwebte, hatten die Patrouillen Ferngläser gezückt und aufgeregt gestikuliert, dann war sogar ein Knall zu hören gewesen. Möglicherweise ein Schuss. Louis und er hatten sich daraufhin schleunigst aus dem Staub gemacht und den Pelikopter in höhere Regionen gebracht, was allerdings dazu geführt hatte, dass sie kaum noch etwas erkennen konnten.

„Merde alors", hatte Louis geflucht, das eigene Fernglas fest vor die Augen gedrückt, „ich kann nichts mehr erkennen. Was ist das Bloß für eine kranke Anlage?"

„Nicht nur krank", hatte Hans geantwortet, „anscheinend auch gefährlich. Da können wir uns auf etwas gefasst machen."

„Das ist mir egal", hatte Louis heißblütig zurückgegeben und seine Kappe zurechtgerückt „ich ziehe das jetzt durch. Wenn wir nichts tun, tut niemand etwas. Die haben doch alle mit ihren schwarzen Zylindern und dieser Staatspolizei von Panen komplett eingeschüchtert. Aber ich lasse mich nicht einschüchtern. Es lebe die Freiheit!"

Hans hatte unwillkürlich lächeln müssen. Für seine Heißblütigkeit und die daraus entstehende Leidenschaft, das Charisma und die Überzeugungskraft bewunderte er Louis. Er selbst war da ja eher der unermüdliche Denker und Philosoph, der gerne stundenlang im stillen Kämmerlein sämtliche Wendungen und Möglichkeiten durchdachte und schließlich den vollkommenen Plan ausheckte. Und damit waren sie ein unschlagbares Gespann. Hofften sie wenigstens. Die bevorstehende Aktion sollte die größte werden, die die AntiBBs jemals geplant hatte, und für die Konsequenzen würden sie geradestehen, was immer auch käme. Hans glaubte zwar nicht, dass es um Leib und Leben gehen würde. Aber irgendeine Art von Sanktion seitens der Schule, an der er als Lehrer arbeitete, gäbe es sicherlich. Aber das war es ihm wert. ‚Revolutionen sind die Lokomotiven der Geschichte', das hatte ja schon der gute Marx, Gott hab ihn selig, richtigerweise bemerkt. Offensichtlich war es an der Zeit, eine kleine Revolution anzuzetteln.

Ihn hatte es schon lange gestört, was sich in den letzten Jahren im Städtchen ereignete. Erst waren die seltsamen Bärentiere aufgetaucht, hatten in den Mülltonnen gewühlt und die Gemüsegärten durchgegraben. Nur mit Mühe hatte es die Bevölkerung geschafft, die lästigen Biester wieder zurück in den Wald zu drängen, woher sie anscheinend gekommen waren. Dann tauchten vor ein paar Jahren die Omnipedesse auf. Daran hatte sich Hans nie ganz gewöhnen können, da nahm er doch lieber sein gutes, altes, klappriges Fahrrad, um zur Schule zu kommen. Die Pane hatte es ja schon immer gegeben, aber ihr Aufkreuzen als Polizei der Schwarzzylinder und dann der ganzen Stadt war doch auch merkwürdig, und in den letzten Jahren immer häufiger vorgekommen. Irgendetwas stimmte da nicht, und zwar ganz gewaltig. Er war zwar nicht so ein fanatischer Tier-Beschützer wie Louis, hatte jedoch irgendwie das Gefühl, dass dieser eine Fährte verfolgte, die sie auf die richtige Spur führen würde. Er musste es herausfinden, er musste wissen, was es mit diesem Konzern auf sich hatte. Die wurden ihm langsam aber sicher zu mächtig. Alle Produktionsmittel dem Volk, dachte er, und steuerte den Pelikopter in großem Boden um die Zentrale herum zurück zum Landeplatz.

In den dem Aufklärungsflug folgenden Tagen hatten sie die Protestaktion minuziös vorbereitet. Hans war als Lehrer für das Schreiben der Flugblätter verantwortlich, während Louis sich um die Produktion des Riesenplakats kümmerte. Die Zettel waren ja schnell geschrieben und gedruckt, ein Mitglied von AntiBB war Druckereibesitzer und hatte geholfen. Schwieriger war es, das Plakat herzustellen, aber auch dabei hatte der Druckereibesitzer seine Kontakte spielen lassen und schließlich eine Zeltplanenfabrik aufgetrieben, die sich bereit erklärte, bedruckte Planenbahnen aneinander zu schweißen, so dass am Ende ein Riesenplakat entstand. Dann galt es noch, die logistischen Probleme zu lösen, den Transport auf das Dach des Schweibeine-Hochhauses, die Befestigung, das Abrollen. Louis hatte sich als wahres Organisationsgenie bewiesen und alle Kontakte und Beziehungen, die er hatte, spielen lassen. Er war wirklich ein Wunderwerk an Durchsetzungsvermögen und konnte alle mit Charme und Chuzpe um den Finger wickeln, wenn er wollte. Hans hätte das nie geschafft, er war eher die graue Eminenz im Hintergrund, die sämtliches Tun und Schaffen akribisch mit allen Konsequenzen von Anfang bis Ende durchdachte.

„Wir brauchen mehr mediale Aufmerksamkeit, Louis", hatte er gesagt, „sonst bringt uns die ganze Aktion rein gar nichts. Das Schweibeine-Hochhaus steht weitab vom Ort, und alle werden bei der Versteigerung sein. Dann haben wir unser Plakat ausgebreitet, und keiner schaut hin."

Sofort hatte Louis sich daran gemacht, alle verfügbaren Journalisten, Fernsehstationen und Radiosender im Umkreis über eine ‚große Überraschungsaktion' zu informieren, die die Welt noch nicht gesehen hätte. Er streute ein paar wenige Details, dass es um einen Skandal größeren Ausmaßes ginge, und dass etwas Spektakuläres zu erwarten sei, das auf die erste Seite und an den Anfang der Acht-Uhr-Nachrichten gehöre. Die Presse schluckte den Köder, denn sie war es schon seit Längerem Leid, immer nur über die doch eigentlich langweilige Schatzenversteigerung zu berichten, noch dazu, weil sämtliche Berichte darüber vorher von der Pressestelle des Bosenboss-Konzerns freigegeben werden mussten, weil sonst der Anzeigen-Geldhahn zugedreht würde. Damit befand sich die Presse erstmal im Zwiespalt, aber eine Sensation wollte man sich keinesfalls entgehen lassen. Wie man dann darüber berichtete, konnte man ja immer noch entscheiden. Und auf ein paar reißerische Bilder mit markigen Bildunterschriften und ein paar fetzige Artikelüberschriften wollte man natürlich nicht verzichten, das könnte ja das Absatzvolumen nur steigern. Vielleicht wäre ja sogar eine Sonderausgabe oder – sendung drin. Die Pressemeute war dabei.

So kam es, dass sich am Samstag der Schatzenversteigerung erstaunlich wenig Presse im Festzelt, dafür umso mehr vor dem Schweibeine-Hochhaus außerhalb des Städtchens versammelt hatte. Hans segelte in seinem Pelikopter über die Meute hinweg und ließ die Flugblätter, die sich noch im Korb befanden, auf die Köpfe der Pressevertreter flattern. Aufgeregt wurden diese sofort aufgehoben, gelesen, eingesteckt. Na, wenigstens diese hier, dachte Hans, der die blitzschnelle Aufräumaktion der von den Panen angeleiteten Schatzen im Ort aus seiner luftigen Höhe natürlich mitbekommen hatte, als er über das Städtchen hinwegschwebte. Und diese hier waren auch viel wichtiger, denn sie würden die Botschaft multiplizieren. Er ließ den Pelikopter noch etwas tiefer fliegen und winkte huldvoll der Menge zu, die aufgeregt unter ihm wogte und begonnen hatte, seinen Anflug mit Kameras und Fotoapparaten festzuhalten.

Der Landeplatz befand sich ein Stück hinter dem Schweibeine-Hochhaus, und gleich nach der Landung würde das Plakat in einer spektakulären Abseilaktion ausgerollt. Louis würde dann vor die Menge treten und ein akribisch ausgearbeitetes Statement abgeben, das auch als Presseerklärung verteilt würde. Die Abseil-Spezialisten sollten mittlerweile auf dem Hochhaus Stellung bezogen haben, und tatsächlich konnte Hans sie sehen, als er über das Dach hinwegflog. Nur noch ein paar Minuten, dann würde Louis vor die Presse treten, während sich im Hintergrund das Plakat mit dem mehrköpfigen Schweibeine-Ferkel in Großaufnahme entrollte, einschließlich er Köpfe und Namen der Täter – der gesamte Vorstand der Bosenbosse.

Theoretisch, philosophierte Hans vor sich hin, hat der Mensch in der Natur keine Sonderrolle. Er ist ein Tier wie jedes andere, den Naturgesetzen ausgeliefert, die teilnahmslos über uns regieren. Mit welchem Recht also schlachten und quälen wir diese Tiere? Mit welchem Recht machen wir sie uns untertan? Nur, weil wir es können? Weil wir schlauer sind? Wir sollten uns jeden Tag in Grund und Boden schämen. Allen Menschen ist das Denken erlaubt. Aber vielen bleibt es leider erspart. Sie leben vor sich hin, ohne von ihren großartigsten Fähigkeiten Gebrauch zu machen, sie leben in einer vernebelten Welt aus privaten Stammtischanschauungen und persönlichen, unreflektierten Ansichten. Zu allem eine Meinung, aber von nichts eine Ahnung.

Hans seufzte. So langsam entwickelte er sich zum Misanthrop. Er musste aufpassen, besonders jetzt, wo er bald Vater wurde. Wie gut, dass Karin ihn immer wieder mit ihrer Unbeschwertheit und ihrem Pragmatismus zurück ins Licht der Welt holte. Er freute sich riesig darauf, bald eine richtige, kleine Familie zu haben.

Aber diese Bosenbosse, die waren wirklich gefährlich. Bei ihnen vermischte sich die Bosheit auch noch mit der Gier nach Geld und Macht. Eine ganz üble Mischung. Geld verändert alles, dachte Hans, und zog sanft an der Landeleine des Pelikopters, denn der Landeplatz hinter dem Schweibeine-Hochhaus war in Sichtweite gekommen. Er konnte einen großen Pflock ausmachen, an dem er den Pelikopter festbinden würde, und eine große Plastikwanne mit Belohnungsfischen, die der Pelikopter-Verleih dort deponiert hatte. Den Pelikopter würden sie dann später abholen, darum brauchte Hans sich nicht zu kümmern, aber das Anpflocken und Füttern hatte man ihm gezeigt.

Geld veränderte sie sozialen Beziehungen, die Umgangsformen, den Status, die Moralvorstellungen, ja selbst den Anspruch auf Recht, davon war Hans überzeugt. Deshalb machte er sich auch gar keine großen Hoffnungen, dass sie heute gänzlich ungeschoren davonkommen würden. Das Recht war ja meist auf der Seite der Mächtigen und Reichen. Aber er wollte dabei sein, wenn sich heute etwas zum Besseren wenden sollte. Das war er seinem ungeborenen Kind schuldig. Und es war seine Pflicht als Philosoph und Geschichtslehrer.

Der Pelikopter setzte sanft auf dem Boden auf. Geduldig wartete er, bis Hans ausgestiegen war und das Seil, das an dem Pflock befestigt war, um den langen, gefiederten Hals des Tieres gelegt hatte. Hans klopfte dem Riesenvogel in paar Mal auf den Nacken, um ihm seine Dankbarkeit zu zeigen, dann führte er ihn zu der Fischwanne. Vom Vorplatz des Schweibeine-Hochhauses war jetzt ein lautes Grölen und Johlen zu hören, anscheinend waren die Abseilspezialisten dabei, das Plakat zu entrollen. Ein Knacken ertönte durch einen Lautsprecher, dann hörte Hans eine Stimme durch ein Megaphon. Er konnte zwar nicht verstehen, was gesagt wurde, aber offensichtlich war das der Beginn von Louis' Plädoyer für die Freiheit der Schweibeine. Aha, dachte er, es geht los. Ich muss mich beeilen, wenn ich die Aktion nicht komplett verpassen will. Mit einem letzten Klaps auf den Hals des Pelikopters drehte er sich um und wollte davoneilen. Doch er kam nicht weit. Ein heftiger Schlag traf ihn am Kopf, er stürzte, und dann wurde alles dunkel.

In Gefangenschaft

Als Hans erwachte, war immer noch alles dunkel um ihn herum, und einen kurzen, angstvollen Augenblick lang dachte er, er sei erblindet. Doch dann bemerkte er, dass eine schwarze Haube über seinen Kopf gezogen war, durch die er nur sehr schemenhaft Konturen und Umrisse aus der näheren Umgebung wahrnehmen konnte, wie durch einen gebrauchten Kaffeefilter. Es roch nach kaltem Rauch und Benzin. Hans Hände waren hinter seinem Rücken gefesselt, und offensichtlich lag er auf dem Boden irgendeines Fahrzeugs, denn er wurde unsanft hin- und hergeschleudert und konnte Fahrgeräusche hören.

„Hallo", versuchte Hans sich bemerkbar zu machen, in der Hoffnung, es gäbe Zuhörer, „wo bin ich hier? Machen Sie mich los, und nehmen Sie mir die dämliche Haube ab."

„Klappe halten", zischte eine böse, schnarrende Stimme von irgendwo her. Hans konnte nicht ausmachen, aus welcher Richtung sie kam. Er war völlig orientierungslos, sein Kopf schmerzte, und durch das Geschaukel wurde ihm langsam schlecht.

„Sie haben kein Recht, mich hier einfach festzubinden", protestierte er noch einmal, „ich habe nichts Unrechtmäßiges getan. Binden Sie mich los!" Anstelle einer Antwort erhielt er einen heftigen Fußtritt in die Magengrube, so dass er sich beinahe übergeben musste. Hans rang nach Luft.

„Klappe halten, hab' ich gesagt", knurrte die Stimme wieder, „du wirst schon früh genug erfahren, was für ein Recht du hast, du dreckiger Revoluzzer."

Hans beschloss, dass es wohl für den Moment klüger war, ruhig zu bleiben, obwohl die Panik in ihm aufzusteigen drohte. Nichts ist absolut, dachte er, alles ist abhängig von der Erfahrung. Nichts ist objektiv, alles ist subjektiv. Nur subjektiv gesehen geht es mir schlecht. Objektiv gesehen fahre ich in einem Wagen irgendwo hin, wo man mir die Haube abnehmen und die Hände befreien wird, und wenn ich meinen Standpunkt gut vertreten kann, wird man mich freilassen. Ich habe nichts Illegales getan.

Diese Überlegungen trösteten ihn ein wenig. Der gute alte Protagoras, wozu er doch auch nach fast 2500 Jahren noch gut war.

Nach einer Weile verlangsamte der Wagen sein Tempo, bog um eine scharfe Kurve und hielt an. Hans bemerkte, dass es plötzlich hell im Wageninnern wurde, anscheinend leuchtete jemand mit einer Lampe hinein. Gesprochen wurde kein Wort. Möglicherweise hatte man die Ankunft des Passagiers im Wagen erwartet. Das Auto fuhr wieder an, stoppte dann nach kurzer Fahrt wieder, und mit einem lauten, ratschenden Geräusch, das an einen riesigen Reißverschluss erinnerte, wurde die Wagentür aufgerissen. Unsanft zog ihn jemand mit einem scharfen Geruch nach Ziegenstall auf die Beine und stieß ihn aus dem Wagen. Hans Beine versagten, aber er wurde aufgefangen, rechts und links untergehakt und fortgeschleppt. Seine Füße schleiften über Kies, dann eine kurze Treppe hinauf und schließlich über glatten Boden. Ihm wurde übel. Ein Geruch nach Krankenhaus drang durch seine Kapuze, vermischt mit Ziege, was die Sache keineswegs besser machte.

„Bitte, ich muss brechen", krächzte Hans, und schon kam ihm alles hoch, was er in den letzten Stunden gegessen hatte. Das war zwar nicht viel, denn vor lauter Aufregung vor dem großen Tag hatte er nur wenig herunterbekommen, aber es reichte aus, um ihn unter der Haube fast zu ersticken. Er würgte und hustete.

„Nehmt ihm die Kapuze ab", schnarrte eine Stimme, „die Bosse wollen ihn lebend." Die Haube wurde von seinem Kopf gerissen, für einen Moment drehte sich alles, und Hans fürchtete, wieder ohnmächtig zu werden. Dann kam die Welt zum Stillstand. Hans würgte das restliche Essen heraus und spuckte es einfach auf den glatten, grauen Linoleumboden. Wo war er nur? Blitzschnell richtete er sich auf und drehte seinen Kopf in alle möglichen Richtungen, bevor ihm grobe, haarige Hände wieder die Kapuze überstülpten.

Was er gesehen hatte, war zwar nicht viel. Doch es brachte ihn komplett aus dem Konzept.

Was war das, dachte er, und versuchte, das Bild, das sich auf seiner Netzhaut eingebrannt hatte, zu analysieren. Du bist Wissenschaftler, Forscher, Akademiker, sagte er sich, du hast studiert. Los, analysiere!

Offensichtlich befand er sich in einem langen Gang, der mit einer Fensterfront ausgestattet war, die den Blick auf einen großen Raum ein Stück unterhalb des Gangs freigab. Hans hatte ja nur einen ganz kurzen Blick darauf werfen können, aber in dem Raum schienen sich mehrere Personen in so etwas wie Ganzkörperanzügen zwischen Apparaten hin- und herzubewegen, die nach Krankenhauseinrichtung aussahen. Oder viel mehr daran erinnerten, denn die Krankenhäuser, die Hans bisher von Innen zu Gesicht bekommen hatte – und es waren nicht viele, denn er rühmte sich einer kernigen Gesundheit (eines der sehr seltenen Eigenlobe, die er sich gestattete) – hatten nur annähernd so viel Ausstattung wie der Raum unter ihm. Wenn er sich nicht getäuscht hatte (was durchaus möglich war, obwohl das zweite Eigenlob, das Hans sich ab und zu gestattete, war, dass er ein sehr guter Beobachter war), hatten neben vielfältigen weiß- und chromglänzenden Apparaturen riesige, platte Scheiben gestanden, auf denen die Personen in den Schutzanzügen herumtippten und mit behandschuhten Zeigefingern darüberwischten. Die Anzüge hatten Kapuzen, die die Köpfe der Arbeiter bedeckten. Oder waren es Forscher? Ärzte? Und alle schienen Brillen vor den Augen und Papier vor den Mündern zu tragen. Wie merkwürdig, dachte Hans. Was hatte das zu bedeuten? Wo war er? Was hatte man mit ihm vor?

Sein Herz begann wild zu klopfen. Zum ersten Mal in seinem Leben hatte er Todesangst. Am liebsten wäre er davongelaufen, doch das war leider unmöglich. Hans beschloss, dass es wohl am besten war, dem aufsteigenden Schwächegefühl nachzugeben und noch einmal in Ohnmacht zu fallen.

Noch ein schlimmer Fund

Das Festzelt füllte sich schnell. Nach dem langen Sitzen während der Schatzenversteigerung schienen alle Besucher froh, sich die Beine vertreten zu können. Alle Bänke waren weggeräumt, und gleich bei den ersten Rockklängen fanden sich ein paar begeisterte Zuschauer vor der Bühne zusammen, die anfingen, wild zu tanzen. Der Alkohol, der in der Zeit zwischen Versteigerung und Konzertbeginn auf dem Festplatz konsumiert worden war, heizte die ausgelassene Stimmung zusätzlich an. Der Flugblattvorfall schien vergessen, als wäre er nie geschehen.

Heinz und Hilde warfen sich ins Getümmel der Tänzer, und ich blieb mit meinem halbleeren Bierglas einfach in der Menge stehen. Vielleicht brauchte ich auch noch etwas Alkohol, um meinen Trübsinn zu vertreiben und mich der allgemeinen Feierlaune hinzugeben? Aber ich machte mir Sorgen um Gertrud und Karin, und natürlich auch um Hans und Louis. Panik überkam mich plötzlich inmitten dieser feierwütigen Menge, die sich überhaupt nicht darum kümmerte, was um sie herum geschah. Langsam ging ich ein paar Schritte rückwärts.

Ich stieß mit einem Körper zusammen, der sofort die Arme um mich schlang. Gerade wollte ich mich zur Wehr setzen, da hörte ich Karins Stimme in mein Ohr brüllen.

„Klara, wie gut, dass ich dich gefunden habe!" Die Stimme war schrill und ängstlich, das konnte ich sogar über die laute Musik hinweg hören. „Bitte", schrie sie, „du musst mir helfen! Ich glaube, es ist etwas Schlimmes passiert!" Ich ließ mich von Karin aus dem Zelt ziehen. Auf dem Vorplatz zwang sie, stehenzubleiben.

„Karin", sagte ich bemüht ruhig, „jetzt sag' doch erstmal, was eigentlich los ist?"

Karin war total aufgewühlt. Ihre sonst so sorgfältig glatt gekämmten Haare hingen in wirren Strähnen in ihr Gesicht, die Brille war verschmiert, und offensichtlich hatte sie geweint, denn Wimperntuschespuren rannen aus ihren Augenwinkeln die Wangen hinunter.

„Sie sind verschwunden", schluchzte sie, und neue Tränen quollen aus ihren Augen. „Hans ist weg, von den Panen verschleppt. Und wo Louis ist, weiß ich nicht. Und Gertrud ist auf einmal auch weg." Sie fiel mir in die Arme und schluchzte in meine Schulter. „Du musst mir suchen helfen, bitte", hörte ich ihre erstickte Stimme. Ich strich hilflos über ihre wirren Haare.

„Karin", versuchte ich uns beide zu beruhigen, „jetzt mal langsam. Was genau ist denn passiert?"

Sie hob den Kopf von meiner Schulter und schaute mich herzzerreißend an.

„Du warst gerade gegangen, mit Erich, aus dem Zelt, bei der Versteigerung. Kurz darauf kam einer von den AntiBBs und flüsterte Gertrud und mir zu, wir sollten sofort mitkommen. Dann erzählte er uns, dass die Plakataktion gewaltsam von den Panen beendet worden sei, man hätte Louis festnehmen wollen, die Pane hätten die Versammlung gestürmt, als das Plakat ausgebreitet wurde. Louis konnte wohl entkommen, aber keiner hat gesehen, wohin. Nur Hans wurde abtransportiert. Einer von den AntiBBs hat vom Dach aus mitbekommen, dass er von den Panen bewusstlos geschlagen wurde." Wieder quollen Tränen aus ihren Augen. „Mein Hans", schluchzte sie, der doch keiner Fliege etwas zuleide tun kann…"

„Karin, reiß dich zusammen", sagte ich hart. Es hatte ja keinen Zweck, dass wir hier weinend herumstanden. „Was weißt du noch? Was ist dann passiert?"

„Ich bin dann sofort in ein Schnaxi und zum Schweibeine-Hochhaus gerast. Ein paar Journalisten waren noch vor Ort, ich habe sie gefragt, was sie gesehen haben. Sie waren alle ziemlich gut gelaunt, so eine Sensation im Kasten zu haben, kommt ja auch nicht alle Tage vor. Einige von ihnen haben gefilmt, aber einigen wurden die Kameras dann von den Panen abgenommen. Ihnen wurde wohl auch unmissverständlich klar gemacht, dass sie ausschließlich im Sinne des Konzerns zu berichten hätten." Sie stockte wieder, um sich ein Taschentuch aus der Tasche zu holen.

„Keiner wusste etwas von Hans", fuhr sie fort, „er war wohl noch hinter dem Haus, als die Pane kamen. Offensichtlich hat man ihn schon dort festgenommen und dann abtransportiert. Ich habe noch eine Weile herumgefragt und gesucht, aber nichts gefunden. Dann bin ich zurück, um Gertrud zu finden. Die hatte ich in meiner Panik einfach stehengelassen. Sie war wie gelähmt und wollte auch nicht mit. Da bin ich einfach ohne sie gefahren." Ihre Stimme stockte wieder. „Ich habe sie schon überall gesucht, aber sie ist wie vom Erdboden verschluckt. Bitte, du musst mir helfen."

„*Deine blauen Augen, rauben mir noch den Verstand…*"

Hörte ich in diesem Moment aus dem Festzelt.

„Ladies und Gentlemen – heute erlebt ihr die Premiere unseres neuen Songs. Ein Lied für eine ganz spezielle Lady, die mir in den letzten Wochen sehr ans Herz gewachsen ist. Bitte schön!"

Die Schlagzeugstöcke klickten, um der Band den Einsatz zu geben. Dann erklang Erichs rauchige Stimme. Ich konnte durch die geöffneten Zeltplanen erkennen, wie sich die Paare fest umschlungen im Takt der Musik langsam bewegten. Feuerzeuge wurden in die Höhe gehalten, die Menge wiegte sich gleichmäßig wie ein riesiges Kind in einer Wiege, Arme schwangen in der Luft.

„Karin", sagte ich, „ wir gehen jetzt als erstes zu Gertruds Haus. Vielleicht hast du ja nicht richtig geschaut, vielleicht wollte sie auch nicht aufmachen. Ich habe einen Schlüssel. Wir gehen hinein und suchen sie. Dann beschließen wir gemeinsam, wie wir weiter vorgehen."

Karin nickte. Wir machten uns auf den Weg.

Als wir Gertruds Haus erreichten, begann es schon zu dämmern. Die Wärme des sonnendurchfluteten Spätsommertages machte einer empfindlichen Kälte des nahenden Herbstes Platz. Kein Laut drang aus dem Haus, und auch der Laden wirkte verlassen. Alle Läden waren geschlossen, und im Garten rührte sich kein Zweig und kein Ast. Die Natur schien den Atem anzuhalten vor der hereinbrechenden Nacht und den ersten Herbststürmen, die die Blätter von den Bäumen fegen und die Singvögel in wärmere Gefilde treiben würden. Ich klopfte an der Haustür. Nichts. Keine Antwort.

„Mach auf", drängte Karin besorgt. Ich kramte den Schlüssel hervor und schloss auf. Wir liefen durch das Haus, aber Gertrud war nicht da.

„Lass uns im Laden schauen", sagte ich, denn möglicherweise hatte Gertrud die tröstliche Nähe ihrer

Hüte gesucht. „Der Schlüssel passt auch für die Hintertür."

Wir liefen durch den Garten zur Hintertür des Ladens. Nervös nestelte ich den Schlüssel ins Schoss, aber er hakte.

„Lass mich mal", sagte Karin. Sie rüttelte ein paar Mal am Schloss, dann gab die Tür nach. Sie befand sich direkt unter der Treppe, die zur Galerie und Küche hinaufführte, so dass wir nicht sofort in den Verkaufsraum blicken konnten. Wir bogen um die Ecke.

Gertrud lag bewusstlos am Boden vor dem Arbeitstisch, auf dem ein schwarzer Zylinder thronte wie das jüngste Gericht. Ihre Hände waren schwarz verkohlt, bis zu den Ellenbogenbeugen hinauf. Sie rührte sich nicht.

Bei den Bosenbossen

Das Schlimmste waren für Hans nicht die körperlichen Qualen. Ja, sie hatten ihn geschlagen und getreten, stundenlang an einen Stuhl gefesselt und mit einem Knebel im Mund im Dunkeln sitzen lassen, waren immer wieder aufgetaucht, um ihn zu misshandeln und aus ihm herauszuprügeln, was er gar nicht wusste.

Wo war Louis?

Da sie ihn überfallen und verschleppt hatten, bevor er sich überhaupt der Versammlung vor dem Hochhaus hatte anschließen können, hatte er nicht die geringste Ahnung, was mit Louis passiert war. Er hoffte nur, dass er sich noch rechtzeitig in Sicherheit hatte bringen können. Niemand von den AntiBBs hatte mit so einem brutalen Vorgehen der Bosenbosse gerechnet, und darum gab es auch keinen Plan für den Fall, der dann eingetreten war.

Hans wusste wirklich nicht, wo sich Louis befand, seine Wege waren selbst für seine engsten Freunde unergründlich. Er hatte nicht den leisesten Schimmer, da konnten ihn die Handlanger der Zylinderköpfe noch so lange quälen. Anscheinend hatten sie das nach einiger Zeit auch begriffen, denn von einem Tag auf den anderen änderten sie ihre Strategie. Sie banden ihn los, gaben ihm Wasser und ein undefinierbares Stück gekochtes Fleisch mit Brot, führten ihn zu einer Dusche und befahlen ihm, sich gründlich zu waschen. Als er damit fertig war und nackt die Dusche verließ, stellten sie ihn in eine Schleuse, wo er von oben bis unten mit einer stark nach Desinfektionsmittel riechenden Flüssigkeit besprüht wurde. Anschließend reichte man ihm Unterwäsche, Socken und einen grünen Ganzkörperanzug. Und dann begannen die seelischen Qualen.

Sie führten Hans durch einen riesigen Laborkomplex, von Station zu Station, und an jeder Station lauerte eine noch größere Ungeheuerlichkeit als an der vorangehenden. Mehrmals hatte Hans sich übergeben müssen und den undefinierbaren Fleischklumpen wieder ausgespuckt, bis sein Magen leer war und nur noch trockene Würgegeräusche erzeugte. Hans musste alles genau anschauen, die Gehilfen der Bosenbosse ließen ihm keine Wahl.

An der ersten Station zeigte man ihm eine künstliche Rattenpfote. Die war komplett im Reagenzglas hergestellt worden, wie ihm ein Wissenschaftler hinter seiner Gesichtsmaske versicherte. Er wisse als Lehrer sicherlich, was Stammzellen seien. Hans wünschte, sein Freund Heinz wäre an seiner Seite, um ihm das Ungeheuerliche objektiv kühl und begründbar zu erklären, aber er war allein und musste sich zwingen, beim Anblick der Rattenpfote nicht in Ohnmacht zu fallen. Sie lag in einer runden Petrischale in einer flüssigen Nährsubstanz, die vier kleinen weißen Zehen perfekt ausgebildet und mit feiner, weißer Haut überzogen. Das andere Ende bestand aus rohem Fleisch, in das mehrere Spritzen gepiekt worden waren. Die Pfote lebte, denn das Muskelfleisch zuckte, als der Wissenschaftler die Spritzenflüssigkeit ins Fleisch injizierte.

„Wir können nach Belieben aus Stammzellen neue Zelltypen erzeugen", hatte der Wissenschaftler stolz erklärt und Hans ‚weitere Objekte' gezeigt, wie er es nannte: Fliegen mit Antennen, die aus den Augen wuchsen, Frösche, die ihre Augen auf dem Rücken oder dem Bauch trugen. In einer anderen großen Schale lagen Organe – Gehirne, Lungen, Herzklappen, für die Transplantation, wie ein Aufkleber an der Schale verriet.

„Alles aus Stammzellen", bestätigte der Wissenschaftler nickend.

Die nächste Station hieß „Population Genetic Engineering". Das zumindest stand auf dem Schild am Eingang zum Labor. Dahinter befand sich ein Raum mit weißpolierten, keimfreien Arbeitstischen. Auf jedem Platz lag ein schwarzes Plastikrechteck mit Tasten, auf denen sich Buchstaben und Zahlen befanden. Als einer der Laborarbeiter anfing, auf den Tasten herumzuhämmern, erwachte eine große Mattscheibe zum Leben, die hinter dem Plastikrechteck an der Wand angebracht war. Hans konnte bunte Bilder und Zahlenkolonnen erkennen, die auf der Mattscheibe abgebildet wurden, als ob eine unsichtbare Verbindung zwischen den Tasten und der Anzeige bestünde. Er erinnerte sich, diese Geräte schon bei seiner Ankunft im Bosenboss-Komplex kurz gesehen zu haben. Der Laborarbeiter, der das Gerät bediente, starrte konzentriert auf die Anzeige, drückte dann eine weitere Taste, und weiter hinten im Raum spuckte ein Apparat Papier aus einem Schacht.

Der Laborarbeiter schnappte sich das Papier und kam damit auf Hans zu.

„Ich soll Ihnen erklären, was wir hier machen", schnarrte er durch seinen Mundschutz. „Schauen Sie, kennen Sie diese Mücken?" Er hielt Hans ein Bild unter die Nase, auf dem eine Mücke in hundertfacher Vergrößerung abgebildet war. „Das ist eine Anopheles-Mücke. Sie infiziert jedes Jahr Millionen von Menschen mit Malaria." Er schüttelte betrübt den Kopf. „Grässliche Viecher, finden Sie nicht? Aber lange wir es sie nicht mehr geben. Wir haben eine Methode entwickelt, die diesen Mücken mit gezielter Genmanipulation den Garaus macht. Wir können mutierte Männchen erzeugen, die nach ihrer Freisetzung innerhalb weniger Generationen tödliche Gene an hundert Prozent aller Nachkommen vererben. In einer Art molekularer Kettenreaktion", hier machte er eine Pause und hielt Hans das nächste Bild unter die Nase, auf der ein DNA-Strang abgebildet war, „werden dabei bestimmte Gene in den Keimzellen aktiviert, bis es zum Kollaps kommt."

Der Mann zerknüllte die Papiere in der Hand und warf sie in einen der herumstehenden Papierkörbe. „Bumm", machte er, „alle tot. Faszinierend, oder?"

Hans hatte nicht mal die Hälfte von dem verstanden, was ihm der Mann zu erklären versucht hatte. Aber eines war ihm klar, was hier passierte, war ein massiver Eingriff in die Schöpfung, und das konnte einfach nicht richtig sein. Sein Schädel brummte.

Die dritte und letzte Station, die Hans zu Gesicht bekam, hieß „Genome Editing". Hier ließ man ihn durch riesige Mikroskope auf grüne Kügelchen schauen.

„Das sind menschliche Eizellen", erklärte der zuständige Wissenschaftler, „wir haben eine Methode entwickelt, die es mit erstaunlicher Treffsicherheit erlaubt, einzelne Buchstaben - oder besser gesagt, Gene - an beliebigen Stellen im Erbgut zu ersetzen und damit Fehler auszumerzen. Das Individuum, das aus dieser Eizelle entsteht, ist perfekt." Er machte eine dramatische Pause, um auf Hans Reaktion zu warten, doch Hans wusste nicht, was er sagen sollte.

„Verstehen Sie denn nicht", herrschte der Wissenschaftler ihn an, „das bedeutet nicht nur, dass wir hier den perfekten Menschen erzeugen können. Es bedeutet auch, dass die Veränderungen automatisch an alle Nachkommen vererbt werden. Das ist die Vollendung der Schöpfung." Er schüttelte entnervt den Kopf. „Diese Ignoranten", murmelte er und wandte sich wieder seinem Mikroskop zu.

Nach dem Laborrundgang hatte man Hans in den Bereich geführt, der an den Laborkomplex angrenzte. Von seiner Überfahrt im Pelikopter hatte er noch halbwegs in Erinnerung, wie das Gelände aussah. Er musste sich jetzt in dem länglichen Komplex befinden, der sich südlich an das Haupthaus anschloss.

Tatsächlich führte man ihn in einen Stall. Eine Multikuh mit zehn Eutern war an eine Permanent-Melkmaschine angeschlossen. Daneben tummelten sich Schweibeine mit acht Schinken. Ein paar Schaführner flatterten herum, denn mit zwei Paar Flügeln war es ihnen offensichtlich möglich, dass sie vom Boden abhoben.

Ein weiterer Wissenschaftler nahm Hans in Empfang.

Jüngste Fortschritte, erklärte er Hans geflissentlich, in der Embryologie und der damit verbundenen Forschung böten erhebliche Möglichkeiten zur genetischen Verbesserung in der Viehzucht. Ein solcher Fortschritt umfasse die Optimierung und Standardisierung der Labor-Embryoproduktion, der sogenannten In-vitro-Fertilisation, die Einführung eines hocheffiziente Verfahren zur Kryokonservierung, der Vitrifikation, und dramatische Verbesserungen in der Effizienz der somatischen Zellkerntransfer. Handgemachte Klonen, eine vereinfachte Version des somatischen Zellkerntransfer, böten das Potenzial für eine relativ einfache und kostengünstige Herstellung von Klonen. Eine modifizierte Methode der Vitrifikation in einer zentral gelegenen Laboranlage sei das Optimum moderner Viehwirtschaft und führe zu geklonten Nachkommen, die wirtschaftlich absolut wettbewerbsfähig sind. Die Anwendung dieser Methode mache einen schnellen Fortschritt in Richtung wünschenswerter Eigenschaften – schnelles Wachstum, hochwertiges Fleisch, optimierte Reproduktionsleistung zu einem realistischen Ziel. Die möglichen Auswirkungen dieser Technologie auf den Fortschritt seien nur schwer zu überschätzen.

Irgendwann hörte Hans gar nicht mehr zu. Seine Sinne schienen einfach zu beschließen, die Aufnahme der Eindrücke zu stoppen. Erst, als er in ein großes Büro mit edlen Büromöbeln und einem grandiosen Ausblick auf die gesamte Anlage geführt wurde und man ihm eröffnete, sich an seine schwangere Frau zu wenden, falls er nicht kooperiere, schaltete sich sein Verstand wieder ein.

„Nun wissen Sie, was wir tun", sagte der Mann mit dem schwarzen Zylinder, der hinter dem Schreibtisch saß, mit listigem Lächeln. „Sie werden Ihr Wissen für sich behalten und uns ab sofort alles erzählen, was die AntiBBs beschließen. Wenn nicht, wird Ihre schwangere Frau…" er machte eine Pause, als müsse er über die nächsten Worte nachdenken,

„..nun, sagen wir mal, einen unglücklichen Unfall haben."

Das Leben geht weiter

Erich hatte mir geholfen, einen Schatzen zu finden. Sein Name war Nap. Alle Schatzen hatten diese kurzen Namen, Trek, Sna, Inom, Nev. Maximal zwei Silben. Es fiel mir schwer, diese kurzsilbigen Namen zu behalten, aber allzu oft kam ich sowieso nicht in die Verlegenheit, einen Schatzen direkt anzusprechen, denn Nap traf sich mit seinen Freunden meistens irgendwo im Wald oder auf einer Wiese. Nur sehr selten kam einer von ihnen im Laden vorbei.

Nap half mir, Gertrud zu versorgen, und auch sonst war er eine große Hilfe bei all den neuen Aufgaben, die ich jetzt zu bewältigen hatte. Seit dem Abend des Schatzenfestes war Gertrud nicht wieder zu Bewusstsein gekommen. Vergeblich hatten sich die Ärzte abgemüht, herauszufinden, was eigentlich mit ihr los war. Sie hatten sie ins Krankenhaus gebracht, ihre verkohlten Hände in dicke Verbände verpackt und untersucht, was untersucht werden konnte. Ohne Erfolg. Es gab keine Diagnose, und so wurde sie als ‚wachkomatös' eingestuft und wieder entlassen.

Ich bekam ein dickes Buch mit Pflegeanweisungen in die Hand gedrückt und den Rat, mir einen Heilschatzen zu suchen, der mich bei der Pflegearbeit unterstützen könnte. Erich kümmerte sich rührend um Gertrud und mich, und über seine vielfältigen Beziehungen im Ort kam Nap zu uns.

Nap war ein sanfter, junger Schatzen mit freundlich grün-schimmerndem Gesicht, dunkelgrünen, krausen Haaren mit wirklich vielen Zweigen darin, hohen Wangenknochen und gefiederten, rostfarbenen Augenbrauen. Seine kräftigen Arme konnten die zarte Gertrud, die nur noch ein Schatten ihrer Selbst zu sein schien, mühelos tragen, und so betteten wir sie täglich um, vom Bett in den großen Lehnstuhl am Fenster zu ihrem Garten, und später am Nachmittag dann in einen Rollstuhl, in dem Nap sie spazieren fuhr. Abends schob er sie nahe ans Feuer im Kamin, nicht zu nahe, damit sie sich nicht verbrannte, aber so nahe, dass ihre Kleider warm wurden.

„Das wird ihre Seele wärmen", sagte er, „und irgendwann kommt sie zurück."

Nap liebte das Feuer, wie alle Schatzen. Er liebte auch die Sonne, und wenn sie ihr winterliches Gesicht zeigte, verschwand er im Garten, wo er bewegungslos verharrte und jeden einzelnen Strahl in sich einzusagen schien.

Ich wusste nicht, was ich ohne ihn gemacht hätte. Nach der kurzen Zeit, die ich mit Gertrud verbracht hatte, kannte ich längst nicht alle Abläufe des Hutmachergeschäfts, aber ich kämpfte mich durch. Einmal pro Woche besuchte ich eine Hutmacherin im Nachbarort, die mich weiter ausbildete und alle meine Fragen geduldig beantwortete. So gelang es mir, den Betrieb aufrecht zu halten. Ich gab die

Hoffnung nicht auf, dass Gertrud eines Tages aufwachen würde und wieder ganz die alte wäre. Bis
dahin wollte ich die Stellung halten.

Was genau an jenem Nachmittag passiert war,
konnte ich nur ahnen. Entweder hatte Gertrud versucht, zwei möglichst dunkel Hutblitze gleichzeitig
zu erzeugen und sie dann zu einem schwarzen zu
verschmelzen, oder sie hatte sich auf dunkle Magie
eingelassen und es geschafft, einen schwarzen Hutblitz entstehen zu lassen. Beide Möglichkeiten waren plausibel, und offensichtlich sehr gefährlich.

Den Zylinder, vor dem Gertrud zusammengesunken war, hatte ich im Haus versteckt und seitdem
nicht angerührt. Ich war mir sicher, dass sie es für
Louis getan hatte.

Louis blieb verschwunden. Niemand schien ihn
nach seinem Auftritt noch einmal irgendwo gesehen
zu haben, und anscheinend hatte auch niemand in
dem Durcheinander, das die Pane angerichtet hatten, beobachtet, wie er so plötzlich hatte fliehen
können. Er war wie vom Erdboden verschluckt. Ich
hatte noch ein paar Nachforschungen angestellt, bei
den AntiBBs und den Presseleuten, die vor Ort gewesen waren, jedoch ohne Erfolg. In der Presse erschien gar nichts zu den Vorkommnissen des
Nachmittags. Nicht eine Zeile, kein Kommentar,
kein Bild. Als hätte es die gesamte Aktion überhaupt
nicht gegeben. Die AntiBBs waren maßlos ent-

täuscht, ihr Wille zu neuen Einsätzen jedoch blieb ungebrochen. Sie machten sich auf die Suche nach einem Nachfolger für Louis.

Hans, der wahrscheinlich noch als erster in Frage gekommen wäre, hatte sich vollkommen zurückgezogen. Er war ein paar Tage nach den Geschehnissen plötzlich wieder vor seiner Haustür aufgetaucht, ziemlich verwirrt und angeschlagen, aber körperlich soweit intakt, dass er nach einer Woche Bettruhe wieder zur Arbeit gehen konnte. Er konnte oder wollte sich an rein gar nichts erinnern, was an jenem Nachmittag geschehen war, nachdem er den Pelikopter gelandet hatte. Alles Schwarz im Gehirn, hatte er hilflos gesagt, wie ausgewischt. Tabula rasa. Ich weiß, dass ich nicht weiß. Karin bemühte sich seitdem, Hans wieder ins Glück zu führen, aber wahrscheinlich brauchte er dazu mehr als warme Malzeiten, Tee und Bettruhe.

Erich war der einzige, dem das Schatzenfest Glück gebracht hatte. Nach seinem Auftritt hatte ihn eine Plattenfirma unter Vertrag genommen, die nun Studio-Aufnahmen mit ihm und der Koma-Combo machte und eine große Tournee durch viele ferne Länder plante, die im Frühjahr beginnen sollte. Er arbeitete viel im Studio, kam jedoch so oft wie möglich im Laden vorbei. Wir wollten die Zeit, die uns bis zum Tournee-Start blieb, so gut wie möglich nutzen.

Aber was würde ich tun, wenn er weg wäre?

Vielleicht, dachte ich, fange ich dann an, das Haus zu renovieren.

Adnila, das junge Schatzenmädchen, das ein halbes Jahr lang Gertruds Lehrling gewesen war, schlich sich jeden Mittag, wenn ihr Dienstherr ihr eine kleine Pause gönnte, in Gertruds Garten. Dort stand sie dann ganz still unter den Bäumen und beobachtete Gertrud, die in ihrem Sessel hinter dem großen Fenster zu schlafen schien.

Adnila wusste, was Gertrud fehlte. Und Adnila würde Gertrud retten. Schon sehr bald.

~Ende ~

(Fortsetzung folgt)